奈米魔神 1

Nano Machine

僴沖月夜／著
YĚDN.／繪

目錄

Nano Machine

序章　命運的轉折點

古時，中原武人勤練武藝多為禦敵護體之用。隨著時間推移，武術從單純防身自保，逐漸發展成具有殺傷力的手段，不僅講究比對手更快殺敵，甚至日益演進，變化出許多精巧複雜的型態。

原本形式單純的武功漸趨繁複，也衍生出各種招式，而呼吸吐納便成為內功修為的基礎。

武人透過口訣和典籍將自身武藝代代相傳，經年累月地發揚光大，武學經典成了武林祕笈、拳腳功夫發展為絕世武功。

練就一身武藝的習武之人往往本領非凡、神通廣大。他們僅憑單槍匹馬就能以一擋百，疾走如風，日行千里，翻騰縱躍便能穿梭於林木之間，赤手空拳擊碎大石、揮劍劈斬大樹等更不在話下。這些身手不凡、能力遠超肉體凡胎的人物，便被稱為「武林人士」。

渴望習得這些異能神通的武人們紛紛拜入絕代高手門下投師習藝，隨著各家各宗門的弟子人數漸增，江湖上也開始分門別派、互爭雄長。

講究俠義仁心、遵循正道之輩以名門正派自居，而離經叛道、作風殘暴之流則被歸為邪門歪道。

此外還有這麼一夥人，他們一心追求與正邪兩道截然不同的雄霸之道，僅奉絕對的強大為尊。這幫人物便是所謂魔道中人，亦即魔教。

當今江湖武林，便是由這三股勢力三分天下，呈鼎足之勢。

＊＊＊

中原之上，有道山巒橫臥在南方廣西省與廣東省之間，名為「十萬大山」。十萬大山幅員遼闊，數十座山峰層巒疊嶂、連綿橫亙，卻也被中原武林視為禁地。只因十萬大山正是魔教的聖域，亦是他們的根據地。

在距離魔教城寨頗遠的一座深山老林裡，一名看上去約莫十五、六歲的少年正拚了命地拔足狂奔。

「喃、喃！」

少年似乎已精疲力竭，嘴裡大口大口地喘著粗氣，披頭散髮、狼狽不堪。

見少年一身衣衫破破爛爛，整張臉都鼻青臉腫的，好似在逃跑之前便已遭人拳腳相向、受了不少欺侮。

「該死！」

奪路而逃的少年嘴裡冷不防咒罵出聲。眼見前方驀然冒出五個蒙面人，不偏不倚地攔在少年打算竄逃的方向上。

少年萬萬沒想到，自己沒命奔逃了半個時辰，最終還是落入這些傢伙手裡。

「天殺的！」

少年打住腳步，拄著瑟瑟發抖的雙腿，帶著滿臉的惱怒直瞪著眼前的攔路人。豈料，少年的反應似乎正中蒙面人下懷，裸露在外的眼角噙滿了笑意。

「跑了這麼遠，可真是辛苦你啦，天公子。」

「咳咳，等了這老半天，我都忍不住要打呵欠了。」

聽著蒙面人的嘲諷，被喚作「天公子」的少年臉上的神情似已啞口無言。早就等在這裡了——這句話，意味著對方很清楚自己會逃到這裡來。

鏗鏘一聲，蒙面人不約而同地將手探向背後，拔劍出鞘。一夥人的眼神充滿了殺意，緊盯著少年的脖頸和心臟。

（該怎麼辦才好？）

打從一開始，他們的目的就是他的性命，根本不可能只靠三言兩語就讓對方饒過他。

少年方才已經擠出自己體內少得可憐的內力展開輕功，拚盡全力才逃到這裡，早就沒了繼續逃竄的氣力。明知自己大難臨頭，但少年眼底那一把熊熊燃燒的怒火卻遠大於面對死亡的恐懼。

「……為什麼？反正我早就不抱希望，連入館都放棄了，你們為什麼非取我性命不可？」

「天公子，你不也清楚得很嗎？不管你放不放棄入館、武功又有多不中用，這些都無所謂。」

聽見蒙面人意味深長的一番話，少年頓時語塞。他從年幼時就心裡有數，這一刻總有一天會到來，卻不成想自己竟在進入魔道館之前就慘遭橫禍。

「既然你擁有繼承人的資格，就注定逃不過今天，公子。」

由最前方的蒙面人帶頭，後頭的人也接二連三地張口奚落，一字一句都刺激著少年。

「你就乖乖納命來吧。」

「不管你體內混了多麼卑賤的血液，但畢竟還是那位大人的血脈，我們就賞你個痛快吧。」

一聽見「卑賤血脈」幾個字，少年眼中頓時冒出森冷的殺氣，儘管他這輩子還不算太漫長，但那些字眼卻是他絕對無法容忍的表述。

因為，血統低賤就是對他母親的侮辱。

（這些該死的傢伙，怎麼可能會讓我死個痛快！）

反正橫豎都是死，他爛命一條，還不如負隅頑抗、拚死一搏。

少年從懷中掏出一柄匕首。他不曾正式習練過武功，只是看著貼身保護自己的張護衛從旁偷師、胡亂比劃罷了。

「哦哦？哪來的匕首？難不成你向張護衛學了武藝？」

可惜的是，沒有這回事。要是他真的曾向張護衛討教過一招半式，實力也不至於這般拙劣，光是他手握匕首的姿勢就蹩腳得不行。

（這孩子果然不成氣候。不過，看他憑這點三腳貓功夫卻還是不見棺材不掉淚的狠勁，血脈果然是騙不了人的。）

蒙面人的目光看起來越發愉悅，比起坐以待斃的對手，瀕死之際猶做困獸之鬥的獵物顯然更有狩獵價值。

「殺了他！」

只聽帶頭的蒙面人一聲令下，後頭的四個跟班立刻揉身朝少年撲了過去。少年本以為自己多少能周旋片刻，但現實卻無比殘酷。

「呃啊！」

這群蒙面人全都擁有一流高手的實力，而少年卻連招式都一知半解，根本無法傷到他們分毫。

砰！

「咳呃！」

少年憑著一股傲氣想強忍住劇痛，但手一鬆，匕首便不由自主地落了地。

只見擊落匕首的那名蒙面人眼神猙獰，可想而知蒙面巾下是凶狠獰笑。他用迅捷無倫的手法掐住了少年的咽喉，虎口緊緊一掐。

「反抗這就結束了?呵呵。」

「嗚呃!」

被扼住脖子的少年,一張臉漲得通紅,然而那倔強的眼神仍沒有消失。

「快躲開!」

就在這時,站在後頭的另一個蒙面人倉皇地揚聲喊道。

「什麼?」

「匕首!」

那蒙面人自以為早已制伏了少年,一時大意,只聽見噗的一聲,一柄鋒利的匕首猝不及防地鑽進蒙面人的下顎。眾人本以為少年只有一把武器,豈料他懷中還暗藏了另一柄短刀,饒是那蒙面人再怎麼身手了得,被一柄利刃從下頦直透腦門,也只得當場斃命。

連一聲慘呼都沒有,那人便直挺挺地栽倒在地,一命嗚呼。

(什麼?連點拳腳都使不出來的臭小子,竟殺了堂堂伏魔團的成員?)

蒙面人的首領在遠處注視著這一切,眼底閃過一抹異彩。

少年目光灼灼,顯是早就看準了這一刻,他先是假作初學乍練、破綻百出地揮舞匕首,讓敵人掉以輕心,這才摸出藏在懷裡的利器捅破了對方的腦袋。縱使身陷險境仍臨危不亂、反應如此機敏,倘若他熟習武藝,事情恐怕就沒有這麼簡單了。

「你這天殺的臭小鬼!不知好歹!」

見狀,另一名蒙面人怒不可遏,一口氣欺進少年身邊並舉起腳來,砰地用力一踹,少年頓時仰頭倒下,噗的一聲,蒙面人的劍也插進了少年腹中。

「呃啊啊啊啊!」

打從出生以來，少年從不曾被人用長劍貫穿肚腹，五臟六腑彷彿被火燒灼一般火辣辣的，一口滾燙的熱血剎時湧上喉頭。

（該死，要矇騙他們，果然只有一次機會嗎？）

無論如何，少年早就下定決心不惜豁出性命也要拖一、兩個人陪葬，既然達成了目標，就算做鬼也暢快些，反正肚子已經被劍穿了個窟窿，想要活下去，眼看是沒指望了。

噗！

「呃啊啊啊啊啊！」

誰知那蒙面人仍不作罷，用腳猛力踐踏著少年肚破腸流的腹部，少年痛苦難耐，身下的地面已被鮮血濡溼。

他大可以乾脆俐落地割開少年的脖子、或刺穿少年的眉心，但那蒙面人卻像是要為死去的同伴報仇似的，不停折磨著少年。

「撐著點啊！我要讓你痛不欲生！給我慢慢地去死吧！」

儘管那人的舉動讓首領也有些看不過眼，但阻止成員發洩失去同伴的憤怒，似乎也說不過去。

然而，就在這一剎那。

四周驟然大放光明。明明空中並沒有閃電，周圍卻忽然精光一閃，亮如白晝，突如其來的光線很快消失於無形，蒙面人的眼中無不染上一抹驚愕。

「這、這是怎麼回事？」

噗咻！

只見一道血泉濺上半空。令人詫異的是，轉眼間，腳下踩著少年肚腹的那名蒙面人，整個上半身已不知所蹤，只剩下半身還在原地。

「什、什麼？」

就連少年也摸不著頭腦。若他沒有看錯，好像有一道白光憑空射來、擊中了蒙面人，他的上半身旋即消融、化為烏有。

「就是那傢伙！」

蒙面人的首領忽然用手指向某處，眼中滿是震驚，他所指之處竟站著一個身穿奇裝異服的怪人，但就在他伸出手指的瞬間，那人的身形竟又陡然消失。

「咦？」

那似乎不是什麼迅捷無倫的輕功，應該說那人就像在原地化為透明之身，用肉眼根本無法捕捉。只聽見啪的一聲，又是一道光束激射而來，擊中了另一個蒙面人，被光線射中的蒙面人和他的同夥落得同樣的下場，上半身登時分了家，一命歸西。

包括蒙面人首領在內，倖存的人只剩下兩個了。

（錯不了，一定有高人在背後給他撐腰，那白色光線難道是罡氣？）

倘若不是武藝登峰造極的絕世高手才能使用的「罡氣」，絕不可能將人體一舉轟飛。

不管怎麼樣，反正少年已經失血過多，命不久矣。

（既然目的已經達成，還是三十六計、走為上策！）

霎時間，寒芒又現。就在蒙面人首領正要向剩餘的手下發出撤退信號的剎那，他的上半身也被白色光束射穿，灰飛煙滅。

「呃啊啊啊啊！」

不過俄頃，同伴和首領就全都丟了性命，最後的蒙面人早嚇破了膽，頭也不回地落荒而逃。

又是一道白光。

身後襲來的光束無情地貫穿了他的腦袋，屍橫當場。

眼見一群蒙面人在轉眼之間慘遭屠戮，倒地不起的少年似乎心情大好，勾起嘴角喃喃自語道：

「活該。」

就在這時，隨著一陣嗡嗡作響，少年眼前的空間扭曲起來，有個衣著古怪的怪人倏地出現在他眼前。少年本想放聲大叫，豈料過度震驚之餘，就連嚷嚷的力氣都擠不出來了。

「哎呀，我的老祖宗，都死到臨頭了，心情還這麼好呀？」

（老祖宗？）

怪人這番莫名其妙的發言讓少年不由得皺起了眉頭，可惜他的身子已逐漸發涼，壓根沒有力氣再多問些什麼。失血過多的少年視野越發模糊，彷彿死亡正逐步逼近。

（就到此為止了嗎？）

嗶嗶嗶嗶！

突然一道異樣的聲音在耳邊響起。與此同時，全身上下包裹著奇異銀色材質的那個怪人低頭盯著圈在手腕上的某個東西注視半晌，顯得困惑不已。

「這麼快就被發現了？該死！沒辦法了，我本想早點過來，加減說明一下使用方法的。」

只見怪人從繫在腰間的小包裡掏出兩樣物品，是帶有尖銳針頭的注射器。

少年的視線混沌不清、逐漸陷入黑暗，眼看已有半隻腳踏進了鬼門關。

「得加快動作了。」

噗嗚。怪人一把將針筒插進少年耳後。雖然有些刺痛，但少年早已感受不到那些許的痛楚。怪人旋即拿起另一支注射器，毫不猶豫地朝少年的心口扎了下去，又是噗的一聲。

「呼呼！我光是看著都覺得疼死了。這下成了。喂喂，老祖宗？」

怪人拔出針頭，重新收回包裡，張口呼喚著漸漸陷入昏迷的少年。

「拜託你可一定要成功啊，讓我這個做後人的也沾沾光。這款奈米機器是最新型的，使用方法也很簡易，就有勞老祖宗你自行參透啦。」

（……他到底在說什麼鬼話？）

說完這番話，怪人身周的空間又是一陣扭曲，旋即消失了身影。

怪人甫一消失，一道怪異的聲音陡然鑽進奄奄一息的少年耳朵裡。

【產品編號：034-4532-5893。】

【天宇集團第七代奈米機器開始啟動。】

【首先啟動使用者身體掃描程式。】

一連串來路不明的語音在少年腦中憑空響起，他的身子倏然泛出奇異的光芒。好似有成千上百隻螞蟻爬過他的四肢百骸一樣，以頭顱和心臟為中心，白光很快就吞沒了他周身。

緊接著，那道聲音又再度傳來。

【掃描完畢。】

【緊急狀況！緊急狀況！】

【使用者腹部遭到刺傷。】

【使用者血液損失率達13%。】

【為維持生命，進入傷口修復及血液增量程式。】

瀕臨死亡的少年體內發生了劇變。

在少年早已被注定的生命裡，這就是他人生轉折點的開端。

第一章 魔神（？）降臨到我身上了

Nano Machine

「遭到蒙面人襲擊的天公子，被人以利劍貫穿腹部慘遭毒手。」

張護衛甫一聽說一切都已回天乏術，當即發了瘋似的展開輕功，四下尋找天公子的下落。他本以為，公子想必如前所述那般凶多吉少，豈料事態差之遠矣。

當他發現少年的時候，少年身邊屍橫遍野，全是上半身被人轟飛、身分難以辨識的蒙面人屍體。只有一名蒙面人的屍身尚算完好，只因腦袋裡被插了把匕首才嚥了氣。

（這是我贈予公子的匕首。）

那是張護衛在天公子滿十歲那一年贈予公子的禮物。

礙於他有盟誓在先，在公子進入魔道館之前不得教授武術，因此張護衛就連最基本的近身刀法都未能好好指點過他。而公子竟能想方設法藉機制伏一名對手，實乃難能可貴。

「啊啊！公子！」

張護衛終於發現倒在血泊之中的天公子，只見他周圍一地滿是血跡斑斑，顯然傷得不輕。

（拜託！）

倘若天公子就此丟了性命，他將無顏面對公子的母親。

然而，說也奇怪。

「呼哧、呼哧！」

「嗯？」

張護衛清晰地聽見天公子的呼吸聲。

天公子腹部的衣衫撕裂開來，明顯是被劍劃破的，無庸置疑，但在一流高手張護衛的耳裡，公子的呼吸卻相當勻稱。他連忙掀開公子的衣物查看。

「什麼？根本沒有傷口？」

教人吃驚的是，天公子本該被長劍穿腸而過的腹部卻不見丁點傷痕。公子周遭的地面全是溼漉漉的鮮血，他就算能撿回一條命，也應該受了重傷才是，但此刻卻見公子渾身上下都好端端的，比起慶幸，張護衛反而更感費解。

（為何會這樣？這怎麼回事？）

周圍的蒙面人一個個身首異處，而本以為生死未卜的天公子卻安然無恙。

（難不成是教主大人……不可能，教主大人不會插手干預排位之爭才是。可是，那又是何方高人殺了這幫人、救了天公子？）

雖然心中疑問叢生，但無論張護衛將殘留的痕跡細細端詳了多久，依然找不到半點線索。最終，他只得收拾眾人死去的屍身、草草將他們埋進土裡，然後把天公子扛在肩上，向魔教城寨所在的方向展開輕功飛身而去。

驀然間，被喚作「天公子」的少年輕微一顫。

就在張護衛的手碰到少年身子的一剎那，在少年腦海中的某種東西對他施加了一抹刺激的衝擊，強制性地解除少年的昏迷狀態。

【自我修復模式於80%暫時中止。請您醒一醒，Master。】

聽見腦子裡嗡嗡作響的話聲，依然不明就裡的少年不由得瞪大了眼睛。

（咦？）

他記得自己明明被來歷不明的蒙面人刺穿了腹部，本該因出血過量致死才是，但此刻，他卻被扛在某人的肩膀上。這感覺無比熟悉，他這才發覺揹著自己的男人正是他的護衛武士，張佳荊。

「張護衛！」

本以為自己已經撒手人寰，直到看見張護衛，少年的臉才又開朗了起來。

就在這一剎那，他的腦海裡又再度傳來那個機械化且生硬的語音。

【已確認該人物非使用者之敵，解除自動防禦警戒模式。繼續進行剩餘20％自我修復程式。】

「呃！」

那來路不明的聲音一在腦中響起，強烈頭痛便立刻襲來，少年不由得用雙手抱住自己的腦袋。

「公子！您醒了，您沒事吧？」

察覺揹在肩上的少年恢復了神智，張護衛喜出望外地露出笑容，忙不迭地關心道。

「公子？」

難以忍受的劇痛讓少年再度昏了過去。張護衛連聲呼喚少年好一會，見他沒有反應，又趕忙加快了腳步。

＊＊＊

陷入昏厥的少年，直到第二天上午才驚醒。

「唔！」

像是做了一場駭人的噩夢似的，少年驟然翻身而起，渾身冷汗涔涔。但事實上，少年什麼夢也沒做。他意識到自己滿身溼淋淋的，便伸出手背抹了抹額角，豈料手上沾染的不是汗水，而是某種黏糊糊的東西。

「呃？這是什麼？」

少年看向自己的手背，上頭滿是黏膩濃稠的黑色液體，還散發著陣陣難聞的惡臭，不禁吃了一驚。

「嗚呃！」

那氣味不曉得有多難聞，讓他噁心得直反胃。更何況，黑色液體還不僅僅沾在少年的額頭上而已，那玩意就像是從他全身上下代謝出來似的，黏答答的液體從頭到腳糊滿了他一身。

「這、這到底是什麼鬼？」

就在這時，少年腦中響起了話聲。

【您清醒了嗎？Master。】

「什麼？」

那聲音再度反覆問道。

【您清醒了嗎？Master。】

「你、你是什麼人？」

少年大驚失色，迅速從床上跳了起來，用充滿戒心的目光環顧著四周。但不多時，少年很快便察覺那聲音並不是從外部傳來的。

【請您冷靜點，Master。】

（難道這是從我腦海裡發出的聲音？）

【正是如此，Master。】

「嗬！」

他並沒有將話說出口，只是在腦裡思索著，迴盪在腦袋裡的那個聲音就彷彿聽見了他的心聲似的，做出了回應。

這下子，膽戰心驚的少年在極度緊張之餘，額上真的淌下了一滴冷汗。

（傳音？這也不是傳音啊。）

所謂的「傳音」，是指擁有內力的高手向特定對象隱密地發送音頻的手法。他只在很久以前聽過一回。由於傳音是經由內功傳遞，因此更近似一種聲波。

【雖然我不清楚傳音是什麼，但這並不是如您所想的、透過耳朵傳送給您的聲音，Master。】

「嗬！你、你到底是誰！」

少年震驚地瞅著半空嚷嚷起來。此時的他，只知道對方既然擁有能在他人腦中發出聲音的神奇法術，自己肯定是撞見了某個了不起的世外高人。

【我是由天宇集團打造的第七代奈米機器，連接著Master的腦部，負責大腦中樞的功能。】

面對遠遠超出自身常識的異象，少年臉色蒼白地問道：「什麼？這到底在說些什麼啊？」

附著在少年大腦之上的奈米機器這才認知到，這名使用者壓根無法理解自己的說明。

「你究竟是什麼來頭，為什麼要這樣對我？」

【我是第七代奈米機器（Nano Machine）。】

「那諾[1]魔神[2]？」

【是的，奈米機器。】

少年的臉色瞬間變得僵直。

在魔教之中，魔神就與聖火一樣，是受信眾供奉尊崇的存在，而魔教的教主就被賦予了和魔神溝通的使命。

「您、您真的是魔神大人嗎？」

不知何時，少年已經誠惶誠恐地雙膝跪地，嗓音顫抖不止地又問了一遍。那畢恭畢敬的態度讓附著在他腦中的奈米機器瞬間意識到：他完完全全地誤會了。

少年名叫天如運。

在魔教中，天家地位崇高、堪比聖賢，具有登上絕對高位的資格。由於天家是偉大教主的嫡傳血脈，因此許多人自然認為出身天家的少年在教中必定備受禮遇，實則不然。縱使繼承了天家的血統，在成為少教主之前，所有小輩都隸屬支撐著魔教的六大宗派之下，將之視為外家也無妨。

獨獨天如運一人並非出生於六大宗派，而是由在教主殿中端茶倒水的一名女婢所生。儘管他是丫鬟誕下的孩子，但仍是天家骨肉，這才姑且攀上一個少教主的資格，不過他這孽種的命脈壓根不具半分力量，充其量也只是勉強給他排個號、做做樣子罷了。

然而，這樣無足輕重的天如運，又怎會遭人追殺、受盡凌辱？追根究柢，起因還是在他的母親華夫人身上。

基於政治謀略與六大宗派聯姻的教主，從不曾對任何一位妻子動過真情。總是冷若冰霜的他，卻唯獨對一名下賤的女婢萬分憐惜、疼愛有加，六大宗派的夫人貴為正室，此事自然大大觸怒了她們，引發她們滿腹妒火。而女人的妒忌之心可不會止於單純的怨怒。

僅僅因為身為侍婢之子，打從滿十五歲那年起，天如運就飽受各方蔑視、長期因為各方的密謀行刺吃盡了苦頭。縱使空有少教主候補的名頭，其實天如運根本不具任何競爭力，但作為正宮的六大宗派夫人心懷不忿的嫉妒，仍使她們處心積慮地想除之而後快。

豈料，從七天前開始，暗中謀害的殺機就開始頻頻找上門來，與先前的情況簡直不可同日而語。不為別的，只因正式考驗他們是否擁有少教主資格的魔道館入館考試舉行在即。

迄今為止，天如運既沒有靠山、也沒有力量，但一旦進入魔道館，他就有機會掌握武功，甚至得以培養一己的勢力。況且，魔道館嚴令禁止私自進出，就算六大宗派勢力再大，要對他不利的難度也大大增加。

或許正是因為這種焦躁，就在進入魔道館的兩天前，昨晚一反常態，他們竟明目張膽地派出暗殺者打算置他於死地。雪上加霜的是，就連一直隨身守護著他的張護衛也被他們使計支了開去。

「難、難道是魔神大人您出手救了我嗎？」天如運整個人趴伏在地，向腦中的聲音問道。

就他記憶所及，自己顯然是必死無疑，但卻有一名怪人驀然現身，三兩下屠戮所有敵人，他才保住了一條命。

連接在天如運腦部的奈米機器答道——

【如果您指的是意圖對Master不利的敵人，那些人不是我處置的。但若您說的是使Master瀕死的肉體自行修復，那確實是我所為。】

「自我修復是什麼意思？」

奈米機器在他腦內絮絮叨叨，但絕大部分的術語少年都難以理解。奈米機器計算片刻後下了判斷，認定再這樣下去，對話將窒礙難行。

註1：此處少年未聽懂奈米機器的說明，僅僅是以聲音複述對話，而英文「nano」與中文讀音「那諾」較接近，故本句譯為「那諾」。

註2：韓文中，魔神的讀音為「Ma-sin」，與英文的「Machine」相近。

【向Master腦中轉移關於我的基本情報……】

「馬斯特又是什麼？」

天如運就連正確的英文發音都有困難，更遑論理解了。透過語言檢索，奈米機器認知到自己有必要搜尋適合該使用者的語言。

【啟動時代用語搜尋暨轉換功能。】

奈米機器搜尋了天如運能夠理解的語彙，開始進行語言轉換，等到語言識別結束之後，它才再度開口。

【主人，我並不是主人您所說的魔神。】

它的語氣一反先前，彷彿下人使用的口吻讓天如運的神情不由得變得詫異。當然了，一貫生硬的語調依然毫無改變。

「若您不是魔神大人，那究竟是何方神聖？」

【我需要將我有關的情報和簡單的使用說明書傳送至主人腦中，請問您是否同意？】

奈米機器迅速做出判斷，比起一字一句的解釋，直接傳輸情報要快得多了。而一無所知的天如運只得稀裡糊塗地點了點頭。就在這一剎那，宛如觸電般的現象侵襲了天如運的腦海，頓時一陣刺痛，就像是有人強制將某種東西塞進他腦中一般，諸多影像從他腦裡一閃而過。

滋滋滋滋滋！

此刻要是有人撞見天如運的模樣，肯定會嚇得倒抽一口涼氣，畢竟沒有人的眼珠會像這般發了瘋似的高速震動，光是這畫面就詭譎得無比駭人。

沒過多久，天如運便趴倒在地，天旋地轉的暈眩使他嘔出一大口酸水。

「嗚嘔！」

【這是您第一次經歷情報轉移而導致的現象，第二次開始您將不會再出現暈眩或嘔吐症狀。】

一陣頭暈目眩過後，天如運才好不容易打起了精神。

「這到底是怎麼回事？」

這情況簡直令人難以置信。

這些資訊，他分明前所未見、聞所未聞，但天如運卻忽然明白過來，待在自己腦袋裡，不、是附著在自己大腦上的存在，是融會了奈米技術所製成的一款機器。

「奈米機器？」

【是的，主人。】

「也就是說，現在我的體內存在著數以萬計的精密儀器，這是真的嗎？」

【是的。準確來說，共有六十四億八千二百四十萬具奈米機器被配置在主人體內各處。】

天如運聽聞自己體內竟有某種人造的不明物體，一股牴觸的情緒禁不住油然而生。然而，一得知對方既不是人、也不是魔神，拘謹侷促的天如運也一改先前戰戰兢兢的語氣，放鬆了許多。

「那麼，你也能按照我的意思，從我體內出去嗎？」

【正如先前傳輸的情報所示，依據我被設定的程式，唯有在主人身亡後才會從您體內排出。】

簡而言之，在他翹辮子之前，這傢伙是跟定他了。

天如運實在想不明白，這些破事怎麼會接二連三發生在自己身上。先是同父異母的兄弟千方百計想幹掉手無縛雞之力的自己，這還沒完，這下子體內又冒出什麼名為奈米機器的鬼東西。

「到底是誰把你送到我身體裡——」

天如運一句話還沒來得及問完，外頭就響起了敲門聲。

叩叩！

「公子，是白大夫到了。」

那是張護衛的聲音。

趴在地上的天如運瞬間慌了手腳，一時不知所措，唯恐別人瞧見自己正在跟腦中的機器對話，會覺得自己行止怪異。

「你、你先安靜點，別說話。」

【您只須在腦中思考，我就能讀取您的腦波與您對話。】

「知道了，你先安靜一下啦。」

【暫時轉為靜音模式。】

天如運快手快腳地爬回床鋪上，蓋上被子平躺下來。

就在這時，一個高個子的中年人推開了門，來人正是張護衛。他身邊跟著一名看似大夫的老人，一頭花白的頭髮長及肩膀，還有一名隨侍的小童一起走進屋中。

「公子似乎還沒清醒過來，有勞您安靜地替公子看一看……啊？公子！」

一發現天如運正躺在床上盯著自己直瞧，張護衛旋即瞪大雙眼，三步併作兩步趕到他的床前。

「公子！您的身子沒……？唔！」

霎時間，張護衛不由自主地伸手捂住了鼻子，原來是天如運身上還散發著陣陣刺鼻的惡臭。

「這到底是怎麼回事？」

方才一直忙著和奈米機器交談，天如運一時將自己的狀態忘在腦後，他全身上下還在不斷排出那來歷不明的黏稠黑色液體，氣味難聞至極。

「哎呀？」

見狀，被喚作白大夫的那名老者卻一臉饒富興味的走上前來。

此人是教主的主治大夫，名喚白鐘宇。不同於他白髮蒼蒼、看似孤傲不群的外貌，在魔教之中，人人都會尊稱他一聲「魔醫」。

「天公子，您應該識得老夫吧？」

「我怎麼可能認不得白大夫您呢？」

凡是魔教中人，不可能有人有眼無珠、識不得魔醫白鐘宇。更何況，天如運的母親華夫人臥病在床之時，白大夫便曾奉教主之命來為母親診治，故兩人此前早有數面之緣。

「老夫須替您把把脈，把手給我吧。」

「可、可是……。」

從手心到胳膊，天如運渾身無處不是黏糊糊的黑色液體，實在教人難堪。但魔醫白鐘宇卻表示無妨，溫言勸他伸出手來，天如運只得無可奈何地探出一隻手臂。白鐘宇將兩根手指搭在脈搏上，片刻之後，他的雙眼立時煥發出一抹異彩。

「奇也怪哉。」

「您這話是什麼意思？白大夫，難道公子的身子出了什麼問題嗎？」

張護衛不安地鎖緊眉頭，連聲追問。

然而，白鐘宇卻搖搖頭、笑了起來。

「恰恰相反。天公子，這或許是您的因緣造化啊。」

「那是什麼意思？」

「公子全身的穢物都已經排出體外，奇經八脈的循環也更加活絡了，難不成您服用了什麼靈丹妙藥嗎？」

天如運歪了歪腦袋，彷彿根本無法理解白鐘宇在說些什麼。

「換言之，您的肉體已成為最適合練武的體魄。」

「什麼？」

天如運好似這才倏然醒悟，一臉震驚。

沾滿他全身的黑色黏液不是別的，正是沉積在他體內的穢物，更幸運的是，由於汙物一股腦排出體外，讓奇經八脈中的氣血也活絡了起來，身子自然轉變為適合習練內功的最佳狀態。對於身為丫鬟之子，不僅未能修習武藝，更不可能獲得任何援手的天如運來說，這無疑是天上掉下來的莫大機緣。

當然了，截至目前，天如運體內可說是連半點內力也沒有。

（喂，奈米機器，這該不會是你的手筆吧？）

【……】

【是否要解除靜音模式？】

（……解開吧。）

【已解除靜音模式。分布在主人全身的奈米機器在修復肉體損傷的同時，也去除了體內不必要的廢舊物質，並將您的血管、經脈和肌肉轉換成適合發揮運動能力的理想型態。】

（……你究竟是什麼玩意？）

聽見魔醫白鐘宇的診斷，天如運已經隱約猜到這八成是奈米機器的傑作，但親耳聽到這番話，這東西驚世駭俗的能力還是讓他震驚得瞠目結舌。

（你真的不是魔神？你確定？）

【我不是魔神，是機器（Machine）。】

腦中的聲音極度機械化地答道。

第二章 誰叫你背書了

Nano Machine

天如運儘管年紀尚輕，但他絕對不傻。

在他十五年的人生裡，一次次躲過無以計數的暗殺危機、保住一條小命，因此他比任何人都更清楚自己手中捏著一張王牌有多可貴，並且打從出生以來頭一回，他本能地察覺到此刻持有的王牌絕不能被任何人發現。

（我體內有奈米機器這件事，一定要徹底隱瞞才行。）

但天如運有所不知的是，以現在的醫學技術，奈米機器的存在根本不可能被人察覺。

對此一無所知的天如運不由得心下焦急起來，畢竟此刻正在替他診脈的白大夫，可是組成魔教根本的六大宗派之一，毒魔宗出身的人物。

（拜託，可別查出什麼異樣啊。）

即使天如運盡力讓心中的焦躁不形於色，但他的臉上仍寫滿了緊張感。再怎麼說，在進入魔道館之前，他都被非正式地嚴令禁止學習任何武功。

（唔嗯，無庸置疑，這孩子顯然得到了某人的援手。）

而面對天如運身上突如其來的變化，魔醫白鐘宇心下暗暗詫異。

這孩子從小就體格瘦小，又連一點枝微末節的武功都未能掌握，白鐘宇早就認定在論資排輩的腥風血雨之中，他自然會遭到淘汰。然而，從他此刻的身體狀態看來，身形體魄與隸屬其他六家的天公子相比，習練起武功來也毫不遜色。
當然了，話雖如此，天如運要面對的不利因素仍同樣嚴峻。其他排位更高的天公子在進入魔道館之前就已練就一身武藝、修習內功，也早早開始一點一滴地累積屬於自己的人脈。
（難不成教主表面上裝作漠不關心，但其實依舊放不下這個孩子？）
陰錯陽差的，眼前的狀況讓白鐘宇誤會了某件事。
他誤以為天如運身上之所以會出現如此劇變，是現任魔教教主天裕宗的緣故。
（也是，手心手背都是肉，為人父母哪有不心疼孩子的呢？）
倘若真是教主暗中相助，那他自然沒有說破的道理。離開之前，魔醫白鐘宇開了幾帖補中益氣的湯藥給天如運後便轉身告退，什麼也沒多說。
直到他的腳步聲徹底遠離，天如運這才鬆了一口氣。
「公子。」
「張護衛。」
天如運還沒來得及向他道謝呢。
儘管是奈米機器治療了他的傷勢，可要不是張護衛及時趕到，後頭會發生什麼變故，依然難以想像。
「謝謝你將我帶回住——」
豈料天如運一句話還沒說完，張護衛就斬釘截鐵地打斷了他的話頭。
「公子，屬下惶恐！不過還是請您先洗個澡再說吧。」
「……說得也是。」
雖是從自己身上排出的穢物，但味道確實惡臭難當。

張護衛叫來侍從，交代他把被穢物弄髒的寢室整理乾淨、更換一床被褥，並準備好澡盆讓天如運沐浴。

天如運將身子泡進侍從打來的熱水中，臉上的表情一直很微妙。

（難不成這是上天要改寫我的命運？）

身為一介女婢之後，天如運的命運打從出生起就已成定局。

所謂魔教，是由六大家族、意即六大宗派共同構建而成，歷來會由各家族推選出最強的繼任者，並擁戴其為少教主。

天如運既非六大家族之後，又是由教主殿的丫鬟所生，成長過程中可說是半點靠山也沒有，導致他至今的十五年歲月更是比任何人都淒慘，只能為了倖存下來而步步為營。

（喂喂，奈米機器。）

【是的，主人。】

他未和奈米機器交談已經將近一個時辰了。出乎意料的是，倘若不是天如運率先搭話，奈米機器也始終保持沉默、一語不發，多虧於此，倒在某種程度上消除了他莫名遭人監視的不適感。

（剛剛你說你修復了我的身體，這究竟能恢復到什麼程度？）

【由外部衝擊造成的傷口或內部臟器受損皆能立即自我修復，但若有失血或斷肢的情況則需要細胞分裂，較為耗時。】

（是、是喔？）

奈米機器一股腦地往他腦海中發送了一大串訊息，可他仍聽得一頭霧水。按照他的理解，似乎只要不是被剜掉一大塊肉，都能夠立刻治癒的樣子。

（測試一下應該無妨吧？）

【雖然不建議您自殘，但若您希望測試，建議使用受損較輕微的傷口。】

天如運從脫下的衣服堆上拿起短劍，拔劍出鞘，他只猶豫了片刻，便立刻將鋒利的劍刃抵住掌心、使勁劃開手掌。

唰！

「呃！」

儘管他毫不畏懼地割破了手心，不過還是挺疼的。

【針對左手掌心的刀傷啟動自我修復功能。】

隨著奈米機器生硬的聲音，鮮血淋漓的左手掌心傳來一陣撓癢的感覺，汩汩流淌的鮮血迅速止住，才一晃眼，手心的傷口頓時消失無蹤，彷彿從頭到尾都不曾受過傷似的。

（哈，真是連親眼看見都教人難以置信啊！）

擁有如此迅捷的修復能力本就已經驚人得不得了，豈料更不可思議的事還在後頭。那就是，他竟然能夠活用奈米機器向他腦中轉移的所有機能。

（恢復能力也就罷了，我真的能發揮出你轉移到我腦中的那些能力？）

【依據轉移的資料內容，全部都可供您運用。】

（好，那我洗完澡後得趕緊來試驗看看了。）

【是。】

等奈米機器答應下來，天如運便再次將自己泡進溫水裡，雙拳緊握。

倘若他真的能自由運用奈米機器所說的那些能力，別說是清算他迄今為止忍氣吞聲遭受的一切恥辱，他甚至能讓自己的順位一口氣節節攀升，爬到比任何人都更接近少教主的位置。

＊＊＊

與此同時，魔教城寨的東南隅，正是支撐著魔教的六大宗派之一——「伏魔宗」的根據地。

下任少教主候補的住處就位於伏魔宗主樓殿閣旁。在廂房的前院裡，站著一名約莫十六歲年紀、滿臉雀斑的少年，一名蒙面男子正低身趴伏在他面前。

「你也知道這件事可笑至極吧？這像話嗎？」

不知緣由，少年似乎怒不可遏，氣得一對眉毛高高揚起、語帶威脅。面對少年的怒火，蒙面男子支支吾吾地答不上話來，只能閃爍其詞地搪塞。

「我只不過吩咐你們去收拾一個礙眼的臭小子，結果五個人全嗝屁了？哈！」

「這肯定是有高人暗中插手啊，武錦公子。」

「誰准你直呼本公子的名諱了！」

「屬下惶恐，天公子。」

少年名叫天武錦。

作為伏魔宗的外家後代，天武錦目前位列少教主候補排名第三位。為了在進入魔道館之前乾脆俐落地處理掉天如運，嗜殺且狡黠的他果斷地動用了伏魔宗的暗殺者痛下毒手，孰料一干人卻鎩羽而歸。

「本以為那個下賤的雜種沒什麼實力，看來他還藏了一手啊。」

此事大出他意料之外。

他甚至特意支開了天如運的貼身護衛，手下卻仍然無功而返，這意味著顯然有其他外力在保護天如運。

（難不成，這都是父親的安排？）

最啟人疑竇的自然非當今教主莫屬。但即使天武錦再怎麼心高氣傲，他也不能任意將這番質疑說出口，畢竟在魔教當中，教主是絕對的存在。

「別無他法了，只能在入館之後給他點教訓了。」

一旦踏入魔道館大門，任何保護都將化為烏有。

迄今為止，所有少教主候補身邊都有教主親自指派的護衛隨侍左右，不過在進入魔道館之後，這些貼身護衛便不能再與他們同行。

「雖然我也不願弄髒自己的手，但我一定會在魔道館中親手宰了你！」

儘管仍是位慘綠少年，天武錦的眼底卻已染上一抹濃重的殺意。

＊＊＊

座落於十萬大山的魔教。

在崇尚武道與魔道的魔教之中，各種武學流派族繁不及備載，可支撐起魔教根基的主要門派有六家。以玄魔、劍魔、伏魔、毒魔、刀魔、音魔所組成的六大宗派，便是千秋萬代以來不斷培育出下任教主的外家宗門。依據盟約，教主會分別迎娶六大宗派的閨秀為妻室，誕下後代，在一定的年紀之前，這些孩子將在外家中成長茁壯。

專司孕育後起之秀與武林高手的魔道館每十年開放一次，由外家宗門拉拔長大的六位繼任者，只待時間一到便須入館。

魔道館是由魔教創建的練武館，專為培育出不同時代的絕世高手而設。

平日裡，魔道館的武術培訓是以五年為週期，分以上、中、下三個階級實施培訓，而每十年為一次的這個時期，則會與魔道館選拔相互配合、共同進行。魔道館最主要的目的，就是安排魔教中出類拔萃的高手擔任教頭，督促剛入門的門徒將武功提高至極限。此乃魔教中公開聲稱的目標。

以十年為期舉行的魔道館選拔，在某些特殊時期競爭總會格外激烈。

那便是有諸位少教主候選人參與其中的魔道館大比。

在這段期間，魔道館武訓又被魔教中人稱作「少教主爭奪戰」。原因無他，只因在此時入館的六大宗派少教主候補，往往會在魔道館當中彼此對立、互爭雄長，為鞏固自身教中勢力奠定基礎。

由於除了六大宗派外，魔教中其餘數不清的武學流派和習武之人也會參與魔道館選拔，因此少教主候選人亦會在此期間拔擢提攜自身宗派以外的協力者。

此一慣習由來已久，在少教主爭奪戰勝出之人便能一舉奪得魔教的少教主之位。

＊＊＊

沙沙。

沐浴完的天如運擦去身上的水氣，打量著自己倒映在銅鏡中的身影。

由於三天兩頭的暗殺危機，平日根本沒法正常出行的天如運就連好好練武的機會都沒有，只能一直悶頭窩在家中，做些伏地挺身之類的基本運動。然而，他察覺自己此刻的肉體簡直就像額外進行了大量的外功鍛鍊似的，肌肉健壯且均衡勻稱。

（奈米機器，這是認真的嗎？）

【我已將主人的肉體重新建構。】

（重新建構？）

【雖然以科學角度而言，「無中生有」是不可能辦到的，但重新建構調整現有的肉體與經脈並非難事。】

（你可真會說些艱澀難懂的玩意啊。）

雖然天如運沒能好好習武，但讀書用功這件事他可不敢有半點懈怠。儘管如此，奈米機器對他講述的一連串字句，卻包含了許多一般學識中不可能學習到的、晦澀又多變的語言表達。

天如運穿好衣服，一身清爽地離開浴室，走向位於廂房內側的書齋。

（我每回呼喚你的時候都得叫一聲「奈米機器」，實在是發音太困難又太冗長，你就沒有別的名字嗎？）

【依據主人的需求取名即可。】

（……我也沒什麼特別的想法，就叫你「吶挪[3]」怎麼樣？）

仔細想想，這個名字也沒什麼毛病。

將「吶挪」二字拆解開來，就是與人搭話的「吶」以及挪移搬動的「挪」，而奈米機器所做的事正是在他體內與他交談，甚至還來了個乾坤大挪移，這樣稱呼它也剛巧合適。

【已將「吶挪」二字登錄為名稱。】

（我都特地幫你取名了，你連一句謝謝都不說啊？）

不過是把後面的「機器」兩個字去掉，圖個方便當成了名字，天如運還是厚著臉皮要奈米機器對他感恩戴德。然而，不是人類之身的奈米機器自然無法理解這種玩笑話，於是機械式地回答他。

【謝謝您。】

（……好喔。）

獲得名字的奈米機器「吶挪」並沒有喜怒哀樂之類的情緒，隨著一次次交談，天如運也逐漸熟悉它是一具機器、而不是人類的事實。

他專用的書齋裡藏書並不多，大多數都是做學問用的經史子集，壓根沒有什麼武功祕笈。唯一略有相關的書籍是一本講解人身穴道的書簡，以及一本名為《三才心法》的運氣法著作，但那也只不過是中原武林人士人盡皆知的基本吐納竅門罷了。

三才心法是由精通道家法門的鬼谷子所創，亦是道家最基礎的呼吸吐納法，縱使花費一輩子鑽研這心法，充其量也只能積累幾年的內功修為而已。比起真正的武學功夫，這門吐納法可說是單純為了強身健體、鍛鍊身心而創，因此單憑一門三才心法，恐怕就連區區三流高手都沾不上邊。

（那些混帳東西！）

而這同樣是六大宗派的夫人所使的奸計。

除了六大宗派之外，區區女婢所生的天如運也有資格成為少教主候選人，此事看在眾夫人眼中自然無異於眼中釘、肉中刺，但即便他出身卑微，天如運仍然繼承了教主的血脈，她們也不可能明目張膽地加害於他，只能忍氣吞聲等到他拜入魔道館門下、加入繼任者的爭奪戰為止。

然而，這十年歲月漫漫，六大宗派的夫人自然不可能眼睜睜地坐視不理。

在眾夫人的密謀之下，天如運眼見母親幾乎因毒物而喪命，她們終於迫得他在華夫人的病榻之前許下毒誓，在他進入魔道館之前絕不學習任何武功。

註3：另有版本譯為「喇勞」魔神，即是以韓文音譯「nano」二字，意指「說話的喇」、「勞動的勞」，不過這二字的讀音已與現代中文相去較遠，因此小說版調整譯為「吶挪」，其意義與原文相近、讀音與「nano」相近。

因此，直到十五歲，天如運除了三才心法之外，什麼武功也學不了，甚至就連無足輕重的《三才心法》，也是教主暗地裡派人送來、悄悄擺在他書齋裡的。原因是倘若直到十五歲還未掌握基本吐納調息的方式，人體內的經絡與血脈就會全數僵固，再也無法修行任何內功心法。

無時無刻不緊盯著天如運住所動靜的六大宗派，自然也曉得三才心法百無一用，這才沒有苦苦相逼，索性放任不理。

（好，那就來試試吧。）

天如運從書齋的書架上抽出詳解周身穴道的書籍。

（我該怎麼做？）

【請正面翻開書籍，一頁一頁翻閱到最後一頁為止。】

（我只要大致掃一眼就行了？）

【是的，請開始吧。】

儘管感覺有些主客顛倒，天如運還是帶著半信半疑的眼神，姑且將與穴道相關的書簡一頁頁翻過，內容一個字也沒看，不出多久就翻到了最後一頁。

然而天如運沒有意識到的是，自己聚焦的瞳孔正以極快的速度來回掃視。

（我都翻完了，這樣就行了嗎？）

【經脈穴位書籍內容已掃描完畢。】

【準備將內容轉移至使用者大腦。】

【是否同意轉移？】

（掃描？啊！就是複製內容的意思？）

【是的，請問您是否同意轉移？】

（同意。）

話音甫落，突如其來的異樣感迅速席捲而上，那感覺就和他在廂房裡接收奈米機器使用說明時一模一樣。啪嘰！腦中如受雷擊般陣陣刺痛，情報就如潮水般不斷湧來，各種影像彷彿深深刻進了天如運的腦海。

天如運頓時感到天旋地轉，不由得一把抓住書桌的桌角，儘管不若剛才那麼嚴重，但他仍感到頭昏腦脹。

【掃描內容已轉移完畢。】

「呼……呼……。」

【您很快就會適應的。】

（你這是在擔心我嗎？）

【我只是在陳述事實。】

身為機器的吶挪自然不可能知曉何謂「擔心」。不過，也正如它所說，相比於剛才接受資料傳送的時候，頭暈的感覺很快就消失了。

（這樣就結束了？）

【就像剛才接收使用說明書時一樣，您只須嘗試思索相關情報即可。】

按照吶挪的指示，天如運起心動念，試著想了想人身穴位的念頭。就在這一剎那，他的腦中自然而然地浮現許多前所未有的穴道資訊，令他震驚不已。

（穴道是在人體經絡與經脈之中發揮重要作用的節點，又被稱為「穴位」，最具代表性的即為「點穴」和「解穴」。點穴意指用手指刺激穴位，能使穴道暫時麻痺封閉，又稱「閉穴」……這不可能吧！哈哈？）

這簡直教人難以置信。

他將從未研讀過的書籍內容原封不動地裝進了腦子裡，這還不僅僅是單純的轉移，而是完全理解了書中的內容。

【在轉移內容的同時，已為您自動修正書籍中錯誤的部分。】

（錯誤？你是說書裡有哪裡寫錯了？）

【書中記載的穴位資訊有部分錯誤，故以程式中內建的資料庫為基準為您進行修訂。】

在遙遠的未來製造出來的奈米機器裡頭儲存著不計其數的情資。

儘管在未來，有關人體解剖的部分也尚未研究透澈，但比起天如運隨手讓它掃描、當作試驗的穴位書簡，準確度自然是有過之而無不及，因此奈米機器才任意進行了修正。

「這簡直是作弊嘛，哈哈！」

在天如運看來，比起修訂錯誤的穴道資訊，奈米機器能夠轉移資訊、使人輕而易舉理解書籍內容的功能根本是作弊等級的能力。一個人若想徹底鑽研、熟稔一門學問就必須全面性地理解並背誦得滾瓜爛熟，但有了這種方法，根本沒必要再為了掌握什麼而吃盡苦頭了。

（只要直接把知識全塞進腦袋裡就行了嘛！）

親身體驗奈米機器強大的性能之後，天如運完全止不住咧到耳邊的笑意。

儘管現在自己的書齋裡什麼也沒有，但只要一進到魔道館，那就不可同日而語了。據他所知，魔道館的武功書閣中不僅收藏著魔教中所有武功相關的書籍，還有從正邪各派搜刮劫掠而來的各式武學藏書。

在入館之日，六大宗派的繼承者肯定會想方設法加以阻撓，但只要讓他踏進武功書閣，他就能比任何人更加迅速地背誦、習得武功祕笈。

（在魔道館裡頭，我要比任何人都更快速地變強、生存下來！眼下就以此為目標努力吧！）

此時此刻，他絕無可能在繼承者的排位競爭中脫穎而出，畢竟與剛起步的他不同，各宗各派的接班人打從娘胎起，就已經開始學習包含脫胎換骨等等各種最上乘的武功，唯有迅速變得強大，才能讓天如運在六大宗派繼承者強者環伺的競爭之中倖存下來。

然而，此刻的天如運尚且有所不知。

奈米機器真正的能力可不僅僅是資訊轉移功能這般單純。

第三章　進入魔道館

Nano Machine

在天如運約莫十歲那一年，鎮日臥病在床的母親華夫人便撒手人寰。

當時一聽說華夫人病情危篤，教主就立即命主治大夫魔醫白鐘宇趕來，可華夫人早已病入膏肓、難以挽回。

日後天如運才曉得，原來母親華夫人的性命是被微量毒素所害。在日常飲食中投入少量的毒藥，持續一段時間使毒素日益積累，致使對方自然死亡，分明是謀害他人的陰毒手法。

天如運雖同樣處於微量毒素中毒的狀態，但積累遠不如華夫人那般深重，白鐘宇得以及時開出解毒丹作為處方，才讓他保住了一條小命。

自此之後，天如運每天的飯菜便交由張護衛親手操辦。

身為一流的武林高手，張護衛每日替天如運準備早餐之前都會早起練武。不知從何時開始，天如運也會在清晨早早起身，偷偷觀看張護衛練武的模樣。

原本在不成文的武林律法之中，偷看他人的獨門武功是相當失禮的行徑，但張護衛深知天如運無法學習武功，也替他深感惋惜，故而總是對他偷師的舉動睜一隻眼、閉一隻眼。

嗖嗖！

今天，張護衛同樣起了個大早，脫去上衣演練著他的獨門武功「短劍祕術」。大部分的武術訓練都是先反覆操練基本的起手式，接著是招式的鍛鍊。

（想不到這一天這麼快就到了。）

事實上，眼見入館之日將至，天如運心下緊張得一整晚輾轉反側、難以闔眼。一旦進入魔道館，他便不再受到張護衛的保護，徹夜難眠的他凝視著張護衛一招一式地演練劍法，眼裡盡是苦澀。

（早知如此，入館之前多少從張護衛身上偷師幾招武功豈不是好得多？）

儘管每回觀看張護衛修練武藝，這個想法都會在天如運腦中徘徊不去，但一想到六大宗派隨時緊盯在側，根本瞞不過他們的耳目，他也只得作罷。

就在這時，奈米機器「吶挪」的聲音陡然在他腦海中響起。

【您是否要掃描張護衛的訓練動作？】

（什麼？）

吶挪沒頭沒腦的一句話讓天如運高高揚起了眉梢。查閱書籍也就罷了，掃描訓練中的招式動作又是什麼意思？

（你連對方的動作都能掃描下來？）

【是的，能夠掃描。】

（你的意思是，你能夠將張護衛修練武功的動作，透過那個叫做掃描的功能，轉移到我的腦子裡？）

【是的。我本身的程式儲存的數據之中，也登錄了數種武術資料，現在就能傳送至主人腦中。】

雖然天如運一無所知，但製造出第七代奈米機器的未來科學技術，早已先進到這個時代的人難以想像。在未來，人類不必直接學習，直接透過轉移技術就能獲取資訊、掌握一技之長，因此絕大多數的未來人對於學習的需求並不高。

儘管並未獲得張護衛的允許，不過一到正午，天如運就必須進入魔道館，屆時究竟會發生什麼變故，連他自己也難以預料。苦惱許久之後，天如運總算做出決定。

（好，幫我掃描吧。）

【已啟動掃描功能。】

天如運的瞳孔迅速晃動起來，奈米機器也開始一一掃描張護衛正在演練的動作。就在他雙眼眨也不眨地凝視著張護衛勤練了大半個時辰，奈米機器的聲音又在天如運腦中響起。

【已掃瞄完畢，開始將資料轉移至使用者大腦。】

啪滋！

隨著電擊般的刺痛感，張護衛做過的每個動作以一幀幀影像勾勒出來，逐一刻印至天如運腦中。僅僅轉瞬之間，資料就已全數轉移完成。

【轉移完畢。】

雖然還有些微的頭暈和反胃，但不同於先前，此刻的不適已明顯減輕至能夠忍受的程度了。

天如運在暈眩之中緩緩調整著呼吸，閃閃發光的眼中充滿了詫異。即便先前掃描書籍轉移至腦海時也令人嘖嘖稱奇，可此刻的驚嘆已經難以言喻。

（吶挪……這是認真的嗎？我好像現在就能使出張護衛的短劍術了！）

擔心會被張護衛瞧見，天如運緊緊關上窗門，這才在屋裡拉開了架勢，那正是張護衛在施展短劍術之前擺出的起手式。

啪啪！

天如運以手握短劍的姿勢舞動雙臂，張護衛的短劍祕術便行雲流水地從掌中接連施展而出。縱使他根本不曾學過分毫武藝，但教人驚訝的是，他的一招一式竟與廂房外頭、身在庭院中的張護衛比劃的動作分毫不差。

更難以置信的是，天如運的動作與潛心砥礪這套短劍祕術將近二十年的張護衛相比，居然毫無二致。

習武之人數十年如一日地勤練武藝，可說是讓身體熟記固定的姿勢，並將其砥礪至完美無缺的過程。然而，天如運卻透過轉移，徹底省略了這段漫長的步驟，直接將所有動作刻進大腦之中，他興高采烈地施展著短劍祕術的招式，腦中又響起了吶挪的聲音。

【以掃描的動作進行訓練時，會增強的肌纖維及經脈發育相關資料已分析完成，是否要轉移到身體肌肉之上？】

（連身體肌肉也要轉移才行？）

天如運內心詫異地問道，掌底的招式仍持續不停地施展著。

【倘若反覆進行動作訓練時，隨之發育增強的肌肉未能完成轉移——】

抽痛！

「嗚呃！」

豈料吶挪一句話還沒說完，天如運的全身肌肉便驟然一陣作痛。來自肌肉的抽痛並未如一般的疼痛能迅速消散，甚至還引發痙攣，導致他的身體難以動彈。

【由於透過反覆訓練而產生的肌肉和經脈尚未發育完成，在這種狀態下施展動作，故對您的肌肉和經脈造成了損傷。】

（畢竟你先前已經幫我轉移了一些知識，我才勉強能聽懂你在說些什麼，但你就不能說明得簡單點嗎？）

拖著疼痛不已的身子，天如運一瘸一拐地在床邊坐下，腦中犯著嘀咕。

【依據使用者的語言程度轉換術語。】

（語言程度？）

儘管這句話就像是瞧不起他似的，教人心裡頗不是滋味，但天如運聽得一頭霧水也是不爭的事實，因此他只是默默地皺了皺眉頭。

【術語已轉換完畢。由於主人您並未長期習練張護衛的武術，因此即使將武功轉移進大腦，身體也尚未能適應。若想透過腦內模擬使身體完全熟悉該套動作，則須同時轉移已發育的肌肉資料才能將動作完整施展出來。】

（這麼說是比剛剛簡單點了，但還是有夠深奧的。）

吶挪裝載的用語大部分都與當代人的語言相去甚遠，因此無論它怎麼轉換，依舊是艱澀費解。

【是否要將使用者語言程度調整至最低級別？】

（……我是大概能聽懂啦，腦內模擬什麼的。）

他細細思索了一下腦內模擬幾個字，腦海中便出現了相關的情報，顯示那是為了解決問題，以假想的方式對與現實相似的狀況進行分析及預測等工作。

（那麼，照你說的，只要肌肉上也完成轉移的話，就不會造成疼痛了？）

【是的，是否要進行轉移？】

（這個也很快就能完成？）

【肌肉轉換相關程式將動員體內所有的奈米機器，故需要一些載入時間。】

（載入？就是運行時間的意思吧？大概要耗時多久？）

【若欲將肌纖維及經脈全數轉換，預計所需時間約一個時辰。】

眼下還是清晨，一個時辰（約莫兩小時）的時間算相當充裕。原本還很擔心這項工作會很費時的天如運旋即點了點頭，同意進行轉移。

【肌纖維及經脈轉移程式將會伴隨強烈的疼痛，因此將讓您暫時進入睡眠麻醉狀態。】

（聽起來好像很痛。）

【疼痛相當劇烈。共計有兩百三十五萬起肌肉轉移程式而暈倒的案例。】

（那不然，我試一試？）

聞言，天如運心裡反倒莫名升起了一股傲氣，思索片刻便這麼問道。

儘管發出了一次警告，可吶挪本就不具備擔心、憂慮之類的情緒，因此遵從了主人的意願。

【您是否要在未進入睡眠麻醉的狀態下進行轉移？】

（……要是我撐不住了，還可以改成睡眠狀態嗎？）

不自覺擔憂起來的天如運仍然替自己找了條退路。在不久之後，他很快就會明白先準備好後路並沒有錯。

【開始轉移。】

噗嚕嚕嚕！位在天如運體內的六十四億八千二百四十萬具奈米機器開始往肌肉及經脈移動。

起初，天如運只感受到些微發癢的感覺。

（真是瞎緊張了，看來這也沒——）

「沒什麼大不了的」幾個字他都還沒想完，奈米機器便開始了肌肉的轉換。

啪喀喀喀喀！

「嗚！」

口中爆出一聲慘呼，隨著全身肌肉劇烈地扭曲，猛烈的痛楚襲捲而上，天如運頓時翻了個白眼。

雖然他身處的情況不允許他尖叫出聲，但他實在疼痛難當。

「嗚呃呃呃呃啊啊啊……！」

天如運全身發了瘋似的扭動，他口中剛吐露一丁點嚎叫的前兆，吶挪的聲音旋即響起。

【啟動睡眠麻醉。】

「咕嚕嚕嚕嚕。」

一晃眼，天如運便含著滿嘴的白沫昏了過去。

＊＊＊

結束了晨練，張護衛捧著事先準備好的食材，正在廚房裡打點著早飯。

原本的他，別說是掌廚了，就連煮好一鍋白米飯都生疏得可以。但自從五年前華夫人因餐食中的微量毒物不幸病故之後，天天都得下廚的他如今已經有了長足的進展，燒菜煲湯都有模有樣，一點也不亞於村裡經營餐館的廚子。

他平時多半只會弄些簡單的菜餚當作早餐，但今天卻刻意使用了昨晚剛送來的、新鮮的黑豬肉和雞蛋。一到正午，就是天如運進入魔道館的時間了，因此這天的早餐他也格外費心，畢竟這說不定是天如運最後一次能安安心心地吃上一頓飯，所以張護衛才想盡力為天如運準備一桌他愛吃的菜餚。

（您務必要平安活下來，讓屬下能再為您做頓飯啊。）

張護衛順著黑豬肉的紋理片著肉，兀自沉浸在傷感之中，耳邊卻傳來了一聲細小的悲鳴。

「嗚呃呃呃呃啊啊啊……！」

廚房離天如運居住的廂房相距不遠，這程度的聲響自然迅速驚擾了張護衛。大吃一驚的他一把扔下菜刀，三步併作兩步奔向天如運的住處。

他猛然拉開廂門，只見天如運吐著滿口白沫倒在床邊，上半身極度狼狽地掛在床沿。

「公子！」

驚慌失措的張護衛連忙衝上前去，查看天如運的情況。

儘管嘴邊吐著沫子，但張護衛搭著手一診脈，卻沒有半點異象，就如同兩天前他發現天如運昏倒在林中那時如出一轍。

（身體似乎沒有異樣。天公子究竟是在做什麼……咦？）

廂房地面上一連串模糊不清的腳印陡然映入張護衛的眼簾。他輕手輕腳將昏迷不醒的天如運放在床上，隨後靜靜地觀察著那串腳印。

（怎麼可能？）

張護衛心下奇怪，用自己的腳沿著地板凹陷的腳印試著挪動腳步，霎時間，他的瞳孔劇烈一震。地上微微陷落的腳印竟是屬於他的獨門武功，短劍祕術的步法。

平時單純走動的痕跡並不容易對地面造成損傷，但所有武學都是建立在步法的基礎之上，隨著震腳氣勁的深入，這種木質的地板經常會出現塌陷。

（什麼？難不成公子無師自通，獨自習得了短劍祕術？）

這簡直震驚得他說不出話來，但並不是因為自己的獨門武功讓人神不知鬼不覺地偷學了去。

張護衛試著沿著地板凹陷的步幅緩緩移動，那些腳印就與自己砥礪二十年來的功夫毫無二致。這好歹要訓練數年的基本功，並潛心將每個招式打磨好幾年，才能將短劍祕術錘鍊至如此境地。

（天公子暗中觀看我修行的模樣，至多也不過兩年而已。）

除了清晨的訓練和用餐時間之外，張護衛一直都如影隨形地守在天如運身邊。照這麼說來，天如運僅僅只是有樣學樣地仿照他清晨訓練時的動作便有這般領悟，讓張護衛不由得顫慄不已。

（不過是從旁偷師，難道他只用短短兩年就趕超了我二十年的修為嗎？）

「哈……。」

這結論一方面叫張護衛倍感空虛，另一方面，他卻無端端地紅了眼眶。

在他的記憶之中，天如運始終是需要他竭力保護的對象，也是他珍視之人的兒子，而今竟意外發現了天如運潛在的天賦，令他感動不已。

張護衛小心翼翼地挪步走到天如運身邊，再次把了把他腕上的脈搏。

（公子身上內力全無，看來，他只習得了招式啊。）

不過，這說不定反倒值得慶幸。倘若平白無故傳出風聲，說天如運早有內功修為，除了惹怒六大宗派之外，別無益處。

要是知道公子有這般才華，他早該撥空親自指點他，就算只是一招半式也不枉，而今只能徒留滿心遺憾。

（原來公子的悟性竟如此之高，是我有眼無珠了。）

張護衛用惋惜的目光注視著沉睡中的天如運好半晌，安靜地離開了廂房。

就這樣，一個時辰匆匆過去。

【與動作相關的肌纖維及經脈轉換已完成。解除睡眠麻醉狀態。】

滋滋！一陣輕微的刺激閃過腦際，天如運從酣睡中甦醒了過來。

「嗬呃！」

由於他最後的記憶仍停留在因痛苦而全身扭曲的瞬間，導致清醒的那一剎那仍險些喘不過氣來。

「嗬……嗬……。」

天如運的額角上冷汗涔涔，如果可以，他絕對不想再經歷一次相同的痛苦。光是單純的肌肉痙攣就已經令人痛苦難耐，若要人在神智清醒的狀態下，強忍肌纖維和經脈轉換造成的苦痛，簡直堪稱天方夜譚。

「唏啊……唏啊……我絕對不會再幹這種事了。」

【我事先已警告過主人了。】

「……知道啦。」

忽視吶挪最初的警告無疑是天如運自己的選擇，怨不得誰。

平復了急促的呼吸，天如運翻身爬下床榻，走到廂房正中央，擺出短劍祕術的起手式。

（那麼，我現在演練短劍祕術就不會疼了吧？）

【已透過腦內模擬，將肌纖維與經脈轉換成持續鍛鍊二十年後的狀態。】

（很好！）

得到吶挪肯定的答覆後，天如運就從起手式開始一招一式操練了起來。

啪啪啪啪！

天如運揮動雙臂，掌底蘊含的力量明顯與剛才截然不同，每回翻動手掌，拂過掌心的微風都輕快無比，動作與動作之間的節奏掌控也更加精確。

砰啪！

就在他準備施展出第二招，踏出步法的那一瞬間，只聽見木頭搭建而成的地板頓時發出轟然巨響，一陣晃動。

原因無他，正是由於他完成劍招時落下的震腳，與他先前僅僅只是比劃招式時使出的力量有了天壤之別。

「唏！」

天如運被自己踏出的震腳嚇了一大跳，手裡短劍祕術的第二招也不自覺停了下來，他將腳從地板挪開，只見上頭清晰地印著他的腳印。

「完蛋了。」

他不禁擔憂，萬一將來被張護衛發現這個痕跡又該作何解釋？

（原來就算沒有內功，也能留下這樣的痕跡啊。）

儘管天如運對此感到萬分驚奇，但實際上，經由反覆的訓練、以精煉的外功完成每個招式，再透過與招式相輔相成的運氣法增添內勁，平添劍招的威力，這就是武術的基本道理。而天如運身上既已具備經過千錘百鍊而成的肌肉和經脈，短劍祕術的外功自然也已臻至上乘。

天如運還不曉得此事已被張護衛察覺，正兀自擔憂著地板上塌陷的腳印，就在這時，叩叩兩聲，有人敲響了房門。

「公子，我把早飯送來了。」

來人正是張護衛。

天如運一時急得像熱鍋上的螞蟻，連忙用腳在印痕周圍拚命踩踏，試圖抹去那個腳印。想也知道，陷落的凹痕當然不可能輕易消失。

隨著門咿呀一聲敞開，張護衛走進房中。

「公子？」

「啊啊！感覺今天肚子特別餓呢。」

心急如焚的天如運手忙腳亂地一個大動作，將原本靠窗的桌子一把拖到房間正中央。

見狀，張護衛眼神詫異地問道：「您不是一向喜歡在窗邊用餐嗎？」

「因、因為有好一陣子沒辦法回來這了，所以今天想在裡面吃。」

儘管他那支支吾吾的口吻實在令人起疑，但張護衛未置一詞，只是默默將裝著早餐的托盤擺在了桌上。天如運還以為自己有驚無險地混過了這一關，暗自鬆了口氣，在桌旁坐下。

「啊！」

烤豬肉、炒青江菜，還有蓋了顆煎蛋的白飯，滿滿一桌全是他最喜歡的菜色。雖然這樣的早餐和六大宗派接班人平素享用的山珍海味仍相去甚遠，但對天如運而言，這頓早餐已無異於豪華的珍饈美饌了。

不同於平時，見到這一整桌由自己喜歡的菜色組成的食物，天如運的表情也變得微妙。一旦進了魔道館，他很有可能今天一走便是有去無回，正因張護衛很清楚這一點，所以這不僅是他為天如運做的最後一頓飯，也是最後的關照。

天如運舉起筷子將飯菜送進嘴裡，不禁眼眶泛紅、喉頭一陣哽咽。

【由於情緒急劇變化導致胃酸逆流至食道。將刺激唾液腺分泌唾液，請吞嚥食物及唾液以抑制胃酸分泌。】

（別再嘀咕些莫名其妙的玩意了，安靜點！）

【暫時轉為靜音模式。】

在吶挪的聲音安靜下來之後，天如運才吞下塞了滿嘴的食物，這畢竟是張護衛為他做的最後一頓早餐，可不能剩下。

一直到他將碗底的飯粒扒了個乾淨，始終一語不發守候在一旁的張護衛這才開了口。

「不知道您是什麼時候偷——」

話說到一半，張護衛實在不忍心對著服侍多年的公子說出偷師兩個字。

「不對，您什麼時候學習了我的短劍祕術？」

「啊！這……這話是什麼意思？」

正自我感傷的天如運被張護衛毫無預警的提問突襲，一時難掩內心的慌亂。

張護衛將放著托盤的桌子挪向一旁，用手指著廂房的地板，只見地板上還留著一個清晰的腳印。由於天如運及時將那痕跡遮了起來，因此張護衛剛才並未發覺，留在地上的凹陷顯然比之前更鮮明了。

（我果然沒有看錯。）

那處清清楚楚的凹痕，無庸置疑，就是在施展短劍祕術第二招之前踩下的那步震腳。

然而，就算天如運從未拜師學習過武藝，他畢竟從小在魔教中長大，對於江湖武林那些禁忌避諱自然也心知肚明。暗地偷師他人武功，絕對是令人鄙夷的大不韙。

「那、那個……。」

他被吶挪的能力沖昏了頭，偷學了他人的功夫，這點已是板上釘釘、毫無辯解的餘地。他更沒有信心直視張護衛的眼睛，生怕會看見他大失所望的眼神。

眼見天如運不知所措得連一句話也說不出來，張護衛在天如運面前跪了下來、凝視著他的眼睛，柔聲說道：「您做得很好。」

「啊……？」

「偷師何錯之有？我本就是隨侍公子的人，若不是礙於六大宗派的盟約，我早就想將短劍祕術傳授給公子了。」

「……張護衛。」

他本以為張護衛會大發雷霆，這溫柔的一席話，讓天如運頓時紅了眼眶。張護衛一直守護著他、照看著他，對天如運而言，張護衛是比他親生父親更像父親的存在。

張護衛從懷中掏出一張寫得密密麻麻的紙條，交到他手裡。

「這是？」

「這是短劍祕術內功運氣的要訣。」

「為什麼要把這個交給我？」

「雖然我也很想親自傳授您內功，但您進了魔道館之後，將能見識到許多比我的內功心法更出色的法門，請您務必勤加學習。」

聽見張護衛關懷備至的話語，天如運的淚水終於從右頰滑落。打從母親華夫人過世之後，他便下定決心收起眼淚，咬緊牙關拚命撐了下來，但說到底，他也只不過是個渴望關愛的少年罷了。

或許是為了留給淚流滿面的少年一點空間，張護衛靜靜起身，清理桌面、拿起托盤轉身往廂房外走去。而在離開之前，張護衛又倏然打住腳步，說道：「唯有今天，您可以盡情流淚，但從現在起，您必須更加頑強才行。」

「……謝謝你。」

那是從昨天開始，不，是他一直想告訴張護衛的一句話。

天如運擦乾眼淚、平復了心情，心中也不再有任何猶豫和恐懼，縱使華夫人已經與世長辭，他也有能夠回去的所在。

＊＊＊

時間匆匆，正午時分轉瞬即至。

魔教城寨內的街道上，人們熙來攘往，奔走的腳步絡繹不絕。原因無他，正是因為魔道館的入館儀式即將展開。

來自魔教各方宗派，年屆十四至十九歲的少年全都往魔道館蜂擁而來。

所謂魔教，是由被稱為基石的六大宗派、三大護法，以及數以百計之大小流派建構而成的組織。

創設魔道館的目的，就是以十年為一週期，不斷培育新的人才。在這一期，由於多位少教主候補也將進入魔道館，故本次魔道館入館又被眾人戲稱為「少教主爭奪戰」。

對於其他無數宗派而言，相比於平時的魔道館入館，展開少教主爭奪戰的這個時期，也是人們毛遂自薦、在少教主跟前占據一席之地的好機會。因此，各宗各派的青年男女也都齊聚一堂，光是這些群眾，人數就直逼一千人。

一踏進魔道館入口，一個寬闊無比的大練武場立刻映入眼簾，寬廣得足以容納下全部人員。

站在大練武場上的無數少年臉上全都寫滿了緊張和期待，因為立於魔教之巔的教主也會參與魔道館的入館儀式，意味著他們有機會能夠一睹教主的風采。對於一般教眾而言，倘若不是這類特別活動或集會，根本不可能面見教主真容，因此眾人的期待更是水漲船高。

就在這時，議論紛紛的嘈雜聲響在一片寂靜的練武場上漸漸擴散。

「看那邊！左護法來了。」

「既然左護法都到了，教主很快就會到了吧。」

「我竟然能拜見教主的尊容，這還是生平頭一回啊！」

一名中年人頂著一頭隨風飄逸的狂野紅髮，由大練武場前方的講壇左側踏入場中，對著諸多少年環視了一周後，發自內心流露出譏諷的笑。

（一群蠢貨，竟還沒弄清楚這搞不好就是你們的葬身之地！這屆帶頭的幾個可真不像樣。）

這名一頭赤髮的中年男子，正是教主的心腹左護法「炎王」李火明。

在教主身邊，有隨時護衛在側的三名貼身護法，分別為大護法、左護法及右護法三人，此三人僅需遵從教主之命行事。大護法緊隨教主左右，保護教主周全，而左右護法則專司對內外執行教主命令，在魔教當中，他們也都是身手位列前十的強者。

（唔嗯，那幾人就是本次要參加的六大宗派繼承人了？）

左護法李火明自然而然地將目光轉向站在最前排的幾名少年。

在眾人進入大練武場時，會分發一塊圓形的名牌給所有即將進入魔道館的少年，上頭寫著一個數字，多數參加者都是依照入館順序編號，唯有六大宗派的幾名少教主候選人例外。

（這幾個小毛頭，氣勢倒還挺有模有樣的。）

場上所有人都老老實實地列隊站著，而來自六大宗派的幾名少年少女則兀自站在最前方，彷彿自認高人一等似的。

不同於在白色名牌上寫有黑色編號的其他人，身為教主的直系血親，他們黑色的名牌上則寫著鮮紅的數字，編號則依照教主候補的順位列為：

一號，玄魔宗天武延。

二號，劍魔宗天景雲。

三號，伏魔宗天武錦。

四號，毒魔宗天從殲。

五號，刀魔宗天柳燦。

六號，音魔宗天垣麗。

雖然名牌上頭只載明了編號，但這幾人畢竟是少教主繼承人，左護法李火明自然對他們的名字知之甚詳。

在上一次的少教主爭奪戰當中，分別從毒魔宗和刀魔宗出現了兩位女性候選人，而這一回，音魔宗的候補則是唯一的一位女性。直至目前為止，在少教主爭奪戰中由女性候補者取勝的次數僅只一次，因此誰也不抱太大的期待。

（該來的人全都到了，唯獨那小子依然不見人影。）

李火明從最前排開始仔細打量了一番，但並沒看見他正在尋找的臉孔。

在本次的魔道館入館者之中，有那麼一位少年，正因與他人截然不同的理由而遭到所有魔教首腦人物的矚目。

（原來在那裡啊。）

李火明找了好半晌，那少年的身影總算映入眼簾，要不是他身上還戴著突兀的黑色名牌，說不定李火明根本找不著他。

就在魔道館的入口處，也就是所有人列隊的最後一排中間，他發現天如運正一個人愣頭愣腦地站在隊伍當中。

（除了六大宗派接班人以外的少教主候選人。）

儘管貴為少教主候補，不過天如運並沒能被安排到最前排，只能站在後頭。他那似乎隱隱遭到周圍少年排斥，獨自一人被擠到隊伍外頭的模樣，更是顯得格外難堪。

（想引人注目啊？這手段可真有意思。）

即便那可笑的模樣確實引起了他的興趣，但也就到此為止了。

據李火明所悉，那孩子壓根就沒練過武功，身手就和一般凡夫俗子沒有兩樣，按照傳聞所說，他肯定會在入館儀式時就慘遭淘汰。

（人真的好多啊。）

待在最後一排的天如運，切切實實地感受到近千人的少年人數之多。雖然他並不是最晚到的，但怪異的是，外頭卻表示沒有他的名牌，要他在門口等著，於是他只能一路枯等到所有人都入館了才能擠進場中。正因如此，即使他身上戴著黑色名牌，也沒法躋身最前排。

不消說，這肯定又是六大宗派之中某人使的陰招，但他覺得無所謂。

（反正一開始就跟他們發生摩擦，也沒什麼好處。）

對天如運來說，這麼一來反而落得輕鬆。

畢竟那些傢伙從他進入魔道館之前就三天兩頭想置他於死地，可說是為此費盡了心機。要是真和他們打上照面，他不用想都知道那場面該會有多劍拔弩張。

噗嗚嗚嗚嗚！號角聲響徹了大練武場。場內的眾人頓時爆出交頭接耳的鼓噪聲，方才左護法到來時的騷動根本無法與之比擬。

只因就在這一刻，一道人影出現在大練武場前方的臺上。

「是教主大人！」

「哇啊啊啊啊！」

「天魔神教千千歲！」

只聽見直逼千人的少年吶喊聲撼動了整座大練武場，響徹雲霄。

一名中年人端坐在講壇正中的首座上頭，身披一件以黑色綢緞製成的長袍，上頭還繡著一個朱紅色的「天」字。此人便是當代魔教的教主，亦是在江湖上被譽為武林五大高手的天裕宗。

撇開那顯赫名頭不談，光是天裕宗那強悍形象及剛猛氣勢就強烈得足以壓倒場中的所有人。

「怎麼可能，我竟連頭都抬不起來！」

儘管那些少年心心念念渴望一窺教主尊容，可現在別說是好好瞅上一眼了，他們就連抬眼的勇氣都沒有。

三名護法的首腦人物，大護法「冥王」馬羅謙昂然挺立在教主身側，他的臉上總是戴著一副紋樣獨特的面具，即使是在魔教中，也極少有人見過他的面孔。

「哎唷。」

而在講壇的右側，那名衣衫襤褸、有如醉鬼一樣腳步踉踉蹌蹌的人物，則是右護法「狂刀」葉孟。即使乍看之下此人實在不成體統、荒誕可笑，但他同樣是魔教中位列前十的強者。

「嘖嘖。」

「看個屁啊！」

葉孟一隻手提著裝滿了酒的酒葫蘆，眼見炎王李火明用一副心寒的眼神瞅著自己，惱羞成怒似的斥道。

就在這時，大護法馬羅謙走到臺前，運起內力揚聲說道——

「肅靜！」

他宏亮的聲音即使身在遠處也能聽得一清二楚，騷動不安的場內立刻變得鴉雀無聲。

「至尊，都準備好了。」

馬羅謙向後轉身，輕聲向教主稟告。

在大練武場的靜默之中，教主天裕宗緩緩從首座之上站起身來。一眾少年對於教主將會說些什麼也倍感好奇，不由得嚥了嚥唾沫，緊盯著教主。

「即將進入魔道館的諸位，神教未來的英才呀。」

不同於高聲大喝的馬羅謙，教主說話的聲音就如同與人沉聲交談一般，並未在場內迴響，而是直抵少年們耳畔一般清晰地鑽入耳中。光是這一開口，就不難察覺人稱中原武林之巔、名列五大高手之一的天裕宗，身上的內功究竟有多麼深厚。

「歡迎入館。在此處好好積累各位的武功，成為神教的力量吧。」

僅此一句，教主便結束了談話。

見天裕宗在臺前背過身來，大護法馬羅謙畢恭畢敬地說道：「有勞教主了。」

隨後，教主天裕宗便在大護法馬羅謙的護衛之下踏下講壇，悠然離場。

在場的大批少年儘管並未盼望教主長篇大論，卻也因為這番過於簡潔有力的發言一時愕然，旋即再次齊聲吶喊起來。

「天魔神教千千歲！」

在那震耳欲聾的嚷嚷聲中，天如運的表情分外微妙。

畢竟，在他十五年的人生中，這是他頭一次與素昧平生的父親對上了眼。高高站在講壇之上發話的教主一眼就望見了站在最後一排的天如運，然而，那副眼神別說有什麼溫度了，簡直可說是極盡冷淡之能事。

（反正我也不抱什麼期待就是了。）

就連華夫人含恨而終的時候，天裕宗也不曾露過一次面。

只要他不抱任何期待，也就不會有失望。

此時，場內再度安靜了下來，一頭紅髮飛揚的炎王李火明大步走到臺前。

「既然教主大人的入館賀詞已經結束，那就正式開始吧。」

聞言，人群一陣喧鬧。

「還不趕快給我站好!!」

在李火明震耳欲聾的怒吼聲中，吵吵嚷嚷的眾人霎時間噤若寒蟬。不同於他火紅的頭髮、粗獷的外貌，這人自身的性格顯然既神經質又尖銳。

「我簡單說明一遍，全都聽好了。」

李火明為眾人介紹魔道館整體的運作體系。

「魔道館的訓練將持續五年，共分為六個階段。」

魔道館的培訓以五年為期這件事可說是眾所皆知的事實，然而，場中一些普通武學宗派或中小門派，尚有許多少年的父母或師承可能未曾進入魔道館，故他們更是聚精會神，豎耳傾聽著左護法李火明說明關於六個階段的考試規則。

「這六個階段將會依序舉行考試，每階段考試挑戰的機會以一次為限。」

話音剛落，眾人又是一陣騷動。

「機會只有一次」這句話讓少年們一時混亂不已，這也就意味著，萬一那一次挑戰未能通過，就將從魔道館永久淘汰。

「看來你們倒也不笨嘛。沒錯，一旦魔道館的門徒未能通過考核，就會即刻被逐出魔道館。」

每次進階的機會僅此一回。這個規則聽上去儘管有些冷酷，但也同時說明了魔道館中的競爭有多麼激烈、又需要成長得多快速。

就在這時，在講壇的最前排，一名看似十七歲上下、一副貴公子模樣的俊朗少年舉起手來發問。

「我有疑問。」

黑色名牌上寫著「二」字的少年，正是少教主順位排名第二的劍魔宗少主天景雲。明明李火明的說明尚未結束，便唐突地打斷提出疑問，但那少年的眼神卻是一副堂而皇之的模樣。

豈料——

「誰准你小子發問了？」

「什麼？」

劍魔宗天景雲英挺的眉間瞬間鎖了起來。

由於是教主的親生骨肉，他在進入魔道館之前向來受到所有教徒的禮遇，聽到「小子」這輕蔑的稱呼，頓時令他錯愕不已。

「哎唷？你是對『你小子』這稱呼有什麼不滿嗎？還是你想在爭奪戰開始之前就慘遭淘汰？」

左護法李火明犀利的訓斥讓天景雲內心氣不打一處來，但卻一句話也無法回嘴。因為他這才想起，有件事剛剛被他忘在了腦後。

在進入魔道館的前一天，他的護衛便曾對他鄭重警告：「在進入魔道館的那一刻起，無論是六大宗派也好、教主的血脈也罷，所有的禮遇都將同時撤回。此外，無論此次被指定為魔道館館主的人是誰，您都千萬不能惹惱對方，這點請您務必銘記在心。」

當時他還沒什麼實感，可親身經歷這番申斥之後，感受立刻大不相同。

對方不僅是教主的護法，在擁有成千上萬武人的魔教之中更是排名前十、首屈一指的怪物，平白無故招惹了對方，只會吃不完兜著走。

「晚輩知錯了。」

看見天景雲夾起尾巴討饒的模樣，並排站在他身邊、其餘五大宗派的後繼者，臉上紛紛露出一抹冷嘲熱諷的笑意。

第四章　第一階段的考試是送分題

眼見天景雲因貿然失言而丟盡了臉面，場中再度陷入死寂。所有人都真真切切地感受到，一旦進入魔道館，一切都將徹底回到弱肉強食的競爭體系之中。

左護法李火明繼續說了下去。

「嗯，我也知道你這小子想問什麼。魔道館的六階段考試分別都只有一次機會，各位自然認為機會渺茫，然而，通過考試躋身下一階段的人，將會獲得三項特別的福利。」

一聽見「福利」兩個字，一眾少年的眼神頓時閃閃發光。畢竟人們在魔道館中待的時間愈長，武藝便越發高強，也能獲取更高的地位。

「第一項好處是靈藥。魔道館將授與各位名為『魔龍丹』的丹藥，那是本教運用各種靈物及空青石乳等珍稀藥材製成的靈丹，順帶一提，每順利通過一個階段，就會贈與一顆魔龍丹。」

誠如李火明所說，魔龍丹是魔教煉製而成的靈丹，儘管其功效不及少林寺的大還丹，但比起小還丹可說是有過之而無不及。服用時，若能完整吸收靈藥的丹氣，就能獲得二十年的內功修為。

透過簡單的計算便能得知，要是能夠順利通過六個階段、服下六顆靈丹，等同於斬獲一百二十年（二甲子）的內力，一舉晉升為超頂尖的高手。

考慮到魔教中位列前百的強者全都是江湖上拔尖的一流高手，這項福利可謂極其巨大。

然而，靈丹畢竟是藥物，人體內部會產生抗藥性，服用愈多，反而愈難以發揮先前的奇效。否則，萬一每服下一顆丹藥都能獲得二十年的內功，那持續提供給教中絕頂高手即可，何必拿去關照後起之秀？

（六個階段啊……。）

天如運的眼中也閃過一抹興味。

縱使目前的他內力全無，但只要通過六個階段，他也能獲得在短時間內透過靈藥、讓內功迅速增幅的機會。

「第二項福利便是武學祕笈。既然你們都是習武之人，自然也明白武功祕笈的重要性吧？」

這一項，可謂進入魔道館最大的福祉之一。

魔道館中收藏著整個魔教現存的所有武學藏書，部分書籍甚至是作為魔教根本的六大宗派各自的不傳之祕，簡直是個藏寶庫。

（武功祕笈！）

對此刻的天如運而言，最迫切的或許不是內功，而是武學祕笈也說不定。

他雖借助吶挪的力量掌握了短劍祕術，但想在魔道館中生存下來，他還需要更強的武功。

「魔道館的祕笈書齋共分為五層，武學祕笈也從一樓至五樓依據強度分為五個等級，你們每通過一個階段的考試，就會開放下一層。也就是說，根據你們能做到什麼程度，無論是六大宗派的祕法、甚至是本護法的獨門功夫，都有機會修練。」

最後的第五層裡頭收藏的武學祕笈，據說不僅僅是魔教，而是堪稱享譽整個武林的蓋世神功。倘若能掌握這些神功絕學，要在江湖上揚名立萬、成為一方強者絕非空談。

「不過呢，就憑你們這些臭小子，即使是轉世投胎也不可能去到第五層，勸你們別做夢了。」

在眾人鬥志高漲的當口，不時又拋出一句冷言冷語重挫大夥的士氣，這就是左護法李火明。即使如此，第二項福利依舊讓在場所有人精神大振。

「哼，你們就趁現在儘管高興吧。最後的第三項福利，就是將會為你們賦予至今不曾取得的排名和職階。」

眾人頓時一片譁然，排名和職階幾個字在場內掀起前所未有的議論聲。

不同於正派的武林盟或邪派聯盟，魔教中所有的一切都以強者為尊。在被送入魔道館之前，魔教中不分宗派、所有少年都身處沒有任何職等的狀態，這可說是一種保護狀態。

（所以，大家才那麼說嗎？）

天如運這才明白，為何人們都說一旦進入魔道館，一切都將截然不同。

從投身魔道館的那一刻起，他們就正式踏進魔教弱肉強食的體系，不再是少年、也不再是受保護的對象。而魔教作為單一門派，卻能夠問鼎武林三大勢力的祕密就在於此。

「通過第一階段，就能成為下級武士；通過第二階段即為中級武士；突第三階段就能晉升上級武士。萬一出身普通的武林世家也就罷了，倘若身為名門大派的後起之秀，卻只能屈居上中下級的武士，只怕會丟盡了臉面吧？」

以十年為期進行的魔道館選拔，和以五年為期實施的上中下級武學培訓，因為此次考核期間彼此重合、共同進行，除了各宗各派的年輕新秀之外，也必須與一般習武世家的少年一同參與。

「啊！除了上中下級武士的稱號外，本次進階考試一樣會提供魔龍丹，請各位務必發憤圖強！」

一如李火明所說，在這個時期加入上中下級武士晉級測試的少年們也都能獲得魔龍丹，可說是相當幸運的一期。

魔教的武士共分三個階段，其實力可謂天差地別。

下級武士只有三流的功夫，中級武士則屬二流的泛泛之輩，最後的上級武士則擁有一流的武功。

正因如此，整個魔教之中，上級武士的人數也寥寥無幾。

「倘若能通過第四階段，就能獲得隊長的職銜，通過第五階段則會被賦予團長的職位。而最後的第六階段，反正跟你們這些傢伙沒什麼關係，我就先略過不提了。」

李火明會說得這麼斬釘截鐵，都是有理由的。

究其原因，是因為第六階段的考試難如登天，幾近不可能，綜觀歷屆魔道館通過的人數也不超過十人。正因歷來都是如此，李火明自然也不抱太大的期望。

「此外，一旦在魔道館內通過高階考核，個人的職等就會受到認可，即使一開始同樣都是魔道館的門徒，最終也可能會成為上命下從的階級關係。」

這一點才說明了整個魔道館的真義：倘若不能率先獨占鰲頭，就等著面臨淘汰的命運。

一直以來只為了生存而咬緊牙關的天如運，眼中煥發出強烈的光芒。倘若迄今為止的忍氣吞聲都只是為了保全一條命，那麼從現在起，唯有不斷奮發向上才是生存之道。

「別高興得太早。反正這裡大部分的人不管用什麼手段，都不可能晉升到三階以上的。」

李火明衝著少年們嗤笑道，彷彿早已預知了一切。

「說明差不多就到這裡，接下來就要進行第一階段考試，作為分派住處及編組的依據。」

冷不防聽見第一階段的考試施行在即，在場的少年無不露出滿臉的困惑。

截至目前為止，在聆聽說明的過程之中，眾人始終摩拳擦掌、躍躍欲試，但任誰也沒料到，在入館儀式的當天就會舉行第一階段的考試。

「如我先前所說，要是無法通過第一階段的考試就會被直接逐出魔道館。連這點試煉都過不了的傢伙，根本就連當上下級武士的資格都沒有。」

李火明冷酷無情的說法使在場接近千人的少年有一大半頓時面如死灰。他們滿心以為自己總會先學點什麼才接受考試，但這麼一來，不就意味著魔道館打從一開始就決定剔除那些蠢材草包嗎？

這同樣讓天如運惶惑不已。

（什麼？立刻就要進行第一階段考試？）

在半點內力都沒有的狀態下接受第一階段的考試，他便有將近十成十的機率被淘汰出局。這項條件對他而言可說是不利到了極點，但事已至此，他也只能寄希望於第一階段的考試相對容易，或者即使內力全無也有可能通過。

當著所有人的面，李火明宣布了第一階段的考試內容。

「第一階段考試是要考核各位的基本資質，要成為本教的武人，至少需要具備最基礎的內力。」

聞言，在內心拚命祈求的天如運不由得皺起了眉頭。

這番話無異於堂而皇之地宣告，在第一階段考試中，連一丁點內力都沒有的人準備慘遭淘汰。

「沒能通過第一階段的人，就會被分派去負責幹本教中的農活、商業或勞動工作，奉勸各位做好必死的決心。啊！不對，反正那些微、不、足、道的工作也需要人手，各位還是隨便考考吧。」

既然不關他的事，李火明便用嘲弄的語調雲淡風輕地譏諷道。

這種玩笑話也讓天如運心中百般不是滋味。

（唉唉……真的煩死了。）

天如運不由得怒從心生。本以為只要進入魔道館，六大宗派便不可能再使什麼小手段，豈料在入館儀式當天的第一階段考試就要考驗內力，這根本就是針對他而來。

（所以他們才要逼我不能習練內功？）

天如運這才恍然大悟，為何六大宗派的夫人要費盡心機逼他發下毒誓，讓他不得學習內功心法。入館的第一關便是考核內力，萬一他過了這關就能成功踏入魔道館。相反的，只要讓他過不了這一關、遭到放逐，他便無法獲得任何職等和認可，成為魔教之中身分最為低賤的存在，如此一來，過去便處心積慮要暗中置他於死地的六大宗派元配，肯定會明目張膽地來取他性命。

（呵呵！）

或許是看穿了天如運不忿的心情，站在臺前、出身伏魔宗的接班人天武錦，臉上露出頗為滿意的神色。

（我原想親手了結那小子呢！嘻！雖然不知道這是誰的主意，但還真有兩下子。）

不許天如運學習內功的計畫並非出自伏魔宗之手，天武錦雖然情知這肯定是六大宗派眾夫人之中的某一派主導的詭計，卻不曉得她們想在這一刻發難。

就在這時，一位手持琵琶、風情萬種的中年女子舉步踏上了講壇。李火明大手一揮，指著女人朗聲說道。

「這位就是負責第一階段考試的音魔宗家主，同時也是本教的五長老之一，項昭柔項大人。」

站在最前排的末尾，身穿紅色絲綢華服的嬌俏少女忽然揚起了嘴角。女孩正是位列繼承人排名第六的音魔宗天垣麗。

事實上，在魔道館之中，所有的考核都必須與六大宗派無涉，唯一的例外就是第一階段。

換作平時，教中長老的真容就和教主一樣難得一見，一現身就該引得少年們歡聲鼓舞，但眼見事關第一階段的考驗，眾人不得不滿心懷疑。

（究竟是要考什麼，才需要讓五大長老出面？）

聽著場中交頭接耳的聲響，李火明咧嘴一笑，說道：「這次考試，幾乎可以說是送分題，倘若就此遭到淘汰，你們這些傢伙這輩子都別想當上下級武士了。」

話音甫落，五長老項昭柔便在講壇上的首座落坐，擺出演奏琵琶的姿勢。而底下的人早就心有猜測，紛紛捂起耳朵、亂成了一團。

「嗯，要是五長老拿出真本事、好好演奏『琵琶音攻』，只怕你們這些小鬼頭根本堅持不住，五長老會為了你們適當調整演奏力道的，別太擔心。要是夠走運，說不定連沒有內功的人也能咬咬牙撐過去呢？呵呵。」

李火明最後那句冷嘲熱諷，簡直就像是說給天如運聽似的，乘載著強大內力的琵琶音攻，絕不可能單靠意志力支撐過去。

天如運咬緊了下唇。

（……該死。）

本階段的考試就是承受住「音攻」。同時這也是唯一的手段，不必耗費太多時間，就能在高達一千名的少年之中一口氣篩選掉資質不佳的無能之輩。

「只要有最起碼的內力，撐過一刻鐘想必不成問題。」

始終一語不發的五長老項昭柔果然不負音魔宗家主之名，用優雅美妙的嗓音開口說道。只可惜，此時此刻在場眾人都緊緊捂著耳朵，什麼也聽不見。

「在一刻鐘之間，能承受住音波攻勢而未昏倒之人，就能通過第一階段的考試！考試開始！」

左護法話聲一落，五長老項昭柔纖長的手指旋即用指甲撥響了琵琶弦。

錚錚錚錚錚！錚錚！錚錚！

隨著她五指撥動琴弦，悠揚的琴音立刻響徹場內。然而，那旋律絕非單純的悠揚悅耳爾爾。只見演奏連一小節都不到，位於場中的數十名少年轉眼就已經捂著耳朵、口吐白沫昏倒在地。

「唔呃呃呃！」

「就、就算捂住耳朵也聽得見！」

錚錚！

豈料，這才不過是開始而已。每當五長老奏響琵琶，耳中的鼓膜便隨之嗡嗡鼓動，甚至衝擊著心臟，許多人不由得按著胸口、呻吟著倒下。

若想好好享受這般琴音、或堅持下來，少說也需要二十年以上的內力。但若不是從小浸淫武學、脫胎換骨，服用過無數靈藥而擁有相當內功的六大宗派少教主候選人，又或上等門派的少年，絕不可能擁有這般修為。

（耳朵還挺疼的呢，哼哼哼，別說一盞茶的時間了，你們這些傢伙就乖乖趴在地上打滾吧。）

伏魔宗繼任者天武錦的臉上充斥著愉快的神色。然而，事情發展的方向卻大大出乎眾人的預期。

（嗯？怎麼不太對勁？）

起初只是輕柔演奏著琵琶的項昭柔，指尖撥動琴弦的速度卻漸漸加快，光看她一臉生硬，就能看出她的心情並不愉快。

這正是因為項昭柔全心關注的對象別無他人，唯有天如運一人。

（這是怎麼回事？他怎麼還不倒下？）

令人吃驚的是，渾身上下沒有丁點內力的天如運依然好端端地站在原地，彷彿什麼事也沒有。

原來打從演奏一開始，在音波往整座大練武場擴散出去的剎那，說時遲那時快，天如運腦中的奈米機器便啟動了緊急防禦模式。

【從琵琶演奏中發出的聲波產生強烈的高頻和低頻。】

【偵測出可能會對使用者造成鼓膜及身體上的損傷。】

【立即啟動防禦模式，阻斷傳進耳膜及身體的音波。】

在一般情況下，奈米機器吶挪會依據使用者的指令運行程式，但若系統察覺外在環境可能對使用者的身體造成損害或危險，就會自動啟用防禦機制。

琵琶琴音乘載著內力發動了攻擊，但奈米機器立即阻絕了聲音、對音頻啟動了防禦模式，音波攻勢自然未能傳入天如運耳中。

（……怎麼回事？）

在項昭柔奏響琵琶的那一剎那，天如運腦中只傳來吶挪的話聲，在此之後他便什麼聲音也聽不見了。然而，眼前高達千人之多的少年們卻哀號連連地紛紛倒下，幾乎有一半以上都徹底倒地不起。

聽說要考核內功，天如運整個人緊張不已，仰仗著奈米機器吶挪事先偵測到使用者的危害替他阻絕了聲音，這才讓他安然度過危機。

雖然他所在的位置位於大練武場的入口處，相距較遠，但也不至於聽不見琵琶的演奏聲。

（現在是你讓我聽不到聲音的？）

【由琵琶演奏的音波所產生的高頻和低頻，可能對主人造成危害，故暫時終止能夠感知聲音的身體器官機能。】

（那我怎麼聽得到你的聲音？）

【我直接向主人的大腦傳遞訊息。】

（好複雜，太複雜了啦。）

無論吶挪怎麼解釋，它的機能都令人難以理解。

在大練武場上，已經有超過半數的少年昏倒在地，多數人都口吐白沫，甚至嘴角淌出鮮血，似乎都已受到了內傷。

一陣顫慄倏然襲來。除了五感之外，人類還有第六感這種最直接的感官，即便阻隔了聲音，可天如運的視覺並未受阻，因此他不可能感覺不到那道朝他直射而來的鋒利目光。

錚錚錚錚錚錚錚錚錚！錚錚！錚錚！錚錚！

儘管琴音中傾注了內力，但五長老項昭柔優雅演奏著的五指卻與一開始不同，速度愈來愈快，強度也倍增，直到站在她身側的左護法李火明都蹙起了眉頭。而李火明很清楚她會如此焦躁的原因。

（據我所知，那小子明明內力全無啊。）

眼前的事態也讓李火明感到興味濃厚。

受制於六大宗派過去締結的誓約，他本以為天如運根本不曾修習過半點內功心法，而他卻神奇地在音波攻擊下好端端地挺了過來。

不同於呆立在原地的天如運，他身邊的少年們早已全在地上胡亂扭動。

「呃呃呃呃呃！」

「嗬啊！你的耳朵裡淌血了！」

「臭小子！你也一樣啊！」

目前還能咬牙苦撐著的少年，縱使擁有內力卻也感到生不如死。自尊心備受打擊的項昭柔演奏琵琶的強度遠高於原定的計畫，因此連那些內功不足二十年的少年也開始感到吃力。

（音魔宗家主為何演奏得如此激動？）

六大宗派的少教主繼任者起碼都擁有半甲子以上的內功，在五長老琵琶聲中的音波攻擊之下堅持著，仍顯得游刃有餘。然而，究竟是什麼事情使得她臉龐倏然扭曲，仍舊令他們好奇不已。

儘管幾人都在全力運行內功保護自身，並且五長老和左護法就在跟前，萬萬不該轉頭張望，但天武錦還是抵擋不住好奇，向後調轉視線。

（嗬？）

霎時間，他的嘴裡險些不由自主地冒出一聲驚呼。

（那傢伙到底是怎麼撐下來的？）

只見天如運正好端端地站在原地，一副若無其事的模樣。

就連獲得各種靈丹妙藥的幫助、身負半甲子內功的自己都感到耳中刺痛不已，但天如運的表情卻像是什麼異音也沒聽見似的。

（那、那、那小子有內功！）

天武錦費了好大的勁才沒有脫口而出，可內心早已咒罵連連。天如運曾在華夫人面前立下毒誓絕不修習內功，卻能夠承受音魔宗家主項昭柔的音波攻擊，說明他肯定身負內力、無庸置疑。

（什麼？）

（他又是怎麼了？）

眼見轉頭張望的天武錦臉上一陣青、一陣白，身居第四順位的毒魔宗天從殲及第六順位的音魔宗天垣麗也不由得感到奇怪，難忍好奇地轉過頭去。

（嗬！那是怎麼回事？）

（沒有內功的傢伙，為什麼還是一副安然無恙的樣子？）

不明白天武錦為何如此激動的兩人見狀，臉上的表情也變得和天武錦一樣扭曲。明明早該在大練武場上昏迷不醒的天如運，看上去竟比自己還安穩，簡直教人啞口無言。

（吶挪，如果我沒看錯他們的表情，那邊那幾個傢伙、還有正在演奏琵琶的五長老，應該都生氣了對吧？）

【開始分析面部肌肉運動，那是由倉皇、吃驚及憤怒的情緒所表現出來的面部肌肉型態。】

用不著吶挪來分析，幾人的臉上都明確地表現出對他強烈的敵意，只是因為聽不見聲音，天如運總覺得眼前的一切非常不現實，他直覺地意識到，儘管並非有意為之，但自己的行徑卻已經足以引發他們的滿腔怒火。

（他們全以為我沒有內力，肯定是因為我還撐著傷了他們的自尊心吧？）

照這樣下去，即使他順利通過第一階段的考試也會成問題，畢竟他曾在六大宗派派來的武人面前發誓，在進入魔道館之前絕不學習內功。

（吶挪，你能強行造成內傷嗎？）

【您所謂的內傷，是指對五臟六腑造成損傷的意思嗎？】

（對，你辦得到嗎？還是不行？）

【位於體內的奈米機器能夠強制對內部臟器造成損傷，但不建議主人刻意傷害身體。】

（原來可行啊。那就在演奏即將結束時對我造成內傷，讓我嘴裡吐點鮮血出來。）

【您是指因體內損傷導致口中吐出血液嗎？】

（沒錯！）

眼下天如運已經備受懷疑，甚至引發了眾人的憤怒，他若不能好歹受點內傷、吐兩口鮮血，肯定會引起所有人的警戒。

在他好好開始習練武藝之前，絕不能冒這個險。

【依照主人指令，強制對內部臟器進行損傷。】

吶挪遵照天如運的命令調動體內的奈米機器，靜候琵琶演奏尾聲的到來。

另一方面，眼見一刻鐘時限將屆，音魔宗家主五長老項昭柔的自尊心也幾乎到了極限。

撇開他偷練內功不說，天如運這不成氣候的毛頭小子不僅抵擋住自己的音波攻勢，甚至一派泰然自若地站在原地，簡直就和侮辱她沒兩樣。

錚錚！

琵琶彈奏出來的音色丕變。

迅速察覺到這一點的炎王李火明眼神出現一抹困惑。雖然他無法理解她的心境究竟出現了何種變化，但她顯然已無暇顧及大練武場上的其他子弟。

錚錚錚錚錚錚錚！

李火明還沒來得及勸阻，項昭柔就往琴音之中灌注了自己泰半的功力。項昭柔的內力高強，當她拿出真本事、發揮音波攻勢真正的威力後，若不是有點真才實學的武林高手，絕對難以抵禦。

「咳呃！」

那些出身名門大派、位居前列的少年們一路堅持著，此時臉色驟然發青，體內不斷逆襲而上的痛苦使他們不自覺地乾嘔、鮮血直流。

（嘀！）

受苦的可不僅僅只有名門大派的後裔。

無論六大宗派各自的繼任者積累了再深厚的內功，也不可能與五長老的功力相抗衡。音波的攻擊越發強大，他們的呼吸逐漸粗重、心臟跳動的速度也愈來愈急促，幾人連忙運起內力試圖咬牙苦撐，但根本無濟於事。

「咳咳、咳咳！」

在六名繼承者中，內功最為貧弱的毒魔宗天從殲體內似乎已經受到重傷，突然劇烈咳了起來。左護法李火明一察覺他的情況，便當機立斷做出判斷。

「請您住手吧！再這樣下去會有危險的，五長老。」

錚！

李火明迅速以傳音示警，五長老項昭柔似乎也意識到了危機，五指終於離開了琴弦。

直到響徹大練武場的琵琶琴音徹底消失，好不容易咬牙苦撐下來的少年們頓時不約而同跪倒在地。倘若再繼續片刻，只怕場內所有人都撐不過第一階段，全員慘遭淘汰也說不定。

儘管因為過度激動使出過於劇烈的琵琶音攻，讓五長老項昭柔心中倍覺羞愧，但也沒有削弱她對天如運的怒意，她十分確信，天如運違背了他與六大宗派夫人的誓約。

孰料，就在這一刻。

噗嗚嗚嗚嗚！

自始至終呆立在大練武場最後方的天如運臉色驟變，先是迅速漲紅，又漸漸轉青，緊接著從他口中噴出的鮮血剎時如噴泉般染紅了半空。

一時間，在講壇上注視著一切的李火明、項昭柔神色僵直，就連伏魔宗的天武錦也不例外。

（怎麼回事？）

一個人的口中竟能噴出那麼多血，簡直令人難以置信。一般說到「淌血」，多半就是鮮血從喉頭溢出、從嘴角流下的程度，但天如運這情況根本和噴泉沒什麼區別了。

（他不是順利撐下來了？）

若說是演戲，他吐的血未免也太多了。

朝著半空中狂噴鮮血的天如運踉踉蹌蹌地跪倒在地，用手撐著地面，任誰看了都明白他是受到極嚴重的內傷。

（吶挪……你……你……？）

【已執行您命令的程式，對體內臟器造成約三成的損傷，並盡可能使血液逆流。】

（喂，你瘋了!!……我、我還以為我死定了！）

通常即使只是嘔吐都會令人感到痛苦，而身負內傷的武人喉頭嘔血的時候，胃裡更是灼痛不已，當鮮血如噴泉般噴湧而出，那痛楚更是難以言喻。

「呃嘔嘔嘔！」

天如運嘴裡似乎還有殘餘的鮮血，又嘔出一大口血來。練武場的地面及他周身全都被他口中流淌而出的熱血染得一片通紅，要是脾胃稍微差一點的人都難以直視。

「嘖！」

不同於驚慌失措、什麼話也說不出來的五長老，左護法李火明既然負責主掌魔道館第一階段考試，立場自是迥然。

縱使六大宗派的接班人和身為私生子的天如運發生惡鬥，那也是屬於他們內部的問題，但若在考試途中鬧出人命，李火明就不得不獨自扛下所有責任。然而若天如運不是教主的血脈，李火明也不至於如此倉皇，他匆匆施展輕功，一轉眼就疾奔到天如運身旁，觀察他的狀態。

「喂喂、小鬼頭！你沒事吧？喂、喂！」

吐了一陣鮮血，天如運整個人都感到頭暈目眩，就在他跌跌撞撞、即將昏倒之際，李火明一把扶住了他。

【由於7%的血液損失引發暈眩症狀，將開始對受損的臟器進行自我修復並增加血液。】

一聽見吶挪要著手治療，仍在天旋地轉之中的天如運趕緊出言制止。

（不行！現在還不行。）

【主人目前的狀態可能會有危險。】

（再等一等。）

在他強烈的阻攔之下，吶挪暫時中止了啟動自我修復的程式。

眼見天如運雖然依舊睜著雙眼，但臉色煞白、狀態萎靡不振，李火明不由得咋舌。

「這狠毒的小子，還不如直接昏倒得了。」

他一手扶著天如運，一手則替他把著脈，確認他是否擁有內力。李火明心想，天如運既然在五長老項昭柔的音波攻勢下撐了下來，他自然鍛鍊過內功，但出乎意料的是，天如運的丹田之中竟沒有絲毫內力。

（哈？沒有內功？）

即使他稍稍注入自身的真氣嘗試進行刺激，也沒發覺內力的蹤跡。這麼說來，天如運壓根就毫無內力，只是靠單純的意志力承受住了音波攻擊，更不用說他還受到嚴重的內傷，顯然是他在沒有分毫內功卻咬牙承受音攻的狀況下，付出了慘痛的代價。

（瘋了，這小子真的瘋了，從沒學過內功的傢伙，居然擁有這麼強大的精神力？）

他不由得在內心慨嘆連連，天如運竟真的毫無內功，只憑純粹的精神力量通過了考核。

關於天如運，左護法李火明歷來只耳聞過「不幸的第七公子」之類負面的傳聞，始終對他抱有成見，可又有誰能料到，除了六大宗派之外，區區卑賤侍婢之後、備受輕視的天如運，竟然擁有這般強大的意志力。

李火明高高舉起手，召來等在練武場外的教頭們。

「把這小子抬到館內的醫務室去。」

命令一出，教頭們立刻取來擔架，扛起天如運往醫務室奔去。被抬上擔架的天如運則暗暗朝吶挪下令。

（……趕緊治療吧。）

第五章　小鬼，我收你當徒弟吧

音魔宗家主五長老項昭柔注視著天如運被抬出場外，表情相當微妙。吐了那麼多血，那不可能是作戲，他想必受了相當嚴重的內傷。

不知何時，左護法李火明已經再度走上講壇，走回神情有異的她身邊。

「您做得太過火了。」

「什、什麼？」

「就差一點，您險些就害了他的小命。」

自從她刻苦磨練以琵琶彈奏的琵琶音攻以來，這輩子還從未見過任何人受到那麼嚴重的內傷，甚至讓她產生一種自己的內功是否又更加進步的錯覺。

面對左護法李火明的指責，一時感到尷尬的項昭柔悄聲問道：「那孩子，真的沒有任何內功修為？」

眼見天如運身受內傷、被擔架抬出場外，的確讓項昭柔的心情放緩不少，但轉念一想，在沒有內功的情況下忍受音波攻勢整整一刻鐘，這簡直是天方夜譚。

李火明露出一抹苦笑，搖了搖頭。

「完全沒有。」

「什麼？」

「那小子沒有半分內力，他確實遵守了那個誓約。」

「怎麼可能？在沒有內功的情況下承受了我的音攻，這像話嗎？」

項昭柔的琵琶音攻絕非什麼三流功夫，儘管她並沒有拿出十成本事，但光是超過一半功力，就已經造成大練武場上狼狽不堪的光景，還能直挺挺站著的最多只剩三十幾人，一半以上的人都昏迷不醒，縱使有人還能勉強維持幾分意識，也早已大口嘔吐著趴倒在地。

「若他沒有內功，就該像那些孩子一樣昏過去了才是啊！」

「他已經受了嚴重的內傷，那小子僅僅是靠著意志力挺過來的。」

「什麼？靠意志力硬撐下來？」

「……真是可怕的意志力啊。」

直到此時，他的意志力仍讓李火明感到了不得，若天如運不是出身不上不下的教主私生子，他甚至有一瞬間想收他為徒、親手培養。

然而，炎王李火明這個人面對現實相當冷靜。因此他不會被這股衝動影響，真的去收這個被魔教的基石、全體六大宗派視為眼中釘肉中刺的少年為弟子。

咕嘟咕嘟！

「哈啊！這可真有意思，你說什麼？靠意志力硬撐？」

靠坐在講壇右側，只顧著大口猛灌裝在葫蘆中的酒的右護法狂刀葉孟，忽然表現出興致盎然的模樣。

他這個人，平時除了好酒貪杯以外，就是個對什麼都提不起興趣的狂徒。

面對他的提問，李火明神經質地答道：「這事用不著你操心，滾遠點喝你的酒去吧。」

「哼！不用你這紅毛傢伙多說，我也打算要走了。」

「死酒鬼。」

「臭小子，跟個娘們似的。」

葉孟煩躁地嘟囔著，背過身走下講壇去了。

兩人雖同樣身為護法，但由於性格天差地別，經常發生摩擦，沒有人不曉得若不是大護法馬羅謙，兩人肯定會廝殺直到其中一人斃命才會善罷甘休。

「嗯嗯，總之，因為他完全沒有內功，所以沒有任何問題。至於您在本次考試中考核過當這一點……我會向教主殿進行報告。」

「……我明白了。」

五長老項昭柔即使心下仍有幾分懷疑，但對於自己未能克制情緒、必須向上呈報至教主殿的警告，則沒有再提出反駁。

（再怎麼說，左護法也不可能偏袒那個賤人。）

她認為，向來與六大宗派交好的左護法不可能在這件事上說謊。

她拿起琵琶，快步走下講壇，穿過練武場消失了蹤影。注視著一眾倒地不起的少年，她嘴裡不斷犯著嘀咕。

「這才是正常的啊……。」

而在五長老項昭柔走後，左護法李火明看著練武場中的少年趴的趴、倒的倒，不由得陷入苦惱。

「唉……這該如何是好啊？」

照這個情況，要立刻分派組別根本是難上加難啊！

＊＊＊

座落在魔道館講壇後方的建築便是主樓。

作為一棟三層樓的建築，醫務室就位於魔道館主樓的二樓，魔醫白鐘宇的弟子白鐘明受命在此擔任大夫。他曾聽師父說過，五年之間此處的患者會層出不窮，肯定能累積不少經驗，昨晚白鐘明一接到命令便興沖沖地收拾好自己的醫療器械，風風火火地搬進館內。

砰砰！

聽見外頭的敲門聲，白鐘明的表情還有些訝異。這才不過第一天，何況外頭還在進行第一階段的考試，誰會在這時間來醫務室？

「白大夫，有傷患！」

「傷患？這麼快！快請進來！」

近來，正派的武林盟也好，邪派聯盟也罷，雙方似乎全忙於培育後起之秀、無心交戰，故而幾乎沒什麼傷患出現。

（魔道館果然就是棒透了。）

一想到頭一天就能接到患者，白鐘明便興奮得不能自已。

門一開，只見兩名魔道館的武術教頭用擔架抬著傷患進入屋中，那少年渾身衣物都染滿了鮮血，正是天如運。

「不是吧！考試究竟有多激烈，怎會把人弄成這副德性？」

若不是肚子上被捅了幾刀，身上根本不可能沾染這麼多血。

聽著白鐘明的提問，年輕的武術教頭搖了搖頭，答道：「這孩子內傷相當嚴重，由於他毫無內功，連運氣調息都不會，左護法下令請您務必好好醫治他。」

「你說他是受了內傷？」

身為魔醫白鐘宇的弟子，他拜入人稱魔教神醫的白鐘宇門下已近十載。儘管跟在師父身邊見識了不少患者與病例，但因內傷而流出這麼多鮮血的傷患仍是前所未聞。

「我們只負責將人送到醫務室，先告辭了。」

「啊，好的。」

魔道館的分組工作立刻就要開始，人手肯定會不足，教頭們將天如運抬到醫務室的病床上之後便準備離開。然而，其中一名年輕的教頭倏然停下腳步，歪了歪頭才踏出屋外。

年長的教頭尖銳地數落道：「都忙不過來了，還在磨蹭什麼？」

「沒、沒什麼，嗯嗯。」

一臉蒼白被擔架一路抬過來的天如運，現在氣色似乎比剛才好了許多，但年輕的教頭只覺得八成是自己看錯了，搖了搖頭。

教頭們走出醫務室之後，白鐘宇拉了張椅子在天如運躺臥的床邊坐下，開始替他診脈。

「唔嗯。」

天如運悄悄將眼睛睜開一條縫，偷偷瞅著閉著雙眼專注把脈的白鐘明。

不久前，還在大練武場上的時候他痛苦得差點當場暴斃，但隨著奈米機器自我修復程式的運行，他也清醒了過來。

（哎呀……沒料到還有醫務室這件事。）

躺在擔架上一進入醫務室，驚慌失措的天如運連忙讓吶挪打住治療機能，只要求它繼續修復痛楚難耐的咽喉及食道，此外的部分，他只能咬牙忍到大夫把完脈象再做打算。

「脈搏不規則且急促，內傷確實很嚴重。」

透過診脈，白鐘明得出了結論，天如運的內臟已經大幅受損，可無論他怎麼想，天如運淌出大量血液的問題仍舊令他百思不得其解。

「就算不小心咬破了舌頭也不可能這樣啊，嘖。」

左思右想，白鐘明還是打算先替天如運扎針治療，便往自己的桌邊走去，就在這時，某人連門也沒敲一聲就使勁推開醫務室的大門闖進房中。

砰！

「哎唷喂，嚇我一跳！」

突如其來的闖入者讓白鐘明吃驚地一屁股跌坐在地，他困惑地抬頭張望，只見一身襤褸，鼻頭像個酒鬼似的漲得通紅，手裡還提著一個酒葫蘆的中年男子映入眼簾。

「右護法？」

「哎唷？你這小子怎麼會在這兒？」

「右護法您不是該待在入館儀式上嗎？怎麼會跑到這兒來？」

「哎呀！成天待在魔醫師父身邊的小跟班，今年居然被分派到魔道館當上主治大夫啊？」

眼見右護法對自己的提問置之不理，只是自顧自地自說自話，目中無人的語調讓白鐘明嘆了口氣，因為他很清楚葉孟這人本就是這副脾性。要是師父白鐘宇在場，他多少還會收斂一點，但現在只有自己，因此葉孟也就故態復萌。

「小跟班終於出息啦、出息嘍。」

「唉，我說啊，您來醫務室究竟有何貴幹？以右護法您的實力，應該不可能受傷才對吧。」

「……看來你很有意見啊？」

「啊、啊哈哈哈哈哈，這怎麼可能呢？」

白鐘明眼見葉孟霎時間臉色丕變，露出老大不爽的態度，一時慌了手腳。而葉孟則將慌亂的白鐘明拋在腦後，轉頭望向醫務室中的病床，緊接著他帶著興味濃厚的神情露出一抹微笑。

「嘿嘿？你看看，真是個有意思的傢伙。」

「右、右護法，您這是做什麼？」

右護法葉孟自言自語地叨唸著，讓白鐘明心下一驚，無故退了一步問道。

葉孟似乎根本沒把白鐘明的錯愕放在眼裡，話也不回，逕自走向躺在床上的天如運。

早已恢復了神智，卻依舊緊緊閉著雙眼的天如運難以抹除心中的困惑。

（怎、怎麼回事？他為什麼突然找到醫務室來？）

畢竟不是別人，一聽到堂堂右護法駕到，他的心臟就劇烈跳動起來，不禁懷疑他們是不是看穿了自己的演技，這才找到這來。

即使閉著眼睛，他依然能夠從被遮掩的光線察覺到有人將臉挪到自己的上方。

（……該死！）

衝鼻酒味和難聞口臭刺痛了天如運的鼻尖，縱使他想盡辦法不露出馬腳，但那氣味實在折磨人。

一道粗獷的嗓音鑽進痛苦不已的天如運耳裡。

「你裝睡幹嘛？」

一時間，天如運的心臟頓時漏跳了一拍，縱使並非己意，他的身子也同時不由自主地一陣瑟縮、微微抽動。

嗖嗖！

與此同時，一股莫可名狀的外力一把拉起天如運平躺的上半身，強制他坐起身來。

那是由渾厚內力發出的力量。

儘管天如運的內傷尚未治癒，本就連挪動的氣力都沒有，但他的身子卻被那股內力穩穩固定住，整個人動彈不得。

「你再裝睡，我可就要揍人了。我專門打臉。」

最終，天如運不得不睜開緊閉的雙眼。

一睜眼，方才在大練武場的講壇上遠遠瞧見的那個醉鬼的臉便映入眼簾。天如運苦惱著不知該說點什麼，心想既然自己的演技已經穿了幫，便繃著一張臉問道：「您是怎麼發現的？」

聞言，葉孟便露出一口大黃牙，粗聲笑道：「哈哈哈！你這小子，真是個人才啊！」

葉孟眼見天如運瞅著自己，不僅沒有驚慌，反倒緊皺著眉頭張口就問，那副態度實在唐突。他獨自樂呵呵地笑了一陣，這才接著說道：「像本護法這種程度的高手，光是聽你的呼吸聲，隨便都能聽得出來你究竟睡沒睡，小鬼。」

縱使令人難以想像，但在高手如雲、人才輩出的魔教之中，右護法狂刀葉孟也是位列前十的超級強者。

（光聽呼吸聲就能察覺？）

內心慌亂無比的天如運腦中響起吶挪的聲音。

【平均十五歲至二十歲成年男性的呼吸次數為每分鐘平均十六次左右。剛才主人的呼吸數為每分鐘八次，是為了掩飾極度緊張的情緒的狀態。】

（……多餘的情報就用不著多嘴了啦。）

就算是因為奈米機器吶挪待在自己體內，所以他才這麼清醒好了，但天如運怎麼也想像不到，一旦成為了武林高手，感知竟然會覺醒到這種程度。

葉孟看著倉皇的他，露出那排黃牙笑了起來。

「啊哈哈哈！最近的小鬼頭總是虛有其表，只會裝模作樣，連個像樣的小子都沒有，你小子倒是挺有兩下子的。」

（咦？）

天如運本以為葉孟是察覺了他在大練武場上都在演戲才找到這來，但他顯然是想岔了，看葉孟緊盯自己的表情，顯然是對自己相當滿意。

「最近的小鬼啊，一點耐力也沒有，只要稍微吃點苦就輕易放棄，選擇更輕鬆的道路。」

天如運內心一驚。更準確地說，是他聽著葉孟絮絮叨叨地說著，不知為何良心一緊。

嚴格來說，他並不是靠著意志力堅持下來的，全賴奈米機器的能力阻絕了聲音，那不是尚能硬撐的狀況，而是始終安然無恙、毫髮無傷。

「你小子身上有種最近的小鬼頭都沒有的意志力。我要說的就是這個。」

葉孟愈是讚不絕口，天如運愈是不知所措，甚至漸漸開始感到壓力。他本打算瞞過大夫白鐘明之後，就讓吶挪繼續暫時中止的治療，但葉孟東拉西扯地愈說愈起勁，天如運受了內傷的內臟也漸漸灼燒起來。

眼見天如運的臉色愈來愈鐵青，大夫白鐘明吃驚地說道：「右護法，患者的狀態不太好，必須要先幫他治療才是。」

「真是的。」

葉孟正想發點牢騷，但天如運的臉色確實不對勁。看著他那副病懨懨的模樣，葉孟一時也有些尷尬，於是解開內功，讓天如運強制坐直的身子重新躺回床上，接著他便揚聲說道：「就說正事吧，小鬼頭，我收你當徒弟吧。」

葉孟突如其來的收徒提案，讓天如運瞪大了眼睛、瞠目結舌。

一旁的白鐘明也不例外。

單憑武力，右護法狂刀葉孟可是躋身魔教前十名的超級強者，更遑論在江湖之上，他也是聲名遠播。

「您這話是什麼意思？」

自小遭到所有人排擠的天如運不得不心下疑惑，懷疑葉孟是不是在耍什麼花招，然而，葉孟從頭頂上俯瞰著自己的眼神卻頗為真誠。

只不過，那一身酒氣和刺鼻的口臭是最大的缺點。

「還能是什麼意思？就是說要收你這小子當本護法的弟子啊。」

「……右護法，難道您不曉得我是誰嗎？」

在魔教之中，或許有人不認得他的長相，但他這個人的存在可說是無人不知、無人不曉，他可是讓六大宗派殺紅了眼，渴望除之而後快的排名第七的私生子呢。

「有人不曉得你這小子是什麼人嗎？」

「倘若您收我為徒，六大宗派的人肯定不樂見吧？」

他冷靜地訴說著現實，但葉孟反倒擺出一臉毫不在意的神色，沒什麼大不了似的說道：「呵呵，可笑，本護法要收徒弟，那幫婆娘又能拿我怎麼樣？更何況，不管有沒有你這小子的存在，他們之間都得爭個頭破血流。」

關於現實考量方面，不同於左護法李火明，葉孟這人顯然是更隨心所欲、率性而為的人物。會令右護法葉孟感到害怕、真心追隨的人，唯有魔教教主一人而已。

天如運頭一次聽到自己想聽的話語，心情變得有些微妙。儘管不是他有意為之的結果，但右護法葉孟對自己如此中意，他也不由得被他的提案動搖。

（萬一連這也是陷阱呢？）

在他活過來的每個日子裡，天如運經歷了無數次滿懷惡意的暗殺及種種算計，因此看待每件事自然都越發謹慎。

在一旁觀看的白鐘明也露出充滿興味的表情。

（原來這小子就是傳說中的那位公子啊。）

既然親眼見到了傳說中的天如運，那關於他身上的內傷，白鐘明心中也有了一番定見。

（本次魔道館入館儀式亦是少教主爭奪戰，我本就認為肯定會有人要點小手段，但這真是太過了，嘖嘖。）

在他替天如運診脈的當下，即便他絞盡腦汁也無法理解染滿上衣的血跡是怎麼回事，可若是六大宗派從中作梗，那就有了充分的可能性。

白鐘明這番誤解，對天如運而言無疑是一種幸運。

「您突然提出這樣的提案，我一時也不知該如何答覆您，何況是在進入魔道館之後，又另外拜您為師，更是難為。」

「我操！說得像是我在求你當我徒弟似的。」

咕嘟咕嘟。

天如運那猶豫不決的態度似乎讓葉孟大感鬱悶，一把拔開酒葫蘆的瓶蓋仰頭灌起酒來。

（真是個多疑的小子。）

在此之前，葉孟不曾收過任何弟子，不過天如運在內力全無的狀態下，單憑精神力在音攻下堅持下來的霸氣，讓他頭一回起了惜才之心、提議收他為徒，豈料天如運的反應卻是不慍不火，倒令他有些心焦了。

「嗯，行吧，既然你疑心這麼重，我就給你個相當誘人的提案吧。」

葉孟說著，從自己的懷裡掏出某樣東西。

那是一張被揉得皺巴巴的黃色紙條，他將紙條擺在天如運的床頭邊。而天如運由於仍因內傷而難以動彈，故也無法確認那究竟是什麼。

「呵呵，很好奇吧，你這小子。」

「那是什麼？」

「這可說是你這小鬼頭想在這裡生存下來最需要的東西。」

「什麼？」

「從入館第一天就受了內傷，你八成沒考慮過，比起其他傢伙你會大大落後的問題吧？」

雖然現任的魔道館館主的是左護法李火明，但他畢竟也是魔教中人，自然也曾在魔道館中拜師習藝。儘管每個時期進行的方式略有不同，可基本的大框架終究大同小異。

「就算你憑藉意志力撐過了第一階段考試，但毫無內功的你，有辦法跨過第二階段嗎？」

「這……這個……。」

「咳咳，更何況，跟其他傢伙相比，你本就輸在了起跑點上，哪還有時間讓你悠悠哉哉地在醫務室窩上十四天？若想脫胎換骨、作為一名武人重獲新生，你怎麼樣也得比別人領先一步，但當你這小鬼還躺在這裡的時候，其他人肯定又往前進了一大步吧。」

葉孟辛辣鋒利的說詞，顯示他對天如運此刻的立場瞭若指掌，何況葉孟所說的全是事實，更無可否認。

事實上，儘管天如運能夠透過吶挪快速地進行治療，但為了不使六大宗派起疑，或許他真的不得不在醫務室裡待上一陣子。

「你知道，為什麼那個紅毛的會把你送到這來嗎？」
「紅毛？您是說左護法嗎？」
「沒錯，小子！」
「難道不是因為我受了內傷？」天如運一臉詫異地問道。
「受了傷送到醫務室這自然是天經地義，可你都不覺得奇怪嗎？除了你這小子，其他小鬼也都受了內傷，他為何不把他們送到這兒來？」
（咦!?這麼說確實有道理。）
根據葉孟的說法，除了天如運以外，還有一大半的弟子都在練武場上倒地不起，大多數人都內傷嚴重，可說是情況最惡劣的一次第一階段考試。然而，除了他以外，卻沒有一個人被送到醫務室來。
「若是早已熟習武功的武林中人便可以透過運功調息治療內傷，更不消說，有大夫的治療或靈藥相助，能恢復得更快。」
「您的意思是？」
「沒錯，其他傢伙好歹都能夠運功療傷，沒有理由因為一點內傷就送到醫務室來。」
「啊！」
直到這時，天如運才意會到葉孟的言下之意。
顯然，左護法李火明正是因為確認了天如運身無內功、判斷他無法自我運氣調息，才將他送到醫務室來。
（呵呵，差不多該收尾了吧？）
葉孟心中暗忖，這小子已經快被自己說服，是時候給個板上釘釘的結論了。
「連運氣調息都不會的小子，有辦法在短時間內治好自己的內傷嗎？」

（……呃，這倒是可以。）

當然了，天如運畢竟有呐挪在身，無論是什麼治療，只消短短一天就能恢復。不過，這可是絕對的祕密，他自然不可能說出口。

（右護法說得在理。若想進入下一階段，內功……啊！）

有件事一直被他拋在腦後，他這才猛然想起。

「我一時忘了，在入館儀式的時候似乎有說過，凡是通過第一階段的人都可以獲得魔龍丹，並獲得魔道館武功祕笈書齋第一層的使用權限。」

魔道館祕笈書齋又被稱作魔教的寶庫，儘管程度有限，但在第一層也收納了不少武功祕笈和內功心法。

「噗哈哈哈哈哈！」

聽見天如運的提問，葉孟仰頭大笑起來。不明就裡的天如運不禁詫異地高高揚起眉毛。

「嗯，換作是本護法，八成也會嫌麻煩簡單帶過，但紅毛那傢伙竟沒告訴你們最重要的事啊？」

「他少說了什麼？」

「開放魔道館祕笈書齋，並不意味著你們隨時都可以自由進出，每通過一個階段的考試都只能使用一次。」

「什麼？」

這條件，顯然與全面開放相去甚遠。

「呵呵，魔道館裡可是收藏著各式各樣的祕密文件，倘若可以任人自由參觀，那還稱得上是魔教的寶庫嗎？」

畢竟在魔教內部，尚潛藏著正派的武林盟和邪派聯盟等另外兩方勢力的間諜暗中活動，對魔教寶庫祕笈書齋的保護，當然是比教主殿還要徹底。

天如運一臉愕然的模樣似乎讓葉孟倍感有趣，他又繼續說了下去。

「此外，在魔道館祕笈書齋的一樓，你們只能待上一個時辰。愈往上走，武功祕笈的水準也愈高，儘管給予的時間會更長，但還是相當緊迫。」

「居然還有時間限制？唉，簡直是難如登天嘛。」

「更何況，在書齋之中，你們不被允許以任何方式抄寫書簡，只能以默背的方式死記下來。哈哈哈！只要能記上一、兩卷武功祕笈，都算是挺多的了。一般來說，大夥光是要找到自己想要的武功書籍就虛耗了不少時間。」

一如葉孟所說，李火明沒提到的內容全是至關重要的情報。若事先一無所知，而是在進入祕笈書齋之前才得知這項情報，任誰都會驚慌失措，光是挑選祕笈都得一陣手忙腳亂，根本無法獲得什麼實際的好處。

（等等，但我不是還有吶挪嗎？）

一時有些氣餒的天如運猛然想起奈米機器的能力。

奈米機器吶挪能夠掃描書籍，不僅速度飛快，還只要迅速翻過書頁就能精確儲存內容，他甚至不需要勉強理解和背誦，就能直接強制轉移到大腦。

（這條件不是對我超有利的嗎！）

一個時辰，別說一、兩卷了，一口氣足足掃他個數十本、甚至近百本都不成問題。

葉孟說出這項情報本是要將天如運打入絕望深淵，豈料竟讓他喜不自勝。而對此一無所知的葉孟還暗暗忖度，時機差不多成熟了。

「所以，別說內功了，就憑你這個什麼都不曉得的小鬼頭，想要靠自己獨力在這艱險的魔道館中撐過五年時間，肯定是有極限的。」

能夠進入魔道館的人，基本上都已掌握了自家門派的武學功夫，而光是起跑點就與他人不同的天如運，為了生存自然別無選擇，必須接受葉孟的提議。

天如運短暫地苦惱片刻，接著開口問道：「您放在我床頭邊的紙條……難道是內功心法嗎？」

（我只不過是隨手扔了個誘餌罷了，這小子終於上鉤了，呵呵。）

一想到終於讓天如運上了套，葉孟內心大喜，但表面仍不動聲色地說道：「呵呵，看來你這小子並不傻。沒錯，那就是本護法的內功心法。」

「所以呢？」

「只要你成為本護法的徒弟，我立刻從內功心法開始，一一傳授予你。」

天如運的瞳孔一陣晃動。內功心法。受制於六大宗派的誓約，他朝思暮想卻又不得其門而入的內功心法。

眼見天如運頭一次露出充滿欲望的眼神，葉孟認定自己關鍵的一擊已經發揮作用，露出一排黃牙暗自竊喜。

（這個人，是真心想收我為徒嗎？）

儘管表面上看起來就是個嗜酒如命的醉鬼，名義上，葉孟仍是堂堂魔教的右護法。起初，天如運只是抱持著毫無來由的懷疑，可愈是傾聽，他愈感覺葉孟是真心中意自己，想助他一臂之力。

（若是如此，我得盡可能拉攏這個人站在我這一邊才行。）

透過張護衛的存在，天如運深刻地認知到，當所有人都與自己為敵時，擁有一名友軍、哪怕只有一人也好，在心理上和許多方面都會大有助益。

縱使天如運臉色煞白、全身都難以動彈，但他仍咬著牙踉踉蹌蹌地從醫務室的病床上撐起身子，下到地上。

「哎呀？」

天如運恭恭敬敬地向滿心期盼的右護法葉孟行了個大禮，說道——

「我願拜右護法為師，請受徒兒一拜！」

眼見天如運撐著哆嗦不已的身子俯首一拜，葉孟的臉上洋溢著滿足感。那是師徒之間的最高禮儀「稽首之禮」。天如運還想繼續磕頭，不過身子卻被一股強大的內力強行拉了起來。

「行了。除了教主之外，天家的血脈不可對任何人行稽首之禮。」

這就是魔教的鐵律。無論右護法葉孟再怎麼把天如運當個小鬼、打算收他為徒，對於魔教的法度也沒有絲毫違逆之心。

「呵呵，徒兒。」

親口喚天如運為徒弟而莫名有些羞赧的葉孟，用內力將天如運舉起，讓他躺回床上之後開口說道：「哼哼，今天你還得好好靜養，在本護法……不，在為師回來之前，你就先把內功心法的口訣好好牢記在心吧。」

說完這句話，右護法葉孟就咧著嘴歡天喜地走出了醫務室，不知究竟為何那麼高興。

直到他的身影消失，天如運這才感覺方才彷彿一場風暴襲捲而過，但能在無意之間拜了魔教中排名前十的強者為師，對於強敵環伺的天如運而言，可謂天大的機緣。

＊＊＊

另一頭，持續進行著入館儀式的大練武場上，正在分派組別。

在漫長的編組過程即將結束之際，繼承排名第三的伏魔宗天武錦嘴角揚起一抹邪惡的微笑。

（那下賤的玩意跟我同一組啊，呵呵呵！）

第六章　這就是所謂的速成課程

就在天如運身負內傷被送往魔道館醫務室的同時，入館儀式也暫時打住。那是因為所有入館的弟子無一例外，全都全神灌注地開始運起內功調養生息。五長老項昭柔的琵琶音攻竟使大練武場上近千名的弟子大部分都受了內傷，其威力之大可見一斑。

（唔嗯。）

稍早之前，天如運噴泉似的血灑當場吸引了所有人的目光，但此時此刻，左護法李火明的心思全集中在另外幾人身上。少教主繼承順位第一的玄魔宗天武延，以及排名第五的刀魔宗天柳燦，這兩人也紋絲不動地在音波攻勢下堅持了過來，連眼睛都沒眨一眨。

（不管怎麼說，這些傢伙確實不一般。）

五長老項昭柔發揮了一半以上功力彈奏的琵琶音攻，若要不受絲毫影響，至少也要有磨練了一甲子以上的內功修為。

（呵，這幾個傢伙已經超過一般小徒的水準了。）

打從起跑點開始，他們便已經抵達超越一流高手的境界。

外頭早有風聲，在六大宗派之間，本次少教主爭奪戰很可能是玄魔宗與刀魔宗二者之間的角力，看來這一說並非空穴來風。當然了，其餘四名繼任者也並非毫無競爭力，但這兩人絕對是幾人當中拔尖的人物，無庸置疑。

（真教人意外。）

在毫無內傷的狀況下挺過音波攻擊的，並不僅僅只有幾名六大宗派的少教主接班人而已，其餘六大宗派的直系嫡孫都順利堅持了下來。除了他們之外，甚至也有幾個出身名門大派的年輕人戰勝了琵琶音攻，足有八人之多。

（我本以為會沒什麼意思呢，想不到看來還挺有趣的嘛，呵呵。）

他有預感，若能好好培育，在這一期當中或許能養出不少大有可為的後起之秀。當然了，這種事直到最後才會見分曉，五年後，才能體現出這批年輕人真正的價值，畢竟只有極少數的人能在魔道館之中一路領先群雄，維繫著名列前茅的成績直至畢業。

通過第一階段考試的人共有四百一十五人。與十年前、上期的通關人數相比，整整少了兩百人左右，這全是因為天如運的存在，讓考試的難度大到與上一回天差地別所致。

雖然並不是所有人都察覺了這個事實，但和天武錦一樣，默默轉頭張望的那些少年全都發覺事態全因天如運而起，不由得怒由心生。換言之，天如運好不容易斬獲一名友軍，卻同時給自己樹立了數十名敵人。

誠然，那一人的實力，身在此處的數十人根本無法望其項背。

而遺憾的是，沒能撐過音波攻擊、昏倒在地的那些少年，則一個不留地全數遭到淘汰，逐出魔道館。

「不是！我明明就沒有昏倒！」

「我只是口吐白沫而已，為什麼要趕我走？」

在此之中，自然不乏那些對結果不服氣的傢伙，成長於魔教各大宗派、崇尚弱肉強食的他們，性格暴戾、稟性叛逆的人可不少。

生。

「所以，你們是不服判決嗎？」

「如果是你們，難道可以接受一輩子吃苦勞動或務農過活嗎！」

在唯武獨尊的魔教當中，清掃、從商甚或務農，全都意味著要過上不被當人看、窩囊一輩子的人生。

那些反抗者叫囂的態度搞得一票武術教頭疲憊不堪。

「看來你們對結果不太服氣是吧？」

「沒錯。」

「那就沒辦法了，只能強制將人拖出去了。」

一如武術教頭的警告，那群人粗暴的抗議聲還沒過多久，便一個個被人打昏、拖出魔道館。

整個過程甚至不需要魔道館館主、左護法炎王李火明親自動手。以三十六人組成的武術教頭，全是由能指揮一個部隊、隊長等級的實力派所組成，根本不是那些被淘汰的少年能夠應付的對手。

「運氣好不好也是種實力，那也是你們的命運。」

左護法李火明只是冷酷地看著那些少年一一被拖出場外。

等到場內清理完畢，四百一十五名少年便正式領命成為館內弟子，並獲頒刻有「三」字、象徵著魔教下級武士的銅牌。

「這就開始了嗎？」

「我一定要往上爬！」

其中，士氣高昂的弟子不在少數，畢竟他們順利通過六階段中的第一階，喜悅之情不在話下。

授與身分牌之後，分派組別也旋即展開。

武術教頭和左護法李火明依據少年們事先提交的入館申請書上頭的情報，以及第一階段的考試結果，進行了妥善的安排。全員四百一十五人，除去二十人為一組的五組之外，剩餘的每二十一人分為一組，共分為二十組人。

「你們一定很好奇，為何會分成二十組對吧？」

「魔道!!!」

聽見李火明的問話，所有弟子一致以「魔道」二字高聲回應。這是由於在此之前李火明便下了嚴令，當所有弟子齊聚一堂時，必須統一以「魔道」來取代「是」、「不是」等所有回答，除此之外，僅容許弟子複誦指令。

基本上，館內基礎的訓練方式與軍隊管理極其相似，在魔道館之中，館主左護法李火明的話就是絕對的，不容質疑。

「直到升級至上級武士的第三階段考試為止，所有弟子都會在同一天、同一時間進行考核。」

即使是專司培養後起之秀與後輩武士的魔道館，也不會浪費大筆預算，在整整五年之間大規模訓練多達一千名的人員。

由於下級武士主要負責警備與雜務工作，無須高深的內力，只要擁有三流的武術實力就能勝任，也正因此，他們會在短時間內盡可能透過考核篩選出實力僅限於下級武士的傢伙。

相對的，若要成為中級武士，就必須熟知魔教中使用的基本戰術與陣法，以應對魔教與正派武林盟、或者邪派聯盟等大型勢力的戰爭。

「各位必須熟悉中級武士所需的戰術及陣法，你們所有的時間總共為二十一天（三週）。」

（只有二十一天？）

弟子們在大練武場上排成五列，眼神都充滿了困惑。魔道館的訓練排程遠比他們想像的更快速，簡直難以追上。

「三週之後，二十組人馬將分組以訓練後的戰術、陣法進行對戰，唯有勝出的十個小組才能晉級至下一階段。」

二十組之中，唯有一半的人能夠晉級，也就是說有一半的弟子、相當於兩百多人會慘遭淘汰。

「嗯，反正這是第一次、也是最後一次需要眾人彼此協力的考核，所以你們儘管無緣無故意氣用事一起被淘汰，然後相親相愛地一起離開魔道館吧。」

在一切進行穩當的時候忽然打擊眾人的士氣，依舊是左護法李火明最在行的拿手好戲。

聽到分組考試內容後在內心大呼痛快的，多半是跟高等的名門大派分在同一組的弟子們。雖然編組大部分都屬平均，但也有上游宗派人數相對較少的組別，他們對分組考試自然是老大不痛快。

「今天的行程就到此結束，各自前往各組分派的宿舍休息即可。從明天起，所有人來到大練武場，站在各位眼前的武術教頭會非常親切地指導各位戰術及陣法。」

依照組別站在各隊伍面前，負責各組的武術教頭統一將手背在身後，面無表情地注視著眾人。

（親切？）

（啊……完蛋了。）

不久之前，眾人才剛親眼目睹武術教頭是如何用佩戴在腰間的黑色棍棒，無差別地痛毆那些抗議考試結果、拒絕離開的少年。

「以上，就地解散。解散！」

「解散!!!」

所有弟子用鏗鏘有力的嗓音複述一遍，迅速四散開來，往分派好的宿舍走去，剛結束第一階段考核的他們，臉上都寫滿了疲憊。

然而，在所有弟子紛紛離開大練武場之後，仍有一個人留在原地，那人便是少教主候選人排位第

三、出身伏魔宗的天武錦。

負責天武錦小組的武術教頭林平，眼見所有人紛紛離去，只剩天武錦獨自留在場中，心下怪異地問道：「三號弟子，為什麼還待在這兒？」

所有人在參與第四階段考試、晉升到隊長級之前，都會被以名牌上的數字稱呼。

「因為我有事想向教頭大人請教。」

「你應該曉得，若是與訓練無關的提問，我無可奉告。」

「我明白。」

縱使是武術教頭也不可能在頭一天就認清所有人的臉孔，但擁有象徵著六大宗派的黑色名牌的六名少教主候選人，他們當然牢記在心，畢竟他們之中的某一人，將來會成為魔教的絕對掌權者。

「好，你想問些什麼？」

「第八組的組長，應該會由我來擔任吧。」

（唔唔。）

到目前為止，他們都尚未選拔組長，這是預定明天才進行的日程，但天武錦卻已經得知各個小組將有組長的體制。

（果然沒怎麼把規則放在眼裡。）

六大宗派本就權勢滔天，他還以為他們不會向少教主繼承人暴露即將在魔道館舉行的考試內容，但看樣子果然不出意料之外。

「分配到我們組裡的七號弟子被送到醫務室去了。」

「然後？」

「分組考核舉行在即，我不希望因為組上少了任何一個人，拖了整個小組的後腿。」

「他未能參與今天後來的入館儀式，肯定什麼都不曉得，我想去轉告他今天聽到的情報，避免七號弟子和其他組員無端受害。」

「哦？所以呢？」

林平本以為六大宗派的接班人全都視天如運為眼中釘，但天武錦的舉動卻與傳聞大不相同，似乎對身為同組組員的七號頗為關照，讓林平感到難能可貴，便帶著欣慰的神情說道——

「態度可嘉。你似乎對分組考試的基本情況相當了解，雖然這還只是第一天，但仍值得嘉許。本教頭會積極採納三號弟子的意見，親自前往主樓，將今日之事轉達給七號弟子。」

「咦咦？不、不需要勞煩教頭您跑一趟，由我自己——」

「除特殊情況之外，習武弟子不得進入魔道館主樓。」

面對林平斬釘截鐵的態度，天武錦內心倉皇不已。

（該死！有的沒的禁止事項怎麼這麼多！）

無論是否身受重傷，天武錦原本的目的都是立刻找到天如運，斷他四肢、將他折磨得半死不活，可他卻萬萬沒料到自己無法進入主樓。

一開始，他還打算搬出出身於六大宗派的架子，不過他很清楚這名頭在魔道館根本行不通，便也一時語塞。

「我知道了，那就有勞教頭大人了。啊！請問您方便告訴我，七號弟子何時能參與訓練嗎？」

事已至此，他也只能看準天如運回宿舍的時機下手。只盼天如運的內傷能盡速治癒、盡快回歸。

一想到他很快就能讓天如運品嚐到生不如死的痛苦，那股事事不盡人意的怒火才漸漸平復下來。

＊＊＊

當天傍晚，武術教頭林平就按照他與天武錦的約定，來到魔道館主樓的醫務室。

天如運讓體內的奈米機器自行修復體內臟器的損傷，並進行血液增量後，便陷入沉睡。

眼見天如運傷勢嚴重，難以喚醒，林平只得轉向醫務室的主治大夫白鐘明詢問，天如運還需要住院多長時間。

「唔嗯，他的內傷太重，至少要住上十四天左右。」

「十四天？嘖！要是浪費那麼久的時間，連向上晉級到下一階段都會有困難。沒辦法再恢復得快一點嗎？」

林平當然不希望僅僅因為一個人，導致自己負責的小組全員淘汰。對弟子們而言，此事攸關生存大計；但對武術教頭們來說，則是一種競爭。

「這麼說吧，要是他擁有內功還不好說，但七號弟子內力全無、連調息吐納都辦不到，要花費的時間自然更長。」

在三週之後就要舉行第二階段考試，天如運卻有整整十四天的漫長期間不得不缺席訓練。最終，林平只能接受這樣的事實，並悵然離去。

（看來，第一階段考試的好運就到此為止了，嘖嘖。）

他原以為天如運就此不再受幸運之神眷顧，但直到十四天之後，他才意識到這不過是自己的杞人憂天罷了。

＊＊＊

第二天，在空氣涼冷的清晨時分，連朝陽都尚未露面，天色幽黑中透著一抹青色。

砰！

只見某人大腳一踹，踢開連主治大夫白鐘明都尚未出勤的醫務室大門，意氣風發地走進屋中。那人一身破衣爛衫，鼻尖像酒鬼一樣泛著紅潮，正是右護法狂刀葉孟。

「呵呵，徒兒啊，為師駕到啦！」

他來得未免也太快了。

回到一天前。

在右護法狂刀葉孟有如狂風暴雨般襲捲而過之後，魔道館的主治大夫白鐘明連忙開始著手救治。他準備好針具，打算先在天如運身上扎針，此舉是為了幫助無法運氣調息的天如運調節體內氣血，修復受損的內臟器官。

（萬一痊癒得太快，會不會被發現啊？）

一旦奈米機器開始進行自我修復，治療恐怕用不著一天就會結束，在此之前天如運一直忽略了這個事實，也不知該如何是好。

（呼嗚。）

倘若恢復得太快，肯定會啟人疑竇，若想騙過主樓主事的首腦，他就必須按正常接受治療才行，但要是時間拖得太長，說不定就會在競爭激烈的魔道館中遭到淘汰，更別提因為自己被送進醫務室，對於下一階段的考核如何進行、分組、甚至宿舍安排等等，他全都一無所知。

（與其使人起疑，把治療期間待好待滿會不會好點？唉唉，還是先聽聽大夫的治療時間再做判斷，或許比較好。）

天如運下了結論，對坐在自己身邊、埋首整理著針具的大夫白鐘明小心翼翼地開口搭話。

「那個……大夫。」

「我叫白鐘明。」

「什麼？」

「與其直接叫我大夫，我更希望前面能加上我的姓氏。」

白鐘明一臉和善地笑著說道，溫柔的態度讓天如運的心情放緩了不少。

讓傷患心情和緩可說是大夫的基本工作，就這一點來看，白鐘明圓滑柔和的性格就是他作為一名大夫的長處。

「白大夫，我的狀況很嚴重嗎？」

縱使他心知肚明，奈米機器吶挪是在自己的命令之下強制對器官造成了損傷，但天如運依舊對大夫的診斷感到好奇。

白鐘明端詳著躺在床上的天如運那張蒼白的臉，嘆了口氣說道：「哎呀，要對魔道館的子弟說這些話實在於心不忍，但你若想參加訓練，起碼還需要十四天、半個月左右的時間。」

「什麼？」

天如運瞠大了雙眼，吃驚不已。他知道自己受了內傷，治療期間自然只會長不會短，但這未免也太久了。

事實上，若是坊間的尋常大夫，診治內傷再怎麼樣也得花上一個月，不過白鐘明可是人稱「魔教神醫」、魔醫白鐘宇的得意門生，這才能縮短許多時間。

「你也別太失望了。」

「可是，浪費這麼多時間，別說是訓練了……。」

「我不曉得這話你聽了作何感想，但你待在這裡向右護法學習武功的事，我會裝作毫不知情、替你保密的。」

「啊……。」

這麼說來，他被右護法收為徒弟一事，白鐘明可是從旁親眼目睹了一切。嚴格來說，這件事足以向魔道館館主左護法李火明提出異議，可白鐘明平素就聽聞不少有關天如運的傳聞，始終對他抱有幾分憐憫。

（看見你的處境，就如同看到我自己一樣。）

白鐘明自己也是私生子，在他拜入白鐘宇門下、成為魔醫的徒弟之前，同樣吃足了苦頭。因此，他有意無意之間，也將這份情感投射在天如運身上。

不過，白鐘明自然沒必要透露這許多，於是他什麼也沒多說。

「……謝謝您，將來我一定會報答這份恩情。」

天如運對於他的關照感激備至，這麼說道。

「不必啦，我也不抱太大的期待。」

白鐘明確實不抱什麼期待，縱使天如運被右護法葉孟納為徒弟，他也到此為止了，畢竟無論右護法葉孟能使出什麼獨門偏方，天如運的發展也極其有限。

（反正你必須與之競爭的其他接班人，也會從其他六大宗派的家主長老身上習得武學真傳。）

誠然，與其拜一些三腳貓功夫的師父為師，能獲得位列魔教前十的強者、右護法葉孟的指點，或許能進步得更快也說不定，但與其他子弟相比，他的起步依舊是太遲了。

儘管他也考慮過是不是該對天如運據實以告，不過天如運本就身負內傷，倘若又平白受到刺激、引發體內的火氣，只會徒然拖延治療的時間。

「來！現在該替你扎針了，好好躺著吧。」

一直微微抬起上身的天如運有些難為情，直挺挺地躺了下來。

（唔，這小子的體格比想像中好得多啊。）

他本以為天如運從不曾習練武藝，但看到他一身發達的肌肉，就如同經年勤練武功似的。

（嗯，多半是他因為發誓過不學習內功吧。）

若說他只練習外功，那也就不奇怪了。白鐘明詫異片刻，旋即拿起長針，打算往位在天如運腹部的中脘穴扎去。

說時遲那時快，吶挪的聲音頓時在天如運腦中大作。

【偵測到外部有鋒利的鋼針意圖對使用者的身體造成損傷，轉換為緊急防禦模式……。】

（不行、不可以，現在大夫扎針是為了替我治療。）

【依據使用者指令終止緊急防禦模式啟動程式。】

（你連大夫治療的手法都分不出來嗎？）

眼見吶挪竟做出誤判、盲目地啟動防禦模式，天如運問道。

【倘若並未預先告知為醫療行為，就算只是對主人的身體造成極小危害的身體損傷，也會觸發緊急防禦模式。】

（知道了。以後只要是我自願接受的事物，就不必一一做出反應。）

【收到。】

奈米機器的基礎系統，始終是以使用者為優先考量。在此之前，天如運畢竟對奈米機器一無所知，只能這樣逐一了解掌握它的性能。

噗！與此同時，白鐘明以飛快的速度在天如運身上依序扎了六針，從左胸下方的中脘穴開始，直至腹部臍下的氣海穴。不同於扎針時的刺痛感，他的腹內不知為何竟漸漸感到舒暢。

【開始檢索系統內存的針灸十四經脈圖解中的資訊。】

【目前扎針的位置為中脘、巨闕、左期門、左梁門、曲池、天樞、氣海等六個穴位刺激胃部，促進胃部損傷的恢復。】

（哦！）

天如運翻閱過與穴位有關的書籍，理解吶挪的解說並無窒礙。儘管他對醫術沒有半分興趣，但利用長針刺激穴位進行治療的過程確實相當神奇。

「我會同時替你進行針灸，你先睡一會吧。」

或許是天如運留心緊盯著治療過程的目光造成了些許負擔，白鐘明柔聲勸說他睡一覺養會神。

「好。」

儘管他順從地回應，但吶挪依舊實時解說著體內發生的反應，令他難以入眠。就在這時，天如運腦中驀然冒出一個好主意。

（吶挪，要是內傷全都治好之後，你能替像先前騙過其他人一樣，替我瞞著大夫、好像我還有內傷一樣嗎？）

【我無法理解主人的提問。】

（不是，你來治療的話不是馬上就會好了嗎？可要是如此，大夫可能會因我恢復得太快而起疑，在大夫替我把脈的時候，你能不能讓他發覺不了？）

【透過自我修復完成治療之後，在大夫診脈時，可以仿造器官受損時的狀態任意變更脈象。】

天如運只是懷著幾分可能性隨口一問，既然吶挪辦得到，他便沒有不讓吶挪治療內傷的理由了。只要能在十四天裡瞞過白鐘明，這說不定就成了他向右護法葉孟討教內功的大好機會。

（好！那就繼續治療，當大夫診脈時再替我瞞過他。）

【收到，主人。根據使用者指令，啟動自我修復和血液增量。】

就這樣，天如運一一掌握了依據自身情況使用吶挪的方法。

不到兩個時辰，奈米機器就完成了與臟器損傷有關的自我修復和血液增量程式。多虧了它，天如運整晚都毫無痛楚、睡得相當安穩，直到一大清早，一腳踹開大門、闖進醫務室的不速之客登場，才將他從睡夢中吵醒。

砰！

「呵呵，徒兒啊，為師駕到啦！」

不知道是不是因為他總是酒不離口，整間醫務室裡頓時充斥著右護法葉孟渾身的酒氣。天如運被那踢門闖入的聲音吵醒，迷迷糊糊地注視著他。

「師……師父？」

「咳咳，連聲招呼都沒有？」

天如運不由得愕然，天都還沒亮呢，他怎麼就找上門來了？

「弟、弟子向師父請安。」

畢竟是自己決定拜他為師，儘管有些慌張，天如運仍連忙從床上翻身而起、低頭行了個禮。

葉孟滿意地說道：「唔，很好，昨天為師出的作業，你都完成了嗎？」

「什麼？」

冷不防聽到作業兩個字，還沒睡醒的天如運不禁瞪大了眼睛，他一時不知所措，還沒弄明白葉孟究竟在說些什麼，將信將疑地問道：「那個……請問，師父指的是要我背下內功心法的口訣嗎？」

「沒錯，為師不是說了，在我過來之前得好好背下口訣嗎？」

太過理直氣壯的一番話讓天如運聽得目瞪口呆。

縱使透過奈米機器的治療，天如運已完全痊癒，但右護法葉孟心知肚明，天如運可是昨天才因為嚴重的內傷被抬進醫務室接受治療的。

（……看來這人的性子很急躁啊。）

眼見右護法葉孟帶著一臉「該不會到現在都還沒記下來吧」的神情直瞅著自己，天如運微微吐了口氣說道：「當然……都背起來了。」

不消說，他並不是花了時間心力死記下來的，透過奈米機器，他一口氣就將寫在紙上的內功心法口訣轉移到大腦之中。

右護法葉孟自然不會知道這一點，眼中閃現一抹異彩。

（哎呀？他在病痛之中還把口訣全背起來了？）

其實葉孟也知道自己是在強人所難，他這番話的目的不過是想故意刺激天如運，催促他盡快學會，結果一聽說天如運全都強記在心，他心中也不由得大吃一驚。

「很、很好，這麼快就將為師交代的功課完成了，精神可嘉。」

「……多謝師父稱讚。可是，師父您會不會來得太早了？」

窗外甚至連一絲天光都沒有，他實在不明白，究竟是什麼風把葉孟吹了過來、在這一大清早闖進醫務室。

「怎麼，覺得累嗎？」

「……不是這樣的。」

在進入魔道館之前，天如運幾乎是成天遭人試圖暗殺，本就無法睡得深沉、也總是起得很早，他只是單純想問問葉孟為何非在凌晨找來不可而已。

「那就好。嗯，反正你小子遲早也要知道的，就先告訴你吧。」

葉孟拖過一把椅子在他身邊坐下，接著說道：「在此之後，我只有十四天的時間可以教導你。」

「什麼？」

「你待在主樓醫務室的日子，我們還能像這樣碰面，但等你回到宿舍、在魔道館受訓的期間，就很難保持接觸了。」

在進入魔道館後，除了指定的武術教頭之外，原則上禁止任何人私下傳授武功，只是因葉孟這人本就放蕩不羈、任性妄為，所以才會違背規矩，和天如運接觸、指點他功夫。

「弟子沒能想到這一點。」

「你才剛入館，連一點規矩都不知道，能曉得什麼？此外，為師之所以在這大清早找過來，也是為了掩人耳目。」

「掩人耳目？」

「難不成我白天閒著沒事幹，成天跑來指點你這小子，就不會走漏風聲、被主樓的其他人察覺了嗎？」

任性妄為和輕率冒失是兩碼子事，為了指點天如運，葉孟也做好了自己的打算。

「反正為師白天也必須到教主殿工作，只有凌晨這點時間能夠指點你小子了。」

他本想早點過來叫醒天如運，但在魔道館主樓，夜間都有武術教頭和警備武士負責輪值，因此葉孟也時時觀察著警戒較為鬆懈的時機。

（真沒想到他會為了指點一個弟子幹出這種事來。）

幸虧寅時時分，夜間當班的武術教頭回到值班室就寢，警備武士們也都連連點頭打著瞌睡，他這才找到機會闖了進來。

「多謝師父關照。」

雖然天如運一開始也是一頭霧水，此刻也對葉孟竟為了自己如此費盡心力倍感感激。

葉孟站起身來，說道：「知道就好。沒時間了，立刻開始吧。」

「什麼？現在嗎？」

「沒時間了，你是聽不見為師說什麼嗎？」

面對葉孟凶狠的口吻，天如運內心一陣驚慌，但仍迅速翻身下了床。葉孟為了點撥他可是煞費苦心，沒時間讓他在這磨磨蹭蹭的了。

「在地上坐好。」

「……是。」

「快坐下！」

在葉孟連聲催促之下，不明就裡的天如運趕緊坐到地上，葉孟則在盤腿而坐的天如運身後跟著坐下，接著將手心按在他身後的命門穴上。

「幸虧你已經將為師要你背的『舞泉心法』口訣記下了。」

「您現在要做什麼？」

「時間緊迫，為師得盡快將心法的運氣方式灌注進你的體內。」

「灌注進去？」

「這是我的師父……不，是你的師祖構思出來的方法，用不著靠你自己去感受『氣』的存在，為師會替你解決的。」

「那個、師父？」

「咬緊牙關，萬一叫出聲引得警備武士過來查看，那可就完了。」

還沒等天如運多說一句話，一股雄渾的內力就從葉孟的掌心注入命門穴。

連一次都不曾習練過內功的天如運，自然不可能輕而易舉地接納那股順著穴位灌入體內的內力，一陣雷擊般的痛楚迅速席捲他全身。

「嗚呃！」

「閉上嘴巴！」

劇烈的痛苦令天如運險些喊出聲來。葉孟渾厚的內力如潮水般瞬間湧入體內，順著舞泉心法口訣上所寫的穴位遊走循環。

此時此刻，咬牙忍著疼痛的天如運還沒有意識到，一感應到使用者的痛苦向來會自動啟動緊急防禦模式的奈米機器吶挪，這回始終保持著沉默。

奈米機器擁有的程式能在使用者面臨威脅、或者可能遭遇危害時，自動啟動阻絕或防禦系統，而第七代奈米機器的設計，除了設置好的既定程式之外，還會透過自體的分析及研究持續進化。

依照使用者天如運的指令，奈米機器吶挪認定右護法葉孟注入內力的舉動並不會對使用者造成危害，也就沒有啟動防禦程式。然而，當這股無形的能量一進入體內，它便立刻著手分析。

【有一股無形的能量透過使用者的命門穴流入，將檢索既有資料庫開始進行分析。】

【經由特定穴位反覆循環的能量推測為「氣」或者「查克拉」。】

【針對使用者體內受到的影響開始進行分析。】

儘管此時的天如運為了戰勝在體內沿著穴位循環的內息所帶來的痛苦，對於吶挪的舉動全然不知，但隨著吶挪的分析、研究日積月累，將在日後為他帶來巨大的機緣。

（這小子真的什麼都沒學過嗎？）

右護法葉孟催動舞泉心法的氣息沿著經脈往復循環，心下暗暗吃驚。包含天如運的奇經八脈在內，他的任督二脈彷彿早已打通，不僅沒有半分雜質，內息循環更是順暢無比。

（……果然是教主嗎？）

儘管真正的原因是隨著奈米機器注入體內，不僅去除了體內雜質，還將肉體中包含十四經脈在內的所有經脈及肌肉全都轉換成最佳狀態，但對此一無所知的葉孟除了教主，自然不作他想。

（看來，教主真的相當疼愛華夫人啊。）

身為護法的他，待在教主身邊看盡了一切。為了培養強大的接班人、並與構成魔教基石的六大宗派建立穩固的血盟而迎娶了六位夫人，可卻從沒有哪個女人如華夫人一般讓教主一往情深。

啪！

經過約莫一個時辰，讓內息在經脈中來回循環，葉孟終於挪開了手。

不管葉孟的內功如何深厚，替他人打通體內運氣路徑、長時間消耗內力，也難免感到疲憊。他用衣袖抹了抹臉上的汗水，問道：「哈啊……哈啊……你將運氣路徑記下了嗎？」

「弟子已經牢記在心了！」

無論任何武學宗派，都絕無可能為了在一開始指點弟子運氣的路徑，利用內功進行長時間的內息循環這種無理之舉。

由師父以內力為弟子打通經脈、進行兩三回的周天循環之後，再由弟子本人親自反覆心法的呼吸吐納、完全習得運氣的路徑，在體內塑出丹田。這整個過程本是所有內力積累的基石，在丹田形成內功之前，短則數個月、長則一年，往往需要花費不少時間。

然而，葉孟的師父為了向自己毫無武學天賦的孩子傳授內功，竟開發出了這等莽撞無知、超越常理的蹊徑。

「呵呵呵，接下來肯定會很痛苦。但你小子對內功一無所知，這可說是再合適不過的方法了。」

唯一的缺點，便是替弟子運息的師父內力損耗巨大，接受內息循環的弟子也會痛苦難當。

儘管煎熬，不過眼見葉孟疲憊的模樣，天如運內心也感動不已。

「目標是七天，必須在七日之內在你小子的丹田中形成內功，知道沒？」

若是讓其他宗派的武學名家聽見這番話，想必會認為這目標簡直傲慢狂妄，但葉孟卻是真的打算在一週內實現這個目標。

（如果真如師父所說，可以在一週之內練好內功，這點痛苦算什麼呢！）

「有勞師父費心了，我一定會努力練成的。」

「原來你也會說這種懂事的話啊。呵呵呵，很好，那麼今天的修練就到此為止。」

葉孟露出心滿意足的神情拍了拍他的後背，然後頭也不回地走出醫務室。真是個像風一樣說來就來、說去就去的男人。

（呼，我非在七天內練成內功不可！）

天如運下定了決心，在天色漸漸亮起、大夫白鐘明上班之前，一直持續勤練著呼吸法，探索內息運行的路徑。

＊＊＊

天剛濛濛亮，所有弟子便在大練武場上集合完畢，比他們更早抵達練武場的武術教頭則一一審視著自己分配到的組員。

（嗯，果然不出所料。）

教頭們相互交換了個眼神，心照不宣地點了點頭，因為聚集在練武場上的弟子，一個個臉上都充滿了傷痕和瘀青。

一旦進入魔道館，眾人之間自動一較高下、爭個高低，本就是再自然不過的一件事。整個晚上，武術教頭全都刻意離開宿舍、留出了空間，也就是默許年輕弟子之間自個兒定出一個排名。

（這幾個小子就是各組的組長吧？）

他們根本沒必要選拔組長，因為一臉自信滿滿、帶頭站在各組最前列的弟子，顯然就是在排名戰中勝出的孩子。而毫不意外的，身為少教主候選人的幾名弟子，全都在各自組別中站上權力巔峰。

然而，唯有一組的結果大出武術教頭們的預想。

（難不成那小子打贏了四號弟子？）

被分派到第十二組的四號弟子，正是毒魔宗的少教主候選人天從殲。

不同於天從殲將爭取到該組第一名的預期，站在排頭的竟是編號十八號的少年。十八號弟子的眼角也留有一道長長的傷疤，整張臉青一塊、紫一塊，顯然兩人之間的纏鬥相當激烈。

（哎呀，有意思的傢伙出現了。）

高高站在講壇之上，觀察著這一切的左護法李火明臉上興味盎然。

大多數弟子都不敢去招惹日後可能成為少教主、甚或有朝一日可能會登上教主大位的黑色名牌子弟，這也就意味著，十八號弟子的膽識和實力過人。

（愚蠢的東西。）

（搞什麼，竟然被低等宗派的傢伙比下去了？）

正因如此，天從殲不得不默默承受其他五大宗派候選人輕蔑的目光，或許是因為太過恥辱，他漲紅了一張臉，根本抬不起頭來。

「既然大家都到齊了，那就開始訓練吧。」

「魔道!!!」

李火明話音甫落，弟子們立刻同聲呼喊，訓練終於開始了。他們將進行為期三週的訓練，讓他們熟悉中級武士須知的基本戰術、陣法和陣形，並在訓練結束的最後一天進行分組考試。

「列隊，前往大講堂，從第一組開始，前進！」

「前進！」

每日的訓練行程分為上午和下午。

第一週，從上午到午餐時間之前，眾人會待在位於大練武場右側的大講堂學習戰術和陣法的理論知識，下午則前往大練武場進行陣形演練。所有訓練會在晚餐前結束，在此之後就是弟子們的個人時間，大多數人都會利用這段時間繼續修練自家宗派或家傳的武功。

第一天訓練結束後的當晚，第八組的宿舍之中。

「呃啊啊啊！天殺的！」

擔任第八組組長的天武錦，正因不久前武術教頭林平所說的話，心中憤憤不平。由於天武錦神經質、暴戾的性格，同寢的弟子們全都忙著看他的臉色，安靜地屏住了呼吸。

「住院十四天，這到底是什麼鬼話？」

「這畢竟是大夫的判斷，不會有假。」

唯有一名少年還待在神經質的天武錦身邊接話。

有著一頭短得接近光頭的短髮、下巴突出的八十號弟子，是六大宗派之一伏魔宗的嫡系子孫，名為子弦，他與天武錦的外家血脈相連，自小就對天武錦宣誓效忠、奉他為主君。

「不會有假？那小子分明是演的，肯定是故意裝病。」

他一心盼著天如運回到宿舍的那一天，但一聽說他要住院整整兩週，便不由得煩躁不已。

「一想到那個該死的賤種成天舒舒服服地躺著，就讓人氣得牙癢癢的。」

不知緣由，與其他宗派的繼承者相比，天武錦對天如運的憤恨異常高漲。

「該死！」

砰！

天武錦火冒三丈，神經質地用腳猛踹宿舍裡的物品，子弦則像在哄騙孩子似的壓低嗓音說話。

「公子，請您鎮定點，您壓根沒必要發火，不如這麼做，您意下如何？」

「嗯？」

子弦小心翼翼地貼近天武錦耳邊竊竊私語起來，當他的耳語即將作結，天武錦那神經質的臉上也露出一抹微笑。

＊＊＊

時間一閃而逝，五天很快就過去了。

午餐時間結束後，眾人正準備在大練武場上開始下午的訓練。在前四天的演練當中，大夥一直是使用木劍與木盾進行陣形實操，而今天為了第一組陣形的最後演練，則換上了真刀真槍與鐵製盾牌。

第八組同樣領取了真劍和鐵盾，準備開始演練。

「準備好了嗎？」

待在陣形後排的八十號弟子子弦看著位列在自己身前的二十三號弟子，低聲問著。聞言，二十三號弟子瞥了一眼周遭人的臉色，小心翼翼地點了點頭。

「那就開始陣形演練吧。由於用的是真劍，變換陣形時須留意與前排保持距離。開！」

唰！

第八組的武術教頭林平一聲令下，高高舉起手上的紅旗，第八組的弟子們有條不紊地移動，隨著旗幟的舞動開始形成陣形。

就在這時——

噗！

「呃啊！」

只聽見後排陡然傳來一聲慘呼，還沒等眾人擺好陣勢，變故陡生。

「怎麼回事？」

在那慘呼聲中，武術教頭林平一驚，匆匆奔向聲音傳來的方向，只見二十三號弟子的背部插了一把真劍，痛苦不堪。

「你們這些蠢貨！我不是提醒過要保持距離了嗎！讓開！」

林平怒聲喝道，一把推開刺傷了二十三號弟子的子弦。他研判當場拔出劍來反倒會使出血更加劇烈，於是立刻將他揹到背上，朝主樓發足疾奔而去。

注視著這一切的第八組組長天武錦暗暗揚起了嘴角。

砰砰！

「哎唷喂！」

在急促的敲門聲中，醫務室裡托著下巴犯睏的魔道館大夫白鐘明嚇了一大跳，頓時清醒過來。

「出了什麼事？」

一拉開醫務室的大門，揹著被刺傷的弟子的武術教頭林平走進房中。

這段期間，除了天如運之外，始終沒有其他傷患，白鐘明只得百無聊賴地打發時間。

（總算有傷患了！）

儘管內心大喜過望，但他表面上仍不動聲色地問道：「發生了什麼事？」

「呼、呼！在用真劍操練的過程中有弟子受了傷，我怕出血太嚴重，沒有拔劍，姑且先把他帶過來了。」

不知道林平究竟來得有多匆忙，呼吸無比急促。

「什麼！先把他搬到那邊的床上去。」

瞧見刺在背後的那把長劍，白鐘明大吃一驚，連忙將林平帶到空床邊，趁著林平小心翼翼地將人挪到病床上的時候，白鐘明也迅速準備好繃帶、消毒液和針線。

「他會沒事吧？」

「幸虧您沒有拔劍、先把人帶來了，麻煩您替我扶住這兒。」

白鐘明撕開弟子的上衣、脫去衣物，萬分謹慎地拔出插在背心的劍，長劍一拔除，那名弟子的傷處立刻血流如注。白鐘明果然不愧為魔醫白鐘宇的得意門生，他以快速的手法消了毒、止住汩汩流出的鮮血，觀察著傷勢。

「怎麼樣？」

「傷處幸好沒有傷及經脈，他的運氣很好。」

萬一背部經脈受損，對一名習武之人而言，無疑是致命的傷害。

聽到這個好消息，林平緊張的情緒似乎終於放鬆下來，一屁股坐在床邊的椅子上，吐了口氣。

「哎呀，不過，您似乎已經把他們當成自己的徒弟一樣關照了。」

「畢竟這些小子都是我的責任。」

在第二階段考試開始之前，所有事故都是他的責任。然而才沒幾天，分到他組上的弟子已經有兩人發生了意外，看來寫報告書是在所難免的了。

「我會先替他縫合傷口，但看來他也得住院了。」

「住院嗎？唉唉。」

林平不由得嘆了口氣。

不幸中的大幸是，根據白鐘明所言，二十三號弟子並沒有傷到經脈，只要住院三天左右就能出院。幸虧事態並未如他所擔憂的那樣，二十三號弟子不似天如運那麼嚴重。

由於訓練尚未結束，武術教頭林平將弟子託付給白鐘明照料，便離開了醫務室。

當日傍晚，就在白鐘明下班後約莫過了一刻鐘。

在熄了燈的醫務室裡，某人小心翼翼地從病床上撐起身子。這人正是下午剛縫合了傷口、趴在床上陷入沉睡的二十三號弟子。

彷彿就等著白鐘明離開似的，二十三號弟子起身後，微微拉開醫務室的大門四下張望了一番，接著從醫務室的櫥櫃中抓起一把醫用刀具。

「呼嗚。」

二十三號弟子帶著緊張的目光、手握手術刀，安靜地緩步走向被白色簾幕遮擋的病床邊。

唰！

他一把拉開白色簾幕，躺臥在床上的少年身影立刻映入眼簾，正是五天前率先入院的天如運。

注視著好似陷入沉睡、雙眼緊閉的天如運，他喃喃自語道：「呼，我這麼做也是為了活命，你別怨我。」

二十三號弟子似乎頗為緊張，一邊平復呼吸、一邊將手術刀抵住天如運腳踝上的經脈，他打算先斷了他的腳筋，讓他無法正常行走。

啪！

就在刀鋒抵住腳踝的瞬間，閉著眼睛的天如運腦中剎時響起奈米機器吶挪的聲音。

【偵測到外部危害使用者腳踝筋脈的行動，為保護使用者的身體，啟動緊急防禦模式。】

啪滋滋滋滋滋滋！

「怎、怎麼回事？呃啊啊啊啊啊啊啊！」

拿刀抵住天如運腳筋的二十三號弟子瞬間感受到一股強烈的電擊順著手腕襲捲而上，不由得尖叫出聲，頭髮全都燒得焦黑、全身抽搐著倒在了地上。而天如運則用冷冰冰的眼神俯視著燒成了光頭、昏倒在地的二十三號弟子，輕聲咕噥著。

「果然不出我所料。」

第七章 這傢伙騙了所有人

深夜的亥時時分，位於魔道館主樓二樓的醫務室。

「呃呃呃！」

因來歷不明的強烈電擊，受到強大衝擊而陷入昏迷的二十三號弟子渾身抽搐著甦醒過來，那股刺痛感彷彿仍殘留在體內。他最後的記憶，分明是自己正要用手術刀割斷天如運的腳筋時，瞬間就受到了莫名其妙的衝擊。

（我、我為什麼昏過去了？）

他環顧四周，只見自己仍身在醫務室裡，一時還產生了自己彷彿身在夢中的錯覺，他明明再三確認醫務室的主治大夫白鐘明下了班，這才試圖完成自己被交付的任務。

（怎麼回事？）

四下張望的二十三號弟子感到一股無可名狀的異樣，眼中浮現一抹不安。雖然他的頭髮並不算太長，但仍長及肩頸，只是他扭了扭腦袋，卻未能感受到髮絲飄逸的觸感。

「……不會、不可能的。」

儘管內心連連否定，但他始終沒有感受到自己的頭髮，極度不安的感覺攫住了二十三號弟子，他連忙起身尋找銅鏡。

然而，他還沒挺起身子，一股強大的壓迫感在他試圖起身的同時，又害得他一頭倒回床上。

Nano Machine

「呃呃！」

雖然並未傷及經脈，不過傷處畢竟縫了不少針，自然疼得厲害。二十三號弟子因痛苦而不斷扭動身子，一片黑暗令他看不清眼前，只得瞇起眼睛努力打量著自己的身體。

他的上半身和腳踝都被用繩索似的東西束縛住，不知道究竟捆得有多緊，他的身子被牢牢固定，不管他怎麼使勁掙脫也解不開。

「這、這是誰幹的？怎麼回事？」

「是我。」

他猛力掙扎著想解開繩索，唰的一聲，某人掀開他床邊的簾子露出身影，正是他以為早已陷入熟睡的天如運。

二十三號弟子瞠大了雙眼，結結巴巴地開口。

「你、你這小子怎麼會？」

「什麼怎麼樣？我只是把昏倒的你綁了起來，好好地搬到床上而已啊。」

「昏倒？」

自己最後的記憶果然沒有錯。然而，除了聽說受了嚴重內傷的天如運居然還能好端端地四下走動，甚至把自己綁了起來，某個本該存在卻消失無蹤的東西更令他感到不安，他連忙問道：「我、我的頭髮呢？」

「沒錯，從今天起你就是光頭了。」

二十三號弟子一時怔怔地瞅著天如運莞爾的笑臉，接著瘋狂地掙扎起來高喊道：「不行！不行啊啊啊！我怎麼可能光頭！我居然變成光頭……。」

「安靜點啦！」

砰！

高聲嚷嚷著要離開醫務室的二十三號弟子被天如運一拳打暈了過去。

「吵死了，早知道就把他的嘴也綁上。」

注視著再次昏過去的人，天如運嘀咕著。

因為變成光頭造成的衝擊再次昏厥過去的二十三號弟子，沒多久就重新恢復了神智，不像剛才耗費了那麼長時間。

一清醒過來，剛才的記憶立刻浮現在二十三號弟子的腦海，正想再次尖叫出聲，但他很快就意識到，自己的嘴已經被人牢牢堵上了。

「唔呃！」

天如運踱步走到二十三號弟子身邊，一屁股坐在床邊的椅子上。

由於光頭帶來的衝擊一時心神恍惚的二十三號弟子，終於恢復了鎮定。不僅身子遭到綁縛還不夠，這回連嘴都被塞住了，足夠讓他認清自己究竟陷入了什麼樣的窘境。

「唔呃呃！」

「嘴都被堵上了，還在傻乎乎地鬼叫什麼啊？」

天如運冰冷的嗓音讓二十三號弟子的眼神不由得劇烈顫動。

入館儀式那天，他曾在大練武場上朝天如運打量了一會，只見天如運呆愣愣地站在原地，還以為他是個天真無邪、單純無知的傢伙，但現在則不然。

（這小子本就是這種人嗎？）

他將頭轉向左側看向天如運，只見他沉著一張臉、冷若冰霜，直到這時，二十三號弟子才意識到自己的處境危險異常，表情也變得僵直。

等到二十三號弟子不再扭動、也不再發出聲響，天如運這才換上滿意的神情自顧自地說了下去。

「我說啊，你覺得我是怎麼活到今天的？」

他的嘴被堵得死死的根本不可能回答，而天如運也滿不在乎地繼續說下去。

「像你這樣，一天到晚不懷好意，試圖暗殺我、毒害我的人，你以為我見過多少回了？」

天如運嘴裡說著，嗓音中帶著一股強烈的殺意，儘管還只是一名少年，可他的人生顯然早已歷經各種驚濤駭浪。

「這是什麼玩意？」

天如運手裡握著某樣東西，在平躺著動彈不得的二十三號弟子眼前來來回回地晃動。那不是別的，正是二十三號弟子打算用來挑斷天如運腳筋的醫用手術刀。

天如運惡作劇似的將手術刀的刀尖抵在二十三號弟子的喉結上。

「既然你想拿這玩意跟我鬧著玩，你應該也知道刺下去會有多疼吧？啊，說不定會沒命呢。」

二十三號弟子的雙眼劇烈顫動，天如運裝傻似的說著，那副模樣教人不寒而慄。

「好！說吧。」

咕嘟。二十三號弟子緊張得直嚥唾沫。

「是誰指使你來幹這種勾當的？」

一想到該來的終於還是來了，二十三號弟子內心的恐懼頓時放大，極度緊張的他腦中閃過數十種、數百種想法，卻不知該如何擺脫這個難關。就在這時，他倏忽想起！

「唔呃！」

眼見對方似乎打算說些什麼，天如運將綁住他嘴的布條拉到下巴底下。

「說吧。」

開口。

「咳……呼……。」

在緊繃狀態下，口中的布條一鬆開，二十三號弟子立刻爆出粗重的喘息，待他平復呼吸後，這才

「我不知道你在說什麼。」

「什麼？」

「我不知道你到底在說什麼鬼話，更何況，要是你在魔道館的醫務室裡割傷我的頸子，你覺得你自己能全身而退嗎？」

二十三號弟子能想到的保命偏方就是「規定」。在魔道館裡，若是操練或正式比武，弟子之間因彼此較量而受傷或死亡並不違反規定，但除此之外，絕對嚴禁加害他人。

（我倒要看看你這小子能拿我怎麼樣！）

在極度緊張之下，終於找出一條活路的二十三號弟子臉上得意洋洋的模樣，讓天如運露出一臉為難的神色。

「唔，果然講不通啊。」

「這是理所當然的，就算你對我嚴加拷問，我也不會開口的。」

他展現出這等魄力，本以為能夠瞬間折服天如運，但天如運的表情卻變得有些微妙。

「說還是不說，只要試一試不就知道了？」

「什麼？」

天如運猛一使勁。

「唔呃！呃呃呃呃！」

（他到底想幹嘛？）

不知何故，天如運突然把掛在下巴的布條再次塞回他嘴裡，牢牢堵住、綁好，接著走向擺在醫務室角落裡的櫥櫃一陣翻箱倒櫃，取來一根長長的細針。

二十三號弟子一句話也說不出來，瞪大了雙眼。

「唔呃呃！嗚呃呃呃呃！」

（什、什麼？他想用那玩意做什麼？）

「我之前的住處原本沒有這種玩意，但這裡有很多好東西呢。」

極度的不安攫住了二十三號弟子，讓他額上冷汗直流。

天如運用冷冰冰的眼神注視著長針，緊接著一把抓住二十三號弟子被牢牢捆住的左手。

（他、他怎麼力氣這麼大？）

二十三號弟子使勁吃奶的力氣握緊拳頭，心中大吃一驚，眼見這個根本不曾練過武功的傢伙一根接著一根強行掰開他的手指，力氣大得嚇人。

「呃呃呃！」

（饒命!!!）

強行扳開對方的手指之後，天如運殘忍地笑道：「可能會有點疼喔。」

話音剛落，噗的一聲，天如運手裡的長針瞬間插進食指的指甲下方。

「嗚呃呃呃呃呃！」

鑽進指甲底下的鋒利針尖引發駭人的劇痛，二十三號弟子卻因嘴裡塞著布而完全叫不出聲音來，渾身打著哆嗦、淚水直流。不知究竟有多疼，他頸上的青筋暴起，呼吸也越發粗重。

天如運似乎根本沒把二十三號弟子痛苦的模樣放在眼裡，面無表情地抬起他的中指，再次往指甲縫裡插入長針。

「嗚呃呃呃呃呃！」

儘管只插了兩根針，可二十三號弟子不過是個少年，根本不可能承受得了。天如運看著淚流滿面、痛苦得不斷打顫的他，最後拋下一句話。

「既然拷問沒辦法讓你開口，我就權當出氣了。」

在劇痛之中淚流滿面的二十三號弟子一聽見這句話就瞪大了雙眼，身子也扭動得更厲害，但沒有半點用處。

這是一場嚴刑逼問的開端。

不知道就這樣過了多久，二十三號弟子左手的手指已經全數插滿了長針，接連兩次因痛楚難耐而昏厥，又再度痛得甦醒過來。

嘰咿咿咿咿咿！

天如運站起身來，拖著椅子從床的左側移動到右側。

正因深知天如運這舉動意味著什麼，二十三號弟子滿心恐懼、淚水直流。眼見天如運找好位置，正要抓起他的右手，二十三號弟子拚了命地想吐出嘴裡的布條，試圖說些什麼。

「呃呃呃！」

見他的模樣，天如運的嘴角勾起一抹微笑。

「終於打算說話啦？早點開口不就好了？」

天如運笑咪咪地取下塞在他嘴裡的布條。

不知道他究竟有多痛苦，原本白色的布條早已被血染得通紅，一等布條取下，二十三號弟子早已顧不得什麼報復、什麼後患，打算一吐為快，然而還沒等他說話，天如運就率先開口。

「是天武錦吧？」

「唷？你……你怎麼知道？」

令人震驚的是，天如運竟然精準地指出了背後指使的主謀。當然，儘管他也不清楚暗中謀劃的人是誰，但光是這名字就足以使二十三號弟子大吃一驚。

「既然你是二十三號，不就是第八組嗎？跟我同一組的。」

「……確、確實沒錯。」

遭到天如運嚴刑拷打之後早已心服口服的二十三號弟子，用恭謹的聲音答道。與此同時，他心中也不由得冒出一個疑問，這段時間一直關在醫務室裡的天如運是究竟如何得知分組、以及自己又是屬於哪一組的？

「你的名牌就在這兒呢。」

彷彿看穿了他的心思，天如運舉起放在床邊桌子上、寫有數字二十三號的名牌。

「光看這個，你就察覺我是哪一組的？」

「啊啊……多虧我們優秀的第八組組長格外替我著想，每天上午武術教頭都會來替我做課外輔導呢。」

這是伏魔宗繼承人天武錦萬萬料想不到的情報。

由於每天上午的戰術陣法課程都在大講堂進行，武術教頭們基本上無事可做，只是守在他們身邊。每到這時，負責帶領第八組的林平就會來到主樓的醫務室，為天如運加減講解些理論知識。為了不寫報告書，林平必須確保自己組裡的弟子不會落後。也多虧他拚了命的努力，天如運早已摸清自己屬於哪一組、以及誰是同組的成員。

「我大致猜到了，只不過是想聽你親口說清楚罷了。」

儘管天如運語氣輕鬆，但二十三號弟子仍無比恐懼，他簡直不敢相信眼前這名少年真如天武錦和子弦嘴裡描述的一樣，是個毫無用處的廢物。

（究竟是誰說的？這、這小子絕對不是什麼沒用的廢物！）

相反的，他根本是一個扮豬吃老虎的怪物！只是因為此前尚未得到力量，一直深藏不露，等到他具備了自己的實力，那後果根本不堪設想！

「嗯，總之託你的福，我也得到了不少優秀的情報。我得小睡一會，所以就先到此為止吧。」

「真、真的嗎？」

二十三號弟子充滿恐懼的眼神中湧現一抹希望。

「是啊。啊！順帶一提，有關剛才發生的事呢。」

「我……我絕對不會告訴任何人的！求求你！請你消消氣放過我吧！」

他著急地想爬起身來、趴在地板上朝天如運連連磕頭，只可惜全身都遭到束縛，無法如願。

眼見二十三號弟子態度不變，天如運勾起一側嘴角，以手指朝他的暈穴點去。

啪啪！

「咦？」

霎時間，二十三號弟子的瞳孔劇烈晃動。要在穴位上點穴，至少也需要最起碼的內力，但據他所知，天如運根本內功全無。

（這傢伙，居然矇騙了所有人！）

二十三號弟子在醫務室裡險象環生的第一天，最後的記憶就以此作結。

＊＊＊

醫務室中一連串事件落幕後又過了數個時辰，迎來了昏暗的黎明。

右護法狂刀葉孟一如往常，在寅時左右找了過來。與幾天前相比，他的臉上滿懷期待，正是因為昨天凌晨，天如運終於成功的在丹田中積蓄起內功。

（這小子，有點真本事。）

葉孟發自內心地讚嘆不已。

訂定以一週為目標，結果比原先預期的時程要短。即使是以他師父所開發的劃時代練功法也需要十四天至二十一天的時間，若毫無武學天賦，至少也得耗費一個月。但沒想到天如運卻推翻了上述所有預期，在第五天清晨就達成了目標。

依照葉孟的盤算，無論如何都要在本週內設法讓他練成內功，並傳授他自己的獨門武功「蝶舞刀法」的基本知識和步法等等理論，哪怕只有一天也好。

（呵呵呵，這麼一來，時程就能全部縮短了。）

時至如今，他似乎能夠明白為何其他同僚紛紛勸他收徒傳授武藝，只要徒弟愈是傑出，獲得的滿足感也愈是龐大。

「弟子天如運，向師父請安。」

「好，徒兒啊。」

更何況，這孩子的禮節也頗為周到。除了第一天他突然找上門以外，之後天如運總是早早醒來，以端正的姿勢盤坐著恭候師父到來。

看著天如運乖巧地起身問候，葉孟問道：「那東西在哪兒？」

「弟子將它收在床底下。」

天如運一邊說著，一邊走到位於醫務室窗邊的床畔，取出一只小木匣。一打開木匣，裡頭便散發出藥材濃烈的氣味，製作成丸狀的褐色藥品不是別的，正是分發給第一階段考核晉級者的魔龍丹。

依據規定，四百一十五名晉級者都分配到了魔龍丹。

由於煉製時間較漫長、數量有限，魔龍丹僅限於魔道館培育人才時所用。服用魔龍丹後若能完整吸收，就可以一口氣獲得足足修練二十年才能擁有的內力。

咕嘟咕嘟！

葉孟帶著滿意的目光瞧著魔龍丹，大口灌下葫蘆裡的酒。他打算今天就讓天如運服下丹藥，只要自己從旁相助，就能最大程度降低藥力的損失，吸收相當於二十年的內功修為。

（這麼一來，這小子此後應該大致應付得來了。）

以速成入門來說，這簡直是不得了的成就。當然了，這種方法需要內力高強的師父和天賦過人的徒弟相互配合，才有可能實現。

「咳咳，徒兒啊，不過，那小子又是什麼人？」

「啊！」

葉孟指著醫務室右側中央，用白色簾幕遮擋的床鋪問道。

打從他來到這裡，除了天如運之外，這還是他頭一次聽到其他人的呼吸聲，並且那人似乎被點了穴，只能發出微弱的聲息。

唰！

葉孟走向床邊，一把拉開簾幕，只見床上是個上半身纏滿繃帶的光頭少年，一如他所料，遭人點了穴而昏迷著。

「哦哦？原來是點了暈穴啊。」

儘管他不曾指點過天如運點穴手法，但從他下手的位置來看，似乎在他習得內功之前就已經熟悉了相關知識。

「在白大夫下班後，這傢伙想對我下毒手。」

「對你下毒手？」

聽見有人試圖在魔道館醫務室對他下手，葉孟蹙起了眉頭。

這人若不是膽大包天，就是根本不怕被魔道館驅逐，才會幹出這等勾當。換言之，這背後要不是另有交易，就是有幕後黑手唆使。

葉孟惡狠狠地皺著眉頭問道：「這人是誰？」

「跟我同一組，是伏魔宗的人。」

「哈！伏魔宗？反正伏魔宗出身就沒見過幾個腦子正常的傢伙，嘖嘖。」

在六大宗派當中，或許是因為自身武學傾向的緣故，獨獨伏魔宗裡出了許多性格暴力、偏激、容易引發爭端的問題人物。而伏魔宗雖然只是葉孟的外家，畢竟血脈相連，他也精通伏魔宗的武功，因此完全能理解這個情況。

「你這小子的人生可真是沒一天平靜啊。」

「……沒關係，我習慣了。」

反正這些事天如運從小遭遇得多了，早就習以為常，但天如運這種看淡一切的態度反倒讓葉孟心中更感不捨。

啪啪！

「咦？」

葉孟迅速出手，又對乖乖躺在床上的二十三號弟子點了一次暈穴，並給了天如運一些建言。

「倘若用不滿一年的內功修為點人暈穴，用不著幾個時辰就會自動解開，若想做得徹底，至少需要十年以上的修為才行，明白了嗎？」

「弟子銘記在心。」

彷彿學到了什麼好東西似的，天如運的眼中閃著光芒答道。

多虧葉孟再點了一次穴，二十三號弟子中途醒來的風險也已不復存在，他向右護法葉孟私下學習武功的事，可不能讓任何人知道。

「拿出魔龍丹吞下去吧。」

「直接嚥下去就可以了嗎？」

「不，必須徹底嚼碎之後再吞嚥，才能讓藥力更有效地被吸收進體內。」

若不是有葉孟一一指點他這些瑣碎的建議，只怕即使吸收了靈藥，卻連原有藥效的五成都不到。從這一點上來說，天如運確實走運。

嗚嘔！

他咬下魔龍丹，伴隨著駭人的藥味，舌尖苦澀得令他胃裡一陣天翻地覆，看來魔龍丹也適用所謂「良藥苦口」這條千古至理。

天如運緊皺著眉頭，把魔龍丹細細嚼碎，勉為其難地嚥進腹中，帶著隨時都要吐出來的表情盤腿坐在地上。

「現在起，你便依照舞泉心法開始運氣調息，為師則會用內功幫助你更有效地吸收魔龍丹的藥效。」

「知道了，有勞師父了。」

「開始運氣吧。」

「是。」

天如運盤腿而坐，運起舞泉心法開始運功調息。

右護法葉孟則坐在專注於呼吸吐納的天如運背後，將雙掌抵住他的背心，注入內力。不同於先前指點天如運運氣路徑的情況，這回主要是幫助天如運吸收靈藥，因此他並未從命門穴注入內力、強迫內息循環。

順著食道進入體內漸漸分解的魔龍丹，經過五臟六腑往天如運的全身擴散而去。

就在這時，天如運的腦中響起奈米機器吶挪的聲音。

【體內流入了有助於激發強大能量的物質。該物質與使用者體內十二經脈的特定穴位中循環的能量相互呼應，正逐漸增殖。】

【您是否同意促進體內新陳代謝加速吸收該物質？】

儘管吶挪大多數話語他都有聽沒有懂，但大致上好像是要幫助吸收靈藥的意思，天如運為了集中心神運功，便簡短地回答它。

（好！）

【經使用者同意，提高體內新陳代謝速度。】

天如運一點頭同意，在他體內的無數奈米機器迅速啟動，促進新陳代謝，幫助身體快速吸收魔龍丹的藥效。

「呼呼。」

天如運感到丹田中湧現一股熱意。

對於正在吸收魔龍丹的天如運來說，無疑是撞見了天大的好運。自從煉製出魔龍丹以來，原本最多能夠吸收七到八成的藥效，剩下的殘餘只能排出體外，但外部有師父葉孟、體內則獲得奈米機器的幫助，竟破天荒頭一遭出現了魔龍丹的藥效全數被服用者完整吸收的奇異現象。

潛心運功的天如運全身汗如雨下。

（怎麼可能！擁有這樣的肉體，難道這小子竟是天生的練武奇才嗎？）

以內功幫助天如運吸收魔龍丹的葉孟瞪大了雙眼，止不住吃驚，照這樣下去，魔龍丹的藥效肯定能全數吸收。眼見徒弟天如運如此幸運，大為振奮的葉孟一刻也不敢鬆懈，不斷注入內力。

就這樣，過了整整一個時辰左右。

「哈啊……哈啊……滿身大汗啊，呵呵。」

咕嘟咕嘟！

眼見辛苦有所回報，葉孟伸手抹了抹大汗淋漓的額頭，把裝在葫蘆裡的酒一飲而盡。

由於這是他的第一位徒弟，自然也是他頭一次幫助他人吸收靈藥，不同於未能順利收效的擔憂，天如運成功地吸收了魔龍丹所有的藥效。

「哈啊！真是辛苦了。」

「不，若不是師父幫忙，此事絕無可能如此順利。」

（你也是，吶挪。）

【幫助主人本就是程式中設置的任務。】

即使是吶挪生硬的機械性回答，但聽起來很令人愉快。

比起先前剛生成內功時，此刻丹田之中沉甸甸的內力讓天如運明確地知道，自己確實吸收了魔龍丹。

「呵呵，你真是受上天眷顧啊！這麼一來，你就獲得半甲子（三十年）的內力了。」

「什麼？半甲子？」

「如果用大致的數值來說明的話，差不多就是這樣。呵呵呵，你的那些同期肯定也會自行吸收魔龍丹的藥力，若能吸收一半的程度就算不錯了。」

「啊啊！請師父受弟子一拜！」

葉孟這番話簡直就像在彰顯自己勞苦功高，天如運趕緊朝他行了個禮。

正如右護法葉孟所說，實際上，吸收靈藥之後能夠真正收效二十年修為的人只有六大宗派的少教主，或極少數高等宗派的子弟而已，多數人僅僅獲得了最多十年左右的內力。像天如運這樣的吸收率，可謂天大的好運。

「這麼快就到這時間了。」

葉孟心滿意足地注視著天如運恭謹作揖的模樣，驀然察覺窗外的黑暗中徐徐透出湛藍的光芒，便站起身來。

眼見葉孟準備和平時一樣踏出醫務室，天如運開口喚道：「師父。」

「什麼？」

「從明天開始，我就可以開始學習師父的獨門武功蝶舞刀法的招式了嗎？」

「呵呵呵，那是當然。你小子想在剩餘的住院期間學會還是很吃緊，最好卯起來做足準備啊。」

這本就是重新修訂的計畫，但聽見天如運這麼詢問，葉孟仍感觸頗深，他帶著滿心的讚許、用滿意的神情這麼說著，旋即離開了醫務室。

直到天色大亮，天如運看準大夫白鐘明出勤的時間，解開了第二十三號弟子的暈穴。沒過多久，二十三號弟子悠悠醒轉過來，他昨晚才看清了天如運的真面目，這會只得瞅著他的臉色，一句話也不敢說，繼續乖乖地躺在床上。

上午，來到醫務室上班的白鐘明一發現被電擊燒成光頭的二十三號弟子，不由得放聲笑了出來。

「噗哈哈哈哈！」

（天殺的……咳咳。）

面對白鐘明的訕笑，二十三號弟子也只能暗暗吞下怒火，畢竟天如運還待在醫務室，他可絕不能做出什麼令他看不順眼的舉動。

「啊啊！抱歉、抱歉。」

白鐘明似乎也對自己的忍俊不禁感到抱歉，拉過簾幕遮住了床榻。

（唔嗯。）

眼見二十三號弟子遭到自己譏笑也不發火，只是一語不發地躺在床上，白鐘明大致也猜得到昨晚又發生了什麼變故，但他刻意沒有揭穿。作為魔道館的主治大夫，第一條鐵則就是除了治療以外，對其他任何事物都不抱有不必要的疑問。

＊＊＊

「呵呵呵！真是個清爽的早晨。」

為了準備上午的集訓來到大練武場上，第八組組長、伏魔宗的少教主候選人天武錦的臉上一直洋溢著笑容。

一想到因為心腹子弦的計謀，被送到醫務室的二十三號弟子能夠替他出一口惡氣，就讓他痛快不已。多虧如此，第八組的組員們將能度過一個安穩舒適的夜晚。不過，他們的幸運也不過短短兩天而已。

＊＊＊

兩天時間倏忽而逝。

魔道館的弟子們結束了下午的訓練，傍晚時分的第八組宿舍裡，伏魔宗繼位候選人天武錦引頸期盼的第二十三號弟子終於從醫務室回歸，頭上還戴著某種頭巾似的玩意。

不同於兩天前的笑容滿面，天武錦整張臉扭曲得有如羅剎一般。

（要是那傢伙回不來，我們送人過去也是個辦法。）

身為他心腹的八十號弟子子弦，對於用什麼手段將人送到醫務室做出了具體的計謀，讓天武錦感到心滿意足。

而其結果，就是他們在三天前讓二十三號弟子受了傷，被送進醫務室。

第二十三號弟子是他們經過精挑細選所選中的人物，在魔教之中，也只是個毫無勢力的小宗派出身。只要他能在醫務室挑斷天如運腳踝及手腕的筋脈，作為代價，他們講定即使他被魔道館放逐，伏魔宗也會負責替他擺平一切後患、持續提拔他。

「這可真神奇啊，你不是本該被放逐才對嗎？」

天武錦垂眼瞅著雙膝著地跪在自己面前的二十三號弟子。

既然任務以失敗作收，受到責備也是理所當然的，二十三號弟子屈膝跪地、壓低了腦袋，小心翼翼地開口。

「我本想挑斷七號弟子的筋脈，想不到那小子的內傷真的相當嚴重，醫務室的大夫不分晝夜地待命守在一旁，為天如運進行治療。」

「什麼？大夫甚至連覺也沒睡？你該不會想拿這當作藉口吧？」

「我、我依照公子吩咐，凌晨起來行動，但大夫也立刻醒來了。」

二十三號弟子也不由得擔憂，不知道這藉口是否真的行得通。事實上，這辯解就是如實羅列出天如運告訴他的內容罷了。

「什麼大夫耳朵這麼靈啊！」

砰！

「咳呃！」

天武錦火冒三丈地往他的胸前一踹，雖然並未使用內力，但被一腳正中胸口的二十三號弟子仍被踹倒在地。

「該死的廢物！連這點小事都辦不好！」

砰！砰！砰！

「嗚呃！」

單單踹上一腳根本平息不了天武錦心中的怒火，他繼續朝對方身上猛踹。無法反抗的二十三號弟子只能像隻蝦子一樣蜷縮著身子，任憑天武錦踹個不停。

這時，守在一旁的子弦出聲攔住了天武錦。

「請等等，公子。」

「什麼？又叫我幹什麼？」

「你知道現在醫務室那位大夫的名字嗎？」

聽見子弦的提問，胸腹捱了重擊、呼吸急促的二十三號弟子思索片刻後，似乎想起了什麼。

「呼……呼……他們說他叫……白鐘明……的樣子。」

「白鐘明……白鐘明……啊！」

子弦詢問名字是有原因的。

為了從旁輔佐少教主候補天武錦，他自小就牢記、並熟知魔教當中的許多資訊。

「什麼？你知道這名字？」

「他應該是魔醫白鐘宇的弟子。」

「白鐘宇大人？」

一聽見是白鐘宇的徒弟，怒不可遏的天武錦臉上的表情也緩和了不少。

魔醫白鐘宇，來自六大宗派之一的毒魔宗。儘管是毒魔宗出身，但比起使毒、用毒的功夫，他更潛心鑽研醫術，甚至成了教主的主治大夫。儘管身為一名大夫，可在魔教中也是排名前三十的人物。

「雖然並不確定，但若是那位大人的弟子，武功可能也相當精湛。」

當然，這不過是猜測罷了，只不過在此時此刻，他們並不曉得拙劣而不準確的情報反倒可能致命。

白鐘宇雖是毒魔宗出身，不過此人公私分明，並未向習醫的弟子傳授武藝。

「該死！那送這傢伙過去不就是白忙一場嗎！」

縱使這並非天武錦本人的計謀、他也沒費半點力氣，但只要一想到天如運仍毫髮無傷，就讓他氣不打一處來。

即使有子弦的意見替二十三號弟子的回報緩頰，天武錦還是不斷猛踹他的身子洩憤。

砰！砰！砰！

「咳咳！咳咳！」

「天殺的臭小子！你這傢伙，最好別妄想能得到我派的提拔！」

想當初，天武錦和子弦向他提起這個任務時，還各種花言巧語表示即使失敗，自己的門派也一定會無條件重用他，想方設法說服他。然而不知不覺間，那些承諾都消失無蹤，除了出氣之外，天武錦對他再也沒有半點興趣。

二十三號弟子蜷縮著身子、咬牙捱著揍，眼中浮現一抹前所未見的狠毒。

（好，你最好趁現在盡情發火吧！等那傢伙回來，我倒要看看你還能不能這麼囂張！）

其實只要天武錦和子弦這兩人能夠對他稍加安撫，並再次承諾會堅守先前的約定，二十三號弟子也會老老實實地將自己打探到的情報和盤托出。然而，他的心意已然轉變。

（你就自己親自體驗一下，那小子究竟是怎樣的怪物！）

不過三天時間，二十三號弟子卻窺見了天如運真面目的一部分，那小子絕非如他們所知，是毫無內功、對武功一竅不通的無知之人。

「可是，你為什麼要戴著這條之前沒看過的頭巾？」

天武錦對他拳打腳踢了好一陣子，又滿不在乎地伸手解開二十三號弟子頭上的頭巾。只見二十三號弟子原先及肩的頭髮不翼而飛，露出一個反射光線的大光頭。天武錦嘴角連連抽搐，斜睨著成了光頭的他，噗哧笑出聲來。

「我去，花樣還真多！你以為剃個光頭假意反省，我就會放過你嗎？」

他冷嘲熱諷著，卻又裝出惱怒的表情繼續對二十三號弟子拳腳相向，唯一值得慶幸的是，踹人的力道比剛才減輕了許多。

眼看拚命想掩藏的事物被人拆穿，二十三號弟子在心中厲聲詛咒。

（天武錦和天如運都去死吧！這些混帳東西!!!）

風平浪靜的三天就此告終，第八組的宿舍再次因為天武錦的戾氣陷入水深火熱之中。

＊＊＊

在魔道館弟子們入館的第十四天，也就是自那天起，又過了七天時間。

這一天，正是伏魔宗天武錦咬牙期盼的，天如運離開醫務室的日子。

當天凌晨，右護法葉孟一如既往在天色昏黑的寅時左右找來醫務室，和往常不同的是，他總是空空如也的右手拿著一把黑色牛皮製成的刀鞘。

「師父，您來了。」

天如運從床上起身迎接葉孟。畢竟相處了十四天的時間，儘管短暫，但他面對葉孟的態度也放鬆了不少。

「呵呵，為師還有很多功夫想傳授給你，居然已是最後一天了。」

不同於平時，或許是因為沒有喝酒，他的鼻頭上沒什麼紅暈，而看他的表情確實是充滿了遺憾。若能如他所願，他很想好好教授徒弟功夫，不必像現在這樣躲躲藏藏地，但既然進了魔道館，就只能按規矩辦事。

「師父，那是什麼？」

「呵呵呵，在你小子臨走之前，就給你展示一下為師的兵刃吧。」

乍聽之下像是炫耀，但這其實是天如運最後的請託。昨天凌晨，天如運表示，希望能夠好好觀看葉孟從頭到尾施展一次蝶舞刀法，作為最後的教誨。

「好奇吧？」

鏗！

葉孟以左手握起原先提在右手的刀，抽出刀來。

與一般刀刃相比，這把刀的寬度不寬，但長度卻足足有四尺左右，鋒利的刀身內側以陰刻的方式刻著「狂舞」二字。

嗖！

「接好了。」

葉孟輕輕拋出刀刃，天如運接過刀握在手中，感覺比想像中輕了許多。不過，第一次接觸到兵刃的天如運自然不可能有參照物能比對。

「很輕吧？」

「好像沒有想像中那麼重。」

「一般操刀的武人所使用的刀，重量約莫在兩、三斤左右，但我們師門傳下來的寶刀狂舞刀，大約只有一斤半左右的重量。」

「是因為蝶舞刀法的緣故？」

「呵呵呵，你這小子果然機靈。」

誠如天如運所說，右護法葉孟的蝶舞刀法中的「蝶舞」二字，就是「蝴蝶起舞」之意。比起其他刀法，蝶舞刀法更講求「快」，若將這套刀法砥礪到極致，刀招連綿不絕就有如蝴蝶翩翩起舞一般產生殘像，因此比起沉重的大刀，更偏好輕巧的刀身。

「儘管如此，狂舞刀的刀身並不脆弱，把刀拿來。」

「是。」

天如運倒轉刀身，將刀柄恭恭敬敬地遞到葉孟手中。葉孟握住刀柄，反手朝著床榻一角輕輕揮落。

只聽見嗖的一聲，鋒利的銳氣輕輕鬆鬆地削下了床榻一角。

天如運拾起掉在地上的木塊，小心翼翼地將它藏在屋子角落，內心暗暗後悔，要是早知道師父要砍床，就先攔著他了。

（嘖。）

白鐘明意外地相當重視整潔，經常將醫務室打掃得乾乾淨淨，要是看到床榻被砍掉一角，只怕會相當煩躁。

「……這刀真鋒利啊。」

「呵呵，它是由寒鐵冶煉而成，雖然刀身較窄、重量又輕，但鋒利和堅固二者兼具，可說是把寶刀。」

雖然沒有提及其他刀具，但葉孟的刀在魔教之中也相當知名，被譽為「三大寶刀」之一。

「先複習一下先前學過的東西吧。」

「是。」

吸收了魔龍丹的內力之後，天如運剩餘的住院期間都在向葉孟學習師門的步法與招式。

葉孟反覆強調一切武功的基礎與重心都在於「足下」，因此在步法上下了不少功夫。而施展蝶舞刀法所用的「蝶影步法」講求腳步快捷靈巧，只要熟悉了步法，就能為招式帶來許多變化。

躂躂！

天如運展開輕盈的步伐，依據規定的步幅與間隔踏出步法，儘管葉孟只不過點撥了他幾天，但他的姿勢沒有絲毫散亂，動作自然流暢。

（這小子果真是天生的人才！）

雖然沒有刻意表現出來，但是葉孟內心感嘆不已。他僅僅只向天如運展示了幾遍、替他修正姿勢，若天如運擁有這程度的悟性，只要勤加演練，刀法的運用全然不成問題。

事實上，全都多虧奈米機器吶挪替他掃描了葉孟展示的步法姿勢，所有的情報早已轉移並深深刻印在天如運的腦海中。

（要是一開始就太過完美，反倒會啟人疑竇。）

就算葉孟是他的師父，要是在短短幾天內他施展的步法就能達到與葉孟相同的程度，仍舊難免會招人疑心，因此他才刻意緩慢地踏著步法。

「接下來演練『式』！」

蝶舞刀法總共以二十四式組成，每三式相連形成一個「招式」，共有八個招式。

到目前為止，天如運只學會了「式」，還不懂得如何將招式相連。無論任何武功，其基礎和姿勢都至關緊要，因此葉孟在糾正天如運「式」的基礎上投注了大量時間。

「喻！」

眼見天如運連續擺出蝶舞刀法的架勢，葉孟連聲慨嘆。擁有這等才華，相信只要給他一、兩個月的時間，他就能將所有招式全數傳授給天如運，可惜目前不如人意，他只能傳授天如運「式」。

「行了，看來都記熟了，呵呵。」

「您過獎了，師父。」

畢竟是最後一天，葉孟一臉滿足地稱讚天如運，並從懷中掏出一張皺巴巴的紙片，交到天如運手中。

雖然那歪七扭八的字體不甚美觀，但紙上仍充滿了費盡心力想寫得更詳盡的痕跡，那正是蝶舞刀法的招式和內功的應用方法。

「為師雖然很想親自傳授你，不過沒時間了，就先把這個給你吧，依照你小子的腦袋和悟性，一定能夠掌握基本功。今後碰面的時候我會再驗收的，可別偷懶，要勤加練習啊！呵呵。」

「……多謝師父，弟子絕不會辜負您的期待。」

能遇見如此關懷備至、悉心指點的師父，天如運感激不已。不同於他粗暴蠻橫的口吻，右護法葉孟確實教了他許多。

「該教的也都教完了，既然你小子那麼想看，那為師就讓你見識見識吧！後退。」

鏗！

天如運快步後退騰出空間，葉孟收在刀鞘中的狂舞刀也轉瞬出鞘。在天如運向右護法葉孟討教武功的這段期間，他還從不曾見師父完整地展現過一招一式。

為了在最後向徒弟展示刀法的精髓，葉孟的眼神沉了下來，他直盯著天如運，擺開蝶舞刀法的起手式。

天如運立刻露出感動不已的眼神，在心中暗道——

（吶挪，準備掃描。）

【依據使用者指令開始對觀察中的動作進行掃描。】

第八章 是你自找的

昏暗的天空漸漸明亮，呈現一抹湛藍的晨光，清晨沁涼的空氣在魔道館的大練武場蒙上了一層薄霧。

大練武場角落裡，有個人小心翼翼地展開輕功飛身而過，正是右護法葉孟。

一如往常，他從魔道館主樓二樓的一扇窗戶飛身而下，盡可能屏住呼吸，謹慎而果斷地脫身。葉孟本就本領高強，但凡他下定決心隱藏自己的行蹤，那些武術教頭和警備武士也難以察覺他的行蹤。

然而，卻有人高踞在主樓的屋頂上，遠遠凝視著葉孟的背影。

一名有著飄逸紅髮的中年人，和面戴獨特紋樣面具的人物，那兩人便是左護法炎王李火明，以及擔任教主隨身護衛的大護法冥王馬羅謙。

「那個鼠輩，不、右護法終於走了。」

「這段時間辛苦你了，刻意裝作不知情。」

「呼，也不看看都是因為誰的命令？此後終於不用天天看著右護法從老鼠洞鑽進鑽出，真是太好了。」

令人吃驚的是，他們早就察覺右護法葉孟成天在魔道館主樓來去的事實。當然，嚴格來說，兩人並非單純察覺此事，更是默許了葉孟的行徑。

「也得重新在二樓走廊上安排警備武士站崗了，這段時間想必他們也休息夠了吧，呵呵。」

這就是這段時間這層樓放鬆警備的真正原因。

正因魔道館主樓二樓在天如運住院期間刻意沒有安排任何警備武士巡查，葉孟才能來去自如。也是因為如此，在警戒鬆懈、格外安靜的凌晨，即使傳出些許噪音，也不曾被任何人察覺。

「我先走了。」

眼看事情告一段落，大護法馬羅謙轉身就要走，李火明朝他問道：「不過，為何要如此關照七公子？」

默許右護法葉孟私下傳授武藝，等於讓館主本人親自違背魔道館的規則，若不是貴為魔教至尊的教主命令，他肯定二話不說立刻回絕。

聽見李火明的疑問，大護法馬羅謙停下腳步、用沉靜的口吻簡短答道。

「因為這才公平。」

「呵呵呵，看來手心手背都是肉啊？」

李火明搖了搖頭。

「不可對上蒼之意懷抱質疑。」

說完這句話，大護法馬羅謙的身形剎時變得模糊，瞬間從主樓的屋頂上消失了蹤影。

「哈！要是這人真想逃跑，任誰也抓不著。」

他的輕功之高無人能及。在魔教之中，除了「冥王」這個稱號，又被人譽為「風神」，連左護法李火明一時都會追丟他的蹤跡。

大護法馬羅謙消失之後，李火明沉著一張臉嘀咕道：「不過短短十四天，就能公平了嗎？」

六大宗派的少教主接班人，可是打從剛出娘胎就開始服用各式靈藥、接受英才教育，就這點來看，縱使容許天如運學習右護法葉孟的武功，仍舊太過短暫。這十四天時間究竟能否對天如運有所幫助，李火明抱持懷疑的態度。

＊＊＊

天色亮起，魔道館的大練武場也一如既往開始了上午的日程。

當全體弟子聚集在大講堂接受戰術及陣法教育之時，天如運仍躺在醫務室的床上。

「唔嗯？」

某人帶著一臉詫異的表情盯著平躺在床上的天如運，正是大夫白鐘明。換作平時，天如運總是在自己上班前就早早起床，此刻卻仍熟睡不醒，不得不讓人心下疑惑。

（也是，這畢竟是最後一段能夠安穩休息的時光了。）

白鐘明遺憾地咂了咂舌，搖搖頭。

回想起武術教頭林平跑來說過的話，聽說同一個宿舍裡還住著伏魔宗的少教主候補天武錦。也許打從出院那一刻起，天如運的命運就會更加凶險。

為了多給他一點關照、讓他能多休息一會，白鐘明安靜地拉起簾幕，走向自己的辦公桌。

白鐘明以為陷入沉睡的天如運，其實身上正在進行著巨大的工程。

【距離達成蝶舞刀法的招式動作模擬數據目標值，使用者肌纖維轉換進度80％，經脈轉換進度75％，直到進度完成100％為止，預計尚須半個時辰。】

天如運體內的六十四億八千二百四十萬具奈米機器正在毫不停歇地運作，轉換著他的肌纖維和經脈。

這一回比先前與張護衛短劍祕術招式動作的轉換，花費的時間可長得多了。打從葉孟離開之後，約莫從卯時開始就不斷地進行著，但至今仍未能完成。

（什麼？三個時辰？為什麼要耗費這麼長的時間？）

【這是執行上述動作時，以非使用者葉孟的水準實行模擬試算的結果，預估所需的轉換時間。】

一聽見少說也要耗費三個時辰，天如運驚愕不已。

但從某個角度來說，這也是理所當然的。張護衛的短劍祕術雖然也是相當精湛的武功，但與右護法葉孟的蝶舞刀法相比，自然是難以望其項背。

護法世家代代相傳的武學蝶舞刀法，在魔教中堪稱絕學。為了更自由地運用這獨門功夫，右護法葉孟此生必須經歷的訓練也遠比張護衛更加狠辣，需要更強悍的毅力。

即使是無所不能的奈米機器，倘若一口氣對使用者的肉體進行轉換，也會引發嚴重的副作用，因此這才需要長時間進行轉換。

就這樣，又過了半個時辰。

【使用者的肌纖維及經脈轉換進度100%完成。】

天如運的麻醉也隨之解除，恢復了神智。好不容易睜開眼睛的天如運從床上起身，卻冷不防趴在地上劇烈嘔吐起來。

「嗚嘔嘔嘔嘔！」

嘴裡嘔吐著，他渾身也抽搐得厲害。

這是由於長時間的麻醉，以及肌纖維及經脈轉換導致身體過度負荷所引發的不適。右護法葉孟鍛鍊了一輩子武功，這才抵達目前極其高超的境界，要將沒鍛鍊過的肉體轉換成他的水準，自然會引發劇烈的反噬。

「怎、怎麼回事？」

今天一如往常，因沒有傷患而坐在醫務室桌邊打著盹的大夫白鐘明也大吃一驚，匆忙趕了過來。

他輕輕拍撫著趴在地上乾嘔不止的天如運背脊，等他漸漸恢復鎮定、讓他躺回了床上，直到這一回，被嚴重副作用折磨得疲憊不堪的天如運真正陷入沉睡之後，白鐘明才又替他把了把脈，卻不由得大感震驚。

（什麼？他的脈搏怎麼跳成這樣？身子簡直就像發了瘋似的。）

實在令人不敢相信，一個安靜熟睡中的人竟會呈現這種脈象。

在他滿心困惑的同時，奈米機器為了使天如運的狀態穩定下來，正忙碌地進行下一步工作。

【開始穩定使用者肉體轉換所造成的副作用。】

但就在白鐘明開始把脈後沒有多久，劇烈跳動的脈搏就迅速平緩下來，看著天如運睡得安穩的臉，讓人難以置信不過不久之前他身上的症狀還如此嚴峻。

「不是啊，這到底是怎麼回事？」

面對眼前完全無法理解的異象，白鐘明陷入五里迷霧之中。

就這樣過了半個時辰，在午餐時間即將結束時，熟睡的天如運終於睜開了眼睛。從睡夢中清醒過來的他，眼神之中煥發出和以往截然不同的自信。

他從床上翻身坐起，輕輕握了握拳，只消微微一使勁便能感覺到手中的力量和過去有著天壤之別。光憑這一點，他就能大致估量右護法葉孟究竟經歷了多麼刻苦的鍛鍊。

倘若被葉孟得知，自己只花了短短三個時辰就換得一副訓練有素的肉體，恐怕他會嚇得昏厥過去也說不定。

「白大夫？」

雖然醫務室裡沒有感覺到任何聲息，但他仍姑且喚了一句。因為正值午餐時間，此刻白鐘明碰巧為了用餐暫時離開了醫務室。

一確認白鐘明不在屋中，天如運立刻走到醫務室正中央，拉開蝶舞刀法的起手式。儘管手中沒有刀，但他展開手掌，模擬著刀的意象演練起招式。

唰唰唰唰！

天如運的身子迅捷無比地移動，手刀劃破半空，他的動作靈動從容、速度之快，簡直就和葉孟試演給他看的時候毫無二致。

「很好！」

眼見自己手中劃出蝶舞刀法的第一招，大喜過望的天如運正想繼續施展出第二招，卻忽然感知到走廊上傳來些許動靜，立刻打住了動作。

（啊！）

他這才驚覺，此刻自己的五感有多麼敏銳，隨著肉體發生了變化，與之相對的，他的感知也越發發達。

當白鐘明拉開醫務室的門、踏進房中時，天如運正以心滿意足的目光注視自己的掌心喃喃自語著。

「現在都準備好了！」

「什麼？什麼好了？你什麼時候醒的？」不明就裡的白鐘明看著不知何時下了床、站在醫務室中央的天如運問道。

天如運難為情地撓了撓腦袋，說道：「……我是說，我已經準備好出院了。」

用完午餐回來的白鐘明最後一次透過診脈確認了天如運的狀態，宣布他已經徹底痊癒，並告訴他隨時都可以出院了。

一如來時，天如運換上一身青綠色的武道服、胸前別著寫有「七」的黑色名牌。

白鐘明則語帶落寞地對他說道：「哎呀，本來就沒什麼傷患，這下連你也走了，我豈不是要無聊死了？」

不同於原本預期的會有許多患者的場面，醫務室迄今為止始終空蕩蕩的。

天如運做好了離開的準備，笑著回答：「很快就會變多了。」

儘管天如運的話意味深長，但白鐘明只是不作他想地撫摸著自己的下巴，表示要是傷患真能多點就好了。

「會嗎？應該會吧？不對、沒有傷患反倒是件好事才對。」

「這段時間承蒙大夫關照了。」

「嗯，雖然肯定會很辛苦，但還是祝你武運昌隆啊。」

要不是白鐘明始終對他私下向右護法葉孟學習武術之事睜一隻眼、閉一隻眼，天如運待在醫務室這段時間肯定是老大不痛快。白鐘明對他如此關照，天如運自然是感懷在心，為了表達謝意，他暗暗下定決心，一定要為白鐘明送上更多他心心念念的傷患。

＊＊＊

午餐時間結束後，全體弟子便以組為單位，為了進行陣形操演而聚集在大練武場。只聽見一陣喧鬧，第八組所有成員的目光都瞬間集中到某一處。

這自然是因為，在此之前在醫務室裡窩了整整十四天、就連一次都不曾露面的天如運終於現身。

（總算是來了啊，呵呵呵呵！）

身為第八組組長的伏魔宗少教主候補天武錦，臉上露出一抹邪惡的微笑，他翹首以盼的天如運終於出現了。

天如運踏進大練武場，一發現站在八組前方舉著各色彩旗的武術教頭林平，便邁步朝他走去。

「來了啊。」

「是，教頭！」

「身體都沒有問題了嗎？」

「已經完全痊癒了。」

「那真是太好了。雖然只以口頭進行了理論說明，但你應該還記得你的位置吧？」

儘管嘴上說著慶幸，但那生硬的聲音顯示他似乎並不大滿意，儘管他已經特意將天如運安排在陣形中變化最少、作用不大的地方，但只要任何一人有些閃失，戰術陣形都會變得岌岌可危。

「是。」

「很好！那就拿上這些，去那邊吧！」

林平指了指天如運在陣形演練中負責的位置。

天如運心知自己這段時間的訓練一直缺席，自然不可能有什麼好評價，便帶上鐵甲中的真劍和盾牌，迅速走向林平所指的位置。巧的是，魔道館中每七天會以真劍進行訓練，而今天就是那個日子。

在最前方，天武錦負責的正是整個陣形中最重要的位置，眼見天如運朝自己身前跑來，他便奚落著試圖發出警告。

「難道是怕到瑟瑟發抖，不敢來了嗎？你這骯髒的——」

豈料，他話音未落，天如運卻嗖地與他擦身而過，彷彿徹底無視他的話。

天武錦一時啞口無言，臉上下意識露出倉皇的神色。然而，當他與錯身而過的天如運迎上彼此的目光後，感覺卻十分不對勁，對方注視著自己的眼神裡竟看不到一絲恐懼。

（什麼？……這小子的眼神……？）

天如運的目光反倒像是要和天武錦好好較量一番似的，滿是挑釁。

「開始操練！這次所有人務必打起精神、保持好距離！倘若再發生相同的事故，本教頭將動用個人的權限將犯錯的傢伙踢出魔道館！」

「魔道！」

陣形演練總算開始。

比起整體的陣形，武術教頭林平的視線全集中在一個人身上。其他弟子畢竟都已經磨合了十四天，陣勢多半都能融會貫通，但天如運並非如此。他始終待在醫務室裡，即使會出現失誤也不意外。

問題在於，今天是每隔一週施行一次的實戰演練。

不過七天前，在使用真劍的實戰演練中也爆發了意外，林平的神經自然是緊繃得無以復加。

（天殺的！怎麼偏偏那小子由我負責！）

在分組當下，眼見所有人都忌諱因內傷住院的天如運，因此他才提議抽籤決定，想不到這卻種下了禍根。提議之人總是逃不過悲傷的命運，這點真是千真萬確。

（雖然那位置本就沒什麼困難的，但你可千萬別失誤啊。）

反正在陣形變換中，只要不出現太大的失誤，就不會有什麼大問題。林平高高舉起第一面紅旗，示意陣形變化。

躂躂躂躂！

弟子們有條不紊地快速移動，在地上揚起了沙塵，改變陣形。變化最大的自然是排在最前面的一列，唯有居中的隊長善加引導，陣形才不至於潰散，能夠順利轉換隊形。

「很好！」

林平口中爆出一聲讚許。

在第一次變陣之中，沒有任何人失誤，全組順利地轉換了陣勢。擔任組長的天武錦雖然性格傲慢、暴力，但卻也不愧為少教主候選人，相當傑出地調度著周遭組員的動作。

此外，至於他格外關注的天如運嘛……。

（咦唷？）

他竟比他想像中更快速地跟上了眾人的步調。

館中所有弟子都在自身宗派或家門中習武，從未曾與他人共同訓練陣形或彼此協調，因此從第一天起就接連吃了好幾天的苦頭。然而，天如運卻與他們不同，熟練地找到了自己的位置。

（他是跟著其他組員做的嗎？）

眼見他比預期中適應得更好，林平雖感到詫異，不過也僅僅認為或許天如運只是學著眾人的動作跟進，並未多想。

陣形操練的基礎，就是設法維持住變化後的陣形，而最令眾多弟子感到吃力的並不是改變陣形本身，而是維繫陣形的訓練。

「維持好陣形！穩住！」

在第一個轉變後的陣形之中，眾人必須以提著長劍和鐵盾的狀態立定在原地，不得稍作移動，無關內功，倘若缺乏基礎的肌力便相當困難。

到此為止，所有人順利地堅持過來了，但過了一刻鐘左右，武功最弱、體格最為瘦小的那些弟子胳膊便紛紛瑟瑟地發起抖來。

鏗鏘！鏗鏘！

哆哆嗦嗦的盾牌也與兩側弟子手中的盾牌相互撞擊，使用木製盾牌操演時聲響還算微弱，但鐵製盾牌的撞擊聲卻能聽得一清二楚。

「連這都做不好嗎！就這點程度還想在第二階段考試中勝過其他組嗎！振作點！」

在林平的激勵之下，弟子們咬緊了牙關。眼見已經來到第十四天，卻連這點訓練都堅持不住的子弟兵，內心不由得火冒三丈。

就連持續受訓的弟子中都有人顯得力不從心，更遑論沒學過武功、更沒有半點內功的天如運了。林平的目光又自然而然地掃向左側，但他眼底卻倏然閃現一抹異彩。

（什麼？……那小子看起來怎麼那麼從容？）

過了整整一刻鐘，天如運依舊面無表情地直視前方，毫無變化，他手持著鐵盾和真劍，宛如一座雕塑般矗立在原地，沒有絲毫動搖。

（這小子，這段時間真的都躺在醫務室裡嗎？）

那是他親眼所見，自然不會有錯。然而，據他所知內力全無的天如運，竟能長時間維持著優異的姿勢，教人驚豔不已，原先對他不抱期望的林平，目光也出現了微妙的變化。

直到大半弟子的胳膊開始顫抖，林平這才舉起了第二面示意陣形變化的黃旗。

躂躂躂躂！

彷彿等待已久似的，弟子們設法稍稍活動手臂、放鬆肌肉，同時變換了陣形。

第二種陣形是有如包圍敵人一樣，形成半圓包圍中央的陣勢，為了不讓敵人趁機脫逃，保持適當間距逐漸縮小包圍網，是其中的關鍵。

砰！砰！砰！

「沒錯！慢慢來！」

弟子們整齊劃一地邁開右腳，朝前方各自前進半步。為了壓迫敵人，他們必須使勁踏步前進。

教人吃驚的是，竟然沒有任何一人失誤，所有人保持著間距縮小了距離。

「很好！非常好！」

武術教頭林平不由得爆出一陣喝采，在半圓當中、位於內側正中央的組長天武錦卻高高揚起了眉毛。

他預期的可不是這種場面。

（那個渾小子怎可能沒有半點失誤？）

他既然在醫務室裡關了十四天，應該在訓練時掉鏈子，遭人各種脅迫、嘮叨才是正常的，但別說是批評了，教頭竟然讚譽有加。

這可是只有組員們無人失誤、配合良好才能得到的讚賞。

當天武錦身在隊伍最前方時，天如運位在後排，因此他什麼也看不見，但這回是形成半圓包圍中央的陣形，他只要轉轉眼珠就能用餘光掃到側面。

（什麼？那小子怎麼回事？）

天如運順利完成陣形，也持續保持著動作，簡直游刃有餘。由於舉著長劍的手必須反覆由上往下劈砍，比起第一個陣形更難維持動作，但天如運的表情仍舊不為所動。

（這小子真的沒有練過一丁點武功嗎？）

就連與天武錦間隔一人、位在一旁的八十號弟子子弦，儘管也是名門大派出身，可要維持動作還是頗為吃力，右臂顫抖不止，簡直教人難以置信。

（那天殺的雜種，你以為我會為讓你好過嗎？）

既然事已至此，天武錦暗下決心就算是刻意為之，也要讓天如運丟盡臉面。他小心翼翼地向自己的心腹子弦發出「傳音」。

「要是聽見了我的話，就點點頭。」

在操練之中響起的傳音令子弦的眼瞳一陣顫動，但他仍不動聲色，只是微微點了點頭。傳音是以內功隱祕送出聲音的技法，至少也要擁有半甲子的修為才能掌握。

「在第三次變陣的時候，按我說的去做。」

天武錦將他想好的詭計以傳音告訴了子弦，後者心領神會似的微微一笑，點了點頭。

一刻鐘剛過，武術教頭林平便舉起藍色旗幟，指示眾人第三次變化陣形。

躂躂躂躂！

儘管前兩個變陣也頗為繁複，但第三個陣形最是棘手，因為眾人必須將鐵盾牌層層堆砌起來，將真劍從中穿刺而出，建構起一個堅不可摧的防禦陣。

（這也不難啊。）

由於先前天如運已經利用轉移徹底熟記與陣形變化有關的書籍，奈米機器吶挪更透過模擬植入了影像，因此實際操演對天如運來說根本不費吹灰之力。

即使是在此前變陣時表現良好、毫無失誤的其他弟子，也在一一堆疊盾牌、將真劍刺入其中時，因擔憂會不慎誤傷前方的同伴而變得猶豫不決，動作越發緩慢。

「再小心也要維持速度！動作快！」

當然了，眼見陣形變化速度放緩下來，武術教頭林平也提高了嗓門。

雖然比先前的變陣多花了點時間，不過眾人總算組好了陣勢。天如運負責擔任三層盾牌之中的中間層，而排在他後方、負責將真劍刺入盾牌之間的組員不是別人，正是子弦。最後的步驟，只剩下維持這個陣勢支持一刻鐘時間而已。

（嘻嘻！屁股可真是顯眼啊。）

子弦揚起嘴角，微微抬起腳來，他的打算是在腳上傾注內力，一腳踹倒站在面前舉著盾牌的天如運。

（你這雜種，就該給我跪在地上爬！）

嗒！

踢人畢竟不能發出太大的動靜，因此子弦先稍稍抬起腿來，瞄準了天如運的臀部。

感受到自己背後有鞋子觸感的天如運當即回過頭，用冷冰冰的眼神瞪視著子弦。

（什麼？這小子好大的膽子！）

腳上還沒使勁，天如運瞅著自己的那副眼神就已經讓他氣不打一處來。子弦本想稍稍用上內力，但或許是那眼神令他火冒三丈，便不由自主地使勁全力踹了下去。

說時遲那時快。

砰！

「呃啊！」

從天如運屁股上產生一股強烈的反作用力，讓子弦的身子朝後彈飛出去。

被反彈出去的子弦在地上翻了好幾圈，這才以大字形的姿態癱倒在地，對於轉瞬間發生的變故，別說是疼痛了，子弦的神情顯示他根本無法理解。

（剛才那小子難不成在屁股上使了內力？）

他剛才在腳上灌注內力踹下去的剎那，那股反彈的力道分明就是內力錯不了，甚至對方的修為還比自己強大得多。

就在他大字形躺在地上驚慌失措的時候，某人走到他面前，用彷彿羅剎一般扭曲駭人的臉俯視著他。

「又是你？」

那人正是武術教頭林平。

上一回，就是他刺傷了二十三號弟子的背部，林平記得清清楚楚。

林平那張可怕的臉嚇了子弦一大跳，他連忙想站起身來，孰料——

啪滋！

從腳底傳來的疼痛讓他難以保持平衡，原因是剛剛被更強大內力反彈出去的後遺症還殘留在腳底。

子弦搖搖晃地勉力維持好平衡，目光陡然瞥見林平身後，天如運正暗暗竊笑的那張臉。

喀喀！火冒三丈的子弦咬緊了下唇。

看見子弦這種態度更是怒火中燒的林平，將手伸向插在腰間的黑色棍棒。

「還敢咬牙切齒？你這小子，還沒弄清楚狀況啊！」

「教、教頭大人！不是的、是那小子的屁股上……。」

「什麼？屁股？我看你這傢伙才是真的瘋了！」

砰！

「咳呃！」

子弦一句話還沒說完，只見林平迅雷不及掩耳地拔出黑色棍棒刺向他的心口，被正中胸口的子弦似乎疼得呼吸困難，蜷著身體倒在了地上。

看著吃痛的子弦，武術教頭林平宛如惡魔般低語著：「罰你這傢伙三天內不得有自由時間。在就寢時間之前，你就來接受本教頭追加的魔、鬼、特、訓！」

「哈啊、哈啊……教頭大人……！」

眼見子弦還想辯解，林平再度揮起手中的黑棒。大吃一驚的子弦連忙嚷嚷起來。

「魔道!!!」

其他第八組成員冷眼旁觀著這副光景，嘴角止不住地抽搐。

這段期間，子弦倚靠著自己有第八組組長、伏魔宗少教主候選人天武錦給他撐腰，肆無忌憚地在宿舍裡使喚他人、做盡了各種缺德勾當，見他丟盡了臉，眾人內心都不由得大呼痛快。

喀喀喀！一陣響亮的磨牙聲就連一旁的弟子們都聽得一清二楚。

眼見自己制定的計畫徒勞無功地失敗收場，天武錦一張臉漲得通紅，額頭上青筋暴起，激動得難以自抑。

（天……如……運!!）

下午剩餘的操演持續著，但第八組的弟子不得不在微妙的對峙狀態中不停看著兩造的臉色。整個訓練過程中，伏魔宗少教主候選人天武錦總是用怒火中燒的目光狠瞪著天如運，而後者則滿不在乎地忽視對方，二人之間產生的異樣氣流實在令眾人坐立難安。

能感受到這一點的，不僅僅是與兩人同組的那些弟子。

遠遠坐在大練武場的講壇之上留心觀察著第八組的那個人，正是現任魔道館館主暨左護法炎王李火明。

（同一組有兩位少教主候補人僵持不下！呵呵，果然有意思。）

除了初期的訓練，李火明通常不會在場。只是聽說天如運終於能參加訓練，這才決定出來看看情況。

不出他所料，第八組的氣氛有趣異常，因為僅僅只有這一組有兩名弟子佩戴著黑色名牌。唯一令他感到意外的，便是天如運的內功狀態似乎和他的預想有著天壤之別。

（他的內功比想像中還深厚啊！）

十四天之前，天如運還沒有半分內力。然而不過短短十四天，他的內功修為竟增長得比六大宗派之一伏魔宗的嫡孫子弦還要強大，實在不對勁。

縱使有魔教排名前十的右護法葉孟親自指點，他的內功進展仍教人起疑。

若子弦已服用了魔龍丹，加上文件上顯示了他原有的內功，二者相加他至少擁有二十年至半甲子的功力。而天如運的內力竟能將他反彈出去，表示天如運至少擁有半甲子以上的修為。

這一點，就算是葉孟幫助天如運吸收了魔龍丹的藥效，依舊讓人費解。

（難不成他真的把魔龍丹的藥效全數吸收了？這麼說起來，與其說是點撥他的臭酒鬼教得好，反倒是這小子自身就天賦過人嗎……呵呵，縱使只有一半的血統，看來果真是虎父無犬子啊！）

李火明到死都不可能認為是右護法葉孟教得好，他興味盎然地注視著場內，從講壇上站起身來翩然離開。

＊＊＊

下午的訓練結束之後，所有弟子都會集中到位於大練武場左側的大食堂一起用晚餐。這段時間以來，天如運只能在醫務室中喝大夫白鐘明送來的白粥，因此這對他而言可說是個好消息。

由於第二階段的考核要求團隊合作的緣故，在晉級之前都必須以組別為單位行動。眾人排成五列，以各組組長為首依序進入食堂，分別取上一個大碗和木筷，在指定的座位用餐。

「哦！今天是雞肉耶！」

用醬油燉煮的雞肉被切成方便食用的大小，堆滿了排排羅列的一張張長桌，可以盡情大吃特吃，可說是魔道館受訓弟子唯一的樂趣了。

弟子們全都將筷子擺在碗上靜靜等候，這時一名武術教頭拉開嗓門朝著眾人高喊——

「開動！」

「魔道！」

話音未落，弟子們的筷子已經在桌上瘋狂亂舞。

就某種角度來看，連用餐飲食都要掌控似乎有些過分，但這也是因為，從下級至中級武士都是依據教中的紀律和控制行動。

（啊啊。）

久違地能在嘴裡感受到雞肉的肉質和醬油的鹹香，天如運的嘴角不由得揚起一抹微笑。從張護衛手藝不精的時期開始，天如運向來都吃得很簡樸，雖然他並不挑食，但整整十四天只能喝白粥，簡直就和接受嚴刑拷問無異。

整個用餐過程中，他都能感受到天武錦的目光，瞅得人臉上都火辣辣的。

天如運始終無法理解，在各大宗派之中為何伏魔宗尤其對自己深惡痛絕。

（現在還是好好吃飯比較好吧，從明天起，恐怕食物都要難以下嚥了。）

一如對方緊抓著自己不放般，在這段漫長的時間裡，天如運對六大宗派的憤怒同樣只增不減。母親是名卑賤的女侍，光是他的出身就讓母親和自己備受折磨，現在每每想起因微量毒素而中毒病逝的母親，天如運的內心依舊怒不可遏。

（難道是因為力量不足才想糟踐弱者？那麼，現在換我來踐踏你了。）

迄今為止，未能擁有力量的他只能忍氣吞聲，可如今就不可同日而語。

晚餐的用餐時間為兩刻鐘（三十分鐘）。

叮叮叮！

當鐘聲響起，兩刻鐘時間一過，所有正在狼吞虎嚥的弟子都必須停止用餐，將筷子放回碗上。連用餐的規則都不明就裡的天如運也有樣學樣，學著其他弟子擺好碗筷，以端正的姿勢等待。

「用餐結束！」

「魔道！」

武術教頭一聲令下，弟子們齊聲答應，晚餐時間也就此結束。各組則以進門時相反的順序，列隊離開大食堂。

等第八組回到大練武場列隊整齊，武術教頭林平便朝眾人說道：「今日的行程就到此結束，第八十號弟子留下，其餘組員解散！」

「解散！」

除了隨著眾人複述、並露出一臉苦相的子弦之外，其他成員都各自散開。天如運衝著跟在武術教頭林平身後的子弦噗哧一笑，朝宿舍的方向邁開腳步。

來到主樓後方，位於左側的就是宿舍所在的建築。

他們的宿舍共分為五個館，每一館的規模都頗為可觀，各館的建物都有兩層樓，下層供男弟子使用，上層則專供女弟子使用，而每一館的每一層又都分為十個大房間。每個房間最多能夠睡下二十個人，設有床位，倘若男女分開的話，一間房就可以供一整組人居住。

從一館至三館都是團體宿舍，第四館則設有個人宿舍，凡是通過第三階段、晉升為隊長級別的弟子，就能使用個人房。而最後規模最小的五館，則是那些武術教頭的住所。

天如運住的宿舍是位於一館一樓的八號室。

「喂，你想去哪？」

天如運正想踏進一館入口，身後卻冷不防傳來一道聲音，夾雜著特有的煩躁語調。儘管天如運並沒有聽過對方的聲音，但大致也能猜出來者何人。

回頭一看，果不其然，等在那裡的正是伏魔宗少教主候補天武錦，他正雙手抱胸怒視著天如運。天武錦身後還站著追隨他的六名組員，宛如護衛似的個個面露凶光。

（這人真是不管到哪都想當老大耶？）

這就是向來備受禮遇的六大宗派少教主候選人共同的特點。比起自己動手，他們更愛將跟在身邊的心腹呼來喚去，手指都不動一下。

無獨有偶的，為了登上一館的二樓，此刻音魔宗的少教主候選人天垣麗也正朝這裡走來，而她也不例外，身為第五組的組長，縱使日程結束之後就是自由時間，她的身後依舊跟著十來名看似手下的弟子。

人群喧鬧起來，由於他們就位在一館的大門口，周圍不知不覺聚齊了眾多弟子。傳聞沸沸揚揚的第七位候選人天如運，和伏魔宗天武錦之間的對峙，自然引發眾人的關注。

（聚集了不少人呢，呵呵呵！）

天武錦一心就盼能在所有人面前讓天如運顏面掃地，這自然是他最期盼的情況。

「你這骯髒的雜種，像個膽小鬼一樣躲在醫務室裡頭，這段時間過得還不錯嘛？」

一聽到「骯髒的雜種」幾個字，天如運的眼神立刻變得冰冷。

或許是在自己的挑釁之下，天如運露出的不悅神情讓他十分滿意，天武錦又強調了一回。

「怎麼，不爽嗎？你這骯髒的雜——」

「你這是在汙辱教主大人嗎？」

「什麼？」

「你說我是骯髒的雜種，這話不就是在汙辱教主大人嗎？」

面對天如運意料之外的質問，天武錦的臉剎時繃得僵直。他只想著天如運母親的血統並出言譏諷，可當天如運一提起來自教主的那一半血脈，便堵得他頓時語塞。

「教主大人在本教之中可是如上天一樣的存在，還是你小子的地位比他更高，所以才能這樣出言不遜？」

「我、我什麼時候說過這……！」

聚集在此的無數子弟，不論年齡、性別，全都對教主效忠，即使出身六大宗派、甚或是教主的血脈，都必須審慎發言。

周圍弟子們的眼神透著寒意。

「伏魔宗的傢伙果然都愚蠢至極。」

從旁觀望著一切的音魔宗天垣麗譏諷地嘀咕道，被區區天如運這等貨色堵得無話可說，那副模樣實在令人心寒。

（竟然對那種出身卑賤的東西發火，真是蠢貨。）

除了她之外，正在往二館移動、路上停下腳步觀望的劍魔宗少教主候補天景雲，同樣咋著舌連連搖頭。

「嘖嘖。」

「咿咿咿咿！」

本就在意著周邊人視線的天武錦霎時間漲紅了臉。他本打算在所有人面前盡可能侮辱天如運、將他踩在腳下，再暗中對他下手，但周圍反倒不斷出現嘲笑的目光和聲音，實在令他忍無可忍。

「該死的傢伙！看我不撕了你那張狂妄的……！」

砰！

「嗚嘔！」

周圍瞬間一片死寂。還沒等天武錦說完，天如運的拳頭便迅雷不及掩耳落在了他臉上。

被奇襲式的一拳正中臉面的天武錦，鼻子裡的鼻血汩汩而出。

「狂妄的嗚嘔？你本來想說什麼啊？」

「呃啊啊啊啊！」

天如運嬉皮笑臉的譏諷，讓流著鼻血的天武錦不由得氣血上湧，二話不說就拉開架勢，想展開伏魔宗的絕學伏魔攻拳的招式。

豈料嗖的一聲，率先奇襲得手的天如運下一步竟是落荒而逃。就連周邊圍觀的大批弟子任誰也沒料到，先發制人的天如運居然打算逃走。

「呃啊啊啊！抓住他！」

「是、是！」

怒髮衝冠的天武錦朝追隨自己的弟子大吼大叫起來，他們全被天如運奇襲式的一擊嚇得愣在原地，眼見天如運往宿舍建築後方的樹林奔逃，這才遲遲追了上去。

當然，天武錦也緊隨其後，展開輕功。

不同於其他興致高昂、等著看好戲的弟子，音魔宗的天垣麗和劍魔宗的天景雲則用微妙的眼神，望著向遠處逃亡而去的天如運。另一頭，在天如運身後窮追不捨的六名弟子也漸漸感到困惑。

他們都很清楚，不過十四天前，天如運別說武功了，就連半點內功都沒有，但此刻他們和不斷奔逃的天如運之間的距離卻絲毫沒有縮短的跡象。

「嗬嗬！」

「他為什麼這麼快？」

追是追不上，但眾人之間卻始終維持著不遠不近的距離，更是怪異。幾名弟子之中，一名腦袋還算靈光的二百零三號弟子腦中驀然冒出一個想法。

（那小子該不會是在引誘我們吧？）

雖然他也將信將疑，但天如運始終和他們保持著一樣的距離飛逃，簡直就像是刻意要讓他們跟上似的。

「還在磨蹭什麼！」

「啊？」

咻的一聲，最晚動身出發的天武錦抹去流淌不已的鼻血，飛也似的越過他們身邊。無論如何，他都要逮住那傢伙、狠狠踐踏他的臉、砸爛他的骨頭，他才能夠消氣。

奔逃許久的天如運朝後頭瞥了一眼，接著立刻打住腳步。

「該死的臭小子！還想跑啊？」

天武錦攥緊拳頭朝他步步逼近。

然而，天如運卻用一臉嘲諷的表情答道：「逃跑？別說笑了，我是在引誘你們。」

「什麼？」

「只是現在還沒必要讓其他人看見罷了。」

話音剛落，嗖的一聲，天如運的身形宛如橡皮筋似的高高躍起，高舉手掌如同施展刀法一般朝天武錦劈砍而去。

同樣是發動奇襲，但與剛才不同的是，天武錦提升了內力、做足萬全的準備將雙拳交叉在眼前，以手腕格擋住天如運的手掌。

砰！躂躂！

豈料，擋下手掌的天武錦腳步搖搖晃晃地向後退了兩步，放下交叉的拳頭，瞳孔劇烈顫動。

「你……你怎麼會這種武功？」

剛才天如運施展輕功時，他被怒火沖昏了頭壓根未能留意，直到天如運使出這傾注了內力的一擊，才讓天武錦心中的困惑不斷湧現。

天如運攤平雙手以掌為刃，猛力劈落的一擊可一點也不輕，沉甸甸的重量承載在手刃之上，讓天武錦即便用上七成功力來防備，腳下仍被震退了兩步。

（這小子的功力不是開玩笑的。）

天武錦自始至終只知道天如運曾發下毒誓不得學習內功，因此向來把他當作一顆軟柿子，豈料他的實力竟和自己所知的判若天淵，自然是困惑不已。

（就是現在！）

天如運聚氣凝神，施展出蝶舞刀法的第二招。

嗖嗖嗖！

蝶舞刀法第二招「迴圓蝶景」迅捷無倫，以快速的迴轉增添了刀招威力，這本是著重於防禦的動作，不過在近身戰中作為攻擊手段也頗具奇效。

啪啪啪！

儘管天如運只以空手施展刀招，但在內息透過運氣路徑開始循環的剎那，他右手掌底揮出的招式就宛如一把刀刃蘊含著尖利的銳氣，縱使那並不是所謂的「刀氣」，手刀之下的風壓仍鋒利無比。

「公子！危險！」

這時六名弟子才姍姍來遲，其中一名少年倉促地高喊道。

眼見天如運的手刃犀利地迴旋著飛向胸口，上一刻還掩飾不住內心惶惑的天武錦迅速施展步法，向後退開三步的距離。

（他躲開了？）

天如運本想趁著對方吃驚的破綻一口氣分出勝負，眼中閃過一抹異彩。

轉瞬退後的天武錦再次朝前飛身而出，反倒往天如運胸前接連揮出數拳，那正是伏魔攻拳的第三招「打擊聯攻」。

砰！

「咳！」

因為天武錦迅速的反擊，第一擊天如運來不及閃避，幸而第二擊勉力閃身避開了重拳。

豈料，天武錦的攻擊還沒完，他在展開連擊的狀態下利用反作用力向左側一扭身，架起手肘撞向天如運的右肩，雖然天如運倉促舉起左手腕試圖防禦，但手肘的撞擊力道仍高出他幾分。

躂躂躂躂！

天如運的右腳身不由己地連連退開四步。

（看來我的內力還是略遜一籌啊。）

進入魔道館之初，天武錦就身負半甲子的內功修為，在通過第一階段考試之後，他又獲得魔龍丹這副靈藥，內力自然又進一步提升。

（但我還能招架。）

值得慶幸的是，由於天武錦打小就經常服用各種靈丹妙藥，魔龍丹的吸收率並不高，再加上他性格急躁，未能妥善吸收靈丹，藥效也大打折扣。萬一天武錦真的獲得完整的功力，只怕二人之間的差距將會大到讓天如運更難以應付。

（我得持續進攻，不能給他反擊的機會。）

天如運施展出蝶舞刀法迅捷無倫的刀招，腕上展開的手刃有如蝴蝶一般靈動飄逸地留下點點殘像，朝天武錦的右肩斬去。

「那小子怎麼會那種武功？」

眼見天如運手上施展著桀驚不群的刀法，六名弟子全都瞠目結舌。誰也沒想到他不僅學習了武功，甚至還是堪稱絕學的功夫，倘若他們得知這是右護法狂刀葉孟的獨門武功，肯定加倍愕然。

「有兩下子。」

天武錦簡短地感嘆了一句，只見他用彷彿要滑倒的姿勢將腰部彎折成奇異的角度，滑溜地避開天如運瞄準他上半身的刀招後，旋即將兩人的距離拉近。

伏魔攻拳本質上雖是拳法，但亦是追求柔勁的武學，因此動作極其柔韌靈活。天武錦將腰後仰，瞬間扭轉身子一個回身，朝左上方飛起一腳。

砰！

「嗚呃！」

天如運左側頭部頓時被擊中，身子往右側彈飛、翻滾在地。儘管習得了刀法招式，摔跤時最基礎的護身倒法天如運卻一無所悉，只能狼狽地在地面上滾了好幾圈，這才笨手笨腳地站起身來。

（光想著防備拳頭了，沒料到他居然會使出踢腿。）

天如運不由得慌了手腳，被對方勁力十足地踢中頭部，腦袋發昏，甚至沒法保持平衡，身子一陣踉蹌。天武錦這時才找回了從容的神色，勾起嘴角。

「雖然你那來歷不明的高明刀法確實讓人吃驚，不過顯然是匆忙練就的。」

一針見血的批判讓天如運皺起了眉頭。天武錦居然只憑區區數招就察覺自己才剛剛學會武功，真是令人驚訝。

（雖然他的招式精妙，卻完全不曉得該如何應對對方的攻擊啊。）

即使性格蠻橫暴躁，但出身六大宗派之一的伏魔宗，天武錦一直接受著菁英教育長大，況且這菁英教育可不僅僅打通任督二脈、熟習各種靈藥及伏魔宗一脈精湛的武功而已。

打小，天武錦就經常與許多師父對練，提升了實戰的感知，畢竟武學可不單單只是將招式練得滾瓜爛熟，如何因地制宜地靈活運用更是個中關鍵。

「呵呵呵，果不其然，你這傢伙不過是邯鄲學步罷了。」

邯鄲學步，意指不自量力地模仿他人，結果畫虎不成反類犬。不過兩招，天武錦便察覺天如運習得高超的刀法，還看穿他雖練成了武功，可實戰經驗仍相當欠缺。

（看來是我太低估天武錦了，該怎麼辦才好？）

天如運腦中思緒變得錯綜複雜，儘管蝶舞刀法的招式全在他腦中流淌，彷彿早已熟練了數百、數千次那樣爛熟於心，但他卻毫無經驗，不曉得在何種情況下該利用哪個招式應對。

「等我先好好教訓你一番，再慢慢盤問你這小子是怎麼學會武功的吧。」

蹥！找回了自信的天武錦足下發力，身形激射而出，向天如運施展出伏魔攻拳的第五招「伏虎攻瞬」。

天武錦氣勢威猛如虎、兩手雙拳齊出，眼見就要陷入危機的剎那，天如運不自覺地陷入苦惱之中。

（我該怎麼辦？該用什麼招式才對？）

就在這時，奈米機器吶挪的聲音在天如運腦中響起。

【偵測到外部威脅，於使用者視覺情報中啟動擴增實境（開眼）功能以應對威脅，透過戰鬥輔助機能，啟動行動指示防禦模式。】

霎時間，天如運的瞳孔迅速晃動，閃現一抹細微的精光。

「看招！」

就在天武錦的雙拳直襲他胸膛的那一瞬間，天如運雙腳輕輕點地，微微側身一閃，徑直朝著天武錦的下巴揮出一拳。

砰！

「咳呃！」

天武錦被那出乎意料的一擊狠狠擊中下巴，腦袋往旁邊一歪。儘管拳頭裡並沒傾注什麼內力，但下巴中招導致天武錦搖頭晃腦地一陣昏眩，一時失去了平衡。

（這、這小子？剛剛那招不是刀法啊？）

倘若那一拳還承載了內力，天武錦或許會原地暈過去也說不定。

在暈眩之中手忙腳亂的天武錦腳下連忙施展步法，向後拉開距離。

「什、什麼？他的動作跟之前完全不一樣！」

在一旁作壁上觀的大批弟子也紛紛露出驚訝的神情。方才聽見天武錦自信滿滿的一番話，他們還以為這場戰鬥很快就會分出個高下，豈料這一拳又讓勝負變得難以捉摸。

此刻天如運雙眼中的世界，已呈現出與此前截然不同的光景。

「這到底是怎麼回事？」

【已開啟戰鬥輔助機能的擴增實境功能以應對外部威脅。】

在天如運眼底，除了可見的現實以外，還能看見以白光組成的線條及文字不斷閃爍，為他詳細講解著眼前的一切。

不久前，就在天武錦的拳招即將擊中的剎那，地面上忽然以分解動作出現腳部型態的光芒輕輕跳躍著，還憑空浮現了一行「請依照指令動作」的文字。說時遲那時快，天如運跟著那行指示躲過了天武錦的攻擊，身子朝右一鑽，眼見白光形成的箭頭指向天武錦、並浮現一抹拳頭型態的光芒，他立刻隨之採取了行動。

【由於主人並未指定，故隨機選定程式中儲存的護身術之一「拳擊」執行戰鬥輔助機能。】

（戰鬥輔助？）

【也就是個別指導。】

（意思是你在指示我的行動？）

【由於對方移動快速，將以0·01秒為單位分析對方的動作並導出結果。】

（我聽不懂那些複雜的玩意，總之，我剛剛的動作叫做拳擊是吧？）

【拳擊為程式中既存的護身武術之一——】

（不是、不是，先別忙著說明了，如果剛剛指示的動作是拳擊，那你能不能把指令換成蝶舞刀法？）

【由於分析與轉移已完成，故可用蝶舞刀法執行戰鬥輔助機能。是否同意啟用？】

（同意。）

【行動指示防禦模式由拳擊轉換為蝶舞刀法。】

就在天如運動作停止、忙著和吶挪對話的期間，下巴慘遭擊中的天武錦大致甩去了頭暈目眩的感覺，燃起熊熊戰意高聲嚷嚷。

「你連拳法都學了？你這奸險的小子，原來還藏了這麼多手！但你那狗屎運已經不管用了！」

天武錦再次拉近距離，朝天如運連珠炮似的連連揮出重拳，他的拳頭頓時幻化出數十個殘影，朝天如運罩頂而下。

而在天如運眼中，只見虛空中浮現一抹白光，在數十個拳影旁顯示著急劇變化、減少的數字，還有那些拳影所向之處的分析數據。

（我能預見他攻擊的方向和模式！）

天如運的嘴角泛起一抹微笑。

啪啪啪啪啪啪啪！

天如運施展步法，接連閃過天武錦在半空中製造出數十個殘影的快拳，瞄準他上半身要害的拳影全數落空。

（不對！他把我的每一拳都閃開了？）

天如運踏著靈巧的步法避開了所有拳招，簡直讓人難以置信直到剛才為止，他面對天武錦的招式都還左支右絀、窮於應付。

不僅如此，天如運躲開天武錦連珠炮一樣的快拳，在閃過最後一拳的剎那，他瞬間變掌為刃，劈出華麗的刀招！

「嗯？」

只聽見啪、啪兩聲，吃驚的天武錦連忙將伏魔攻拳轉攻為守，但僅僅只能擋下對方掌底兩式，只見天如運手刀劃過的方向如翩翩飛舞的蝴蝶般留下諸多殘影，不知何時，已經朝天武錦的右肩橫向斬去。

砰！

「嗚呃！」

隨著肩膀被狠狠擊中，強烈的疼痛讓天武錦的喉頭湧上一絲血腥味，萬一對方手中提著的是真刀，恐怕他的右臂早就被卸了下來。

（這小子怎麼會如此高深的招數？）

以天如運的修為來看，他顯然比自己略遜一籌，可他所施展的一招一式卻乾淨俐落、毫不拖泥帶水，身體力量的平衡簡直無異於磨練了數十年的高手。

這正是因為，儘管天如運並沒有相應的內功或對武學的領悟，但重現刀招時卻能發揮與右護法葉孟相同的水準，才會如此驚人。

被一招正中右肩，天武錦腳底一個踉蹌，雙腿忽地沒了力氣，整個人昏沉得彷彿要暈過去似的，猶如噩夢般徘徊不去的記憶在腦中一閃而過。

「錦兒，只要你發奮努力……只要你能嶄露鋒芒，那教主大人、不、你爹自然不會再關心那卑賤的臭丫頭，他的目光就會重新回到我身上。」

「全是因為你不爭氣才會變成這樣！這都要怪你沒出息！」

「但凡沒有那個骯髒的婊子……！」

天武錦的母親賈夫人身為伏魔宗的千金，依據六大宗派的血之盟誓受到挑選，和教主天裕宗締結了政治聯姻。儘管這場婚姻只是出自利益考量，但賈夫人卻是真心愛著教主。然而，無論她再怎麼真情實意地對教主表現出關心，教主眼中卻永遠看不見單純因謀略締結婚姻的她。

教主所有的關愛始終只向著教主殿中的女婢一人。

（這不是我的錯。這全怪妳自己，還不是因為妳面目可憎才會這樣！）

在天武錦最後記憶中的賈夫人、也就是他的母親，帶著癲狂的眼神哽咽嘶吼，用雙手緊緊掐著年幼的他的頸子。

（怎麼偏偏在這時想起那段該死的回憶！）

每當那則記憶在腦海中浮現，他就會對那個人憎恨不已。

雙腿發軟的天武錦用怒火中燒的眼神咬緊牙關，踏出一個震腳，朝天如運正面猛力揮出一拳。

「天殺的！我怎麼可能輸給你這種下賤的東西！」

孰料，就連他這奇襲般出其不意的一拳，天如運也只是一個仰頭便輕描淡寫地躲過，沒有一招半式，只是舞起手刀往天武錦額頭上揮出一記，旋即用掌心摁住他的額頭，朝地面重重砸落。

砰！

「咳呃！」

天武錦的後腦狠狠撞向地面，那強烈的衝擊不知究竟有多麼痛苦，讓他漲紅了一張臉，從頸部到額頭全都青筋暴起。

「我！我！怎麼可能輸給像你這種賤種！」

看著接受不了敗北的羞愧感、兀自躺在地上氣憤難當的天武錦，天如運只是用冷冰冰的眼神俯視著他丟下一句。

「這一切，都是你自找的。」

第九章　第二階段考試

伏魔宗的少教主候補天武錦。作為魔教根基的六大宗派之一，天武錦一直在伏魔宗之中接受武術訓練及菁英教育長大，這次戰敗不僅僅讓另外六名弟子感到吃驚，更是錯愕不已。

不過十四天前還內力全無的臭小子，而今卻忽然有了一身精湛的武術，甚至叫他們都望塵莫及。

「怎麼，你們也想過兩招？」

看著那些一臉驚愕、盯著自己直瞧的弟子，天如運揚聲問道。

聞言，那六人像是說好了似的連連搖頭。即使合六人之力，他們就連要打贏天武錦都是難上加難，面對天如運更可說是束手無策。

「那你們就把這小子帶走吧。」

六人彷彿就在等著他這句話似的，同時一擁而上爭先恐後地扶起天武錦。畢竟，雖然他敗給了天如運，那些弟子對他身後伏魔宗的勢力依舊膽寒。

（倘若不僅是力量，我也擁有自己的一方勢力，大家也會對我心懷畏懼嗎？）

看著那些弟子誠惶誠恐的模樣，天如運不禁暗忖。

因肩膀和後腦勺的劇痛而倒地不起的天武錦，在眾人的攙扶下似乎又傷了自尊心，他猛然神經質地甩開六名弟子的手。

「放手！我自己會走！」

Nano Machine

「可是，公子！」

「不要讓我說第二遍！」

一旦固執起來，任憑誰都拿天武錦沒轍。弟子們一鬆開扶持的手，天武錦又再度大字形癱倒在地，怒視著天如運用煩躁的聲音說道：「為什麼最後不給我個痛快？」

就算是天武錦自己，只要一看到對方都會不由得怒從心起，而天如運自小就被六大宗派輕視鄙夷，心中對於他們的怒火自然是只增不減。眼看天如運明明把他揍到面目全非都不見得能洩憤，卻在最後關頭將手刀換成手掌，天武錦自然認定那是天如運將他視如草芥的同情。

但天如運只是面無表情地看著氣急敗壞的天武錦說道：「要不是這個階段的考核是分組進行的，我肯定已經砸爛你的腦袋了。」

六名弟子的臉上頓時失去了血色。

見天如運一臉漠然地吐出這番狠毒的話語，反倒更令人不寒而慄。考慮到第二階段的考試，他所說的理由確實很充分，但天如運這人偶爾又暴躁易怒、衝動行事，這部分實在教人費解。

「呿，下賤的傢伙，找什麼沒用的藉口。」

「你膽敢再跟我說一句廢話，我就真的打爆你的腦袋。」

「來就來啊！臭小子！」

「你也就剩一張嘴了。」

天如運心寒地瞅著直到現在都站不起身來，還理直氣壯地回嗆「來就來啊」的天武錦看了一會，隨後便轉身離開。

＊＊＊

與天武錦一陣纏鬥過後，斜陽早已落山、天色昏暗。在穿過林間樹葉映照而下的隱隱月光之下，返回宿舍的天如運神情卻並不明朗。

（實戰經驗果然不容忽視。）

借助奈米機器的力量，他以任誰都無法想像的速度迅速學會了武功，但對於天如運來說，最重要的經驗卻付之闕如，倘若剛才沒有吶挪中途插手，說不定此刻慘敗的人就是他了。

即使完美地掌握了蝶舞刀法的招式，現在的天如運也無法真正達到師父右護法葉孟的水準，為了達到更高的境界，他的內功和經驗都需要不斷地累積。

（現在就算想累積經驗，我也需要時間，而六大宗派那些傢伙絕不可能放任我積攢經驗、置之不理。那麼，我反倒應該先學會如何善用我目前擁有的武器。）

經歷方才與天武錦一戰，天如運意識到，若能事先得知戰鬥輔助機能中擴增實境的功能，肯定會成為極大的助力。比起人類的判斷能力，分析判斷更為迅速的吶挪能夠在轉瞬間就掌握天武錦的招式、找出他的弱點，使得毫無對練經驗的自己能透過戰鬥輔助機能熟練地駕馭刀法。

（吶挪。）

【是，主人。】

（到目前為止，我究竟用過多少你擁有的功能？）

他驀然感到好奇。雖然吶挪接二連三地展示出新的功能，但那並非天如運有意運用，而是每回身陷危機時才後知後覺。

【確認使用者紀錄。主人目前僅利用奈米機器功能的３％。】

事實上，由於天如運的興趣僅止於練功，他的使用率必然偏低，若能充分運用奈米機器內建的基本程式，絕對能夠徹底顛覆這一整個時代，但這些情報都因程式遭到鎖定而無法使用。

然而，吶挪並未將這則情報告知天如運。

（三啪神特？）

【您僅使用了百分之三。】

吶挪隨即轉換成天如運能夠理解的語言進行說明。

（我就用了那麼一丁點？）

【根據內建使用紀錄，奈米機器機能使用率未曾達到三成以上。】

誠如奈米機器吶挪所言，有時縱使東西再好，也鮮少有人能夠完美地應用，畢竟所有物品都服務於使用者的目的，正如天如運一直以來，也利用奈米機器的功能，在習武的道路上逐步成長一般。

（即使不是全部，肯定也還有很多我用得著的功能。）

天如運這才體認到自己未能充分運用奈米機器，思索片刻後，便向吶挪表達了自己的想法。

（把你能夠做到的事全部詳細地告訴我。）

【收到，我將把第七代奈米機器詳細功能的使用說明書轉移至您的大腦，請問您是否同意？】

（我同意。）

【此外，為協助使用者順利理解詳細功能說明書，須同步轉移語言教育程式中內建的英語，請問您是否同意？】

（就是你偶爾會說的、那些發音怪異的語言吧？）

【是的。】

（我同意。）

【經使用者同意，將第七代奈米機器詳細功能暨英語能力轉移至大腦。】

吶挪特有的機械嗓音在腦海迴盪著，天如運感到腦袋一陣刺痛、瞳孔快速晃動起來，那正是將情報轉移至大腦的過程。

相比於平時接收的基本資料，詳細功能說明書的情報量更大，轉移時間也更長。而在轉移結束之後，天如運除了感到些微暈眩之外，並未像先前那樣嘔吐不適，畢竟已經進行了數次資料轉移，大腦也漸漸開始適應了。

隨著暈眩感逐漸退去，天如運開始在自己的腦中探索奈米機器能夠發揮的機能及相關情報。

（這些你全都能辨得到？）

奈米機器的功能一一在腦海中浮現，與他所想像的根本無可比擬，讓天如運的嘴角揚起一抹微笑。此前所見的種種，簡直可謂管中窺豹。他更發現奈米機器的功能當中，甚至有方法能夠彌補自己在實戰經驗上的不足，而這類功能的其中之一，就是反覆模擬功能。

（原來還可以在擴增實境當中和他人進行對練啊？）

對功能有了更全面的理解，還獲得了英語能力的天如運已經不同於以往，理解能力也隨之顯著提升。

【若要進行模擬，尚須進行對手行動模式情報分析。】

（剛才跟我打了一場的天武錦可以嗎？）

【雖然動作分析情報不充分，但能夠以您的戰鬥紀錄為基礎，生成與之相應的模擬分身。】

儘管稍嫌可惜，但就目前來說這也是不可多得的了。

（很好！現在就來試試吧。）

正朝宿舍走去的天如運腳下一轉，走向人煙稀少的隱蔽處。在就寢時間之前大夥都擁有自由時間，因此他下定決心透過模擬好好培養實戰經驗。

【於使用者視覺情報啟動擴增實境（開眼）功能，生成模擬分身。】

隨著吶挪的聲音響起，和方才與天武錦戰鬥時一樣，白光在眼底亮起，生成了閃閃發光的線條。與剛才不同的是，他眼中並未出現情報分析的字樣，而是他眼前的白光形成一個人型，迅速幻化出天武錦的形象。

「哈？」

看著這神奇的景象，天如運口中不由得讚嘆出聲。

倘若這就是奈米機器的功能，那他眼前的天武錦就是吶挪在擴增實境中生成的分身，換言之，唯有他才能看得見。

【在啟動分身之前須調整模擬參數。請調整分身在使用者身上造成的衝擊百分比。】

（衝擊百分比？）

【這是指您遭受分身攻擊時所受到的衝擊程度。若希望與實際相同，請調整至100%，若希望比本體弱，請將強度調低。】

（這樣啊？那就調成百分之百吧。）

天如運心想，反正只是擴增實境中看到的分身，即使受到衝擊又能有多嚴重？然而，就在緊接著開始的模擬訓練中，天如運才不得不意識到自己所做的選擇究竟有多麼愚蠢。

【開始進行模擬。】

眼前的天武錦分身瞅著天如運，滿臉張狂。

「喂，下賤的東西！上啊！」

「哈？」

天如運剎時露出一臉無言以對的表情。

縱使這是以天武錦的資料為基礎再現出的分身，但他根本沒料到竟能如此精準地模仿出那特有的令人厭惡的表情、動作和語氣，明知眼前的天武錦分身只是個假貨，還是教人煩躁不已。

（啊～正如我所願，剛才顧慮到第二階段考試不敢砸破他的腦袋，既然這是分身，那就算打爆他也無所謂了吧？）

多虧如此，天如運也更加投入了。

見天如運沒有動手，天武錦的分身身形一晃，率先起身而上，他的雙拳夾帶老虎般的氣勢直襲過來，掌底的拳招正是在稍早對決時，天武錦使用過的伏魔攻拳第五招「伏虎攻瞬」。

（哦！）

眼見分身居然原封不動地再現了招式，天如運不禁眼前一亮。

然而，驚喜也只是暫時的，他想起剛才依據吶挪的戰鬥輔助功能，以拳擊動作閃避的情景，這回他選擇展開步法，往側面鑽了進去，施展出蝶舞刀法的第一招。

說時遲那時快。

「你以為這種蹩腳的攻擊能奏效嗎？」

天武錦的分身狂妄地嚷嚷著，用奇異的角度扭身閃過刀招，旋即飛起一腳砰的一聲踢向天如運的腹部。

「咳嚇！」

一陣劇烈的疼痛直襲腹部，天如運不由得慘叫著摔倒在地。對手明明是只在擴增實境中才能看見的分身，他萬萬想像不到它居然能再現出這般痛楚。

「嗚呃呃呃，為什麼我會感覺到疼痛啊？」

腹部慘遭痛擊，天如運一臉痛苦難當地喃喃說著，腦中響起吶挪的聲音。

【此為體內的奈米機器以主人剛才親身體驗過的痛覺資料為基礎，再現出同等強度的衝擊。】

「該死。」

無知魯莽地將衝擊度調整至百分至百，是個愚蠢到家的選擇。雖然吶挪只是老老實實傳達了事實，但天如運卻莫名惱羞成怒。

【是否要重新調整衝擊程度？】

「……不用了！就這樣繼續！」

聽見吶挪重新調整衝擊程度的提議，天如運僅僅動搖片刻很快就拒絕了。仔細想想，若能像這樣按照原樣重現衝擊，那自己也不會因這是擴增實境而太過安逸，反倒能維持緊張感。

「卑劣的野種！放馬過來啊！」

瞅著跪地不起的天如運，天武錦的分身傲慢地勾了勾食指，囂張地挑釁。

「不過是個該死的分身！」

儘管心知這只是個假想中的分身，但天如運仍被它的挑釁挑起了怒火，帶著滿臉怒氣展開蝶舞刀法縱身攻上前去。

就這樣，天如運透過模擬訓練開始累積對戰經驗。

然而，若這時有不知情的路人撞見了這一幕，看上去就像天如運在對空無一人的半空拳打腳踢、假裝隔擋閃避，還動不動就大聲呼痛，像個瘋子似的怪異無比。

＊＊＊

夜漸深沉，點點星光點綴在清澈無雲的夜空之上。

天如運一直窩在宿舍後山的樹林裡，直到三更半夜他才結束擴增實境的模擬訓練，打算動身返回宿舍。從酉時開始，他已經一刻不停地對練了兩個時辰，整個人筋疲力盡，雖然他一受傷，奈米機器吶挪都會及時進行治療，因此看上去並無外傷，但體內累積的疲勞卻無法可解。

（哈啊，交手了十五次，居然只贏了最後這一場。）

天如運不由自主地嘆了口氣。

打從他停止使用吶挪的戰鬥輔助模式，認真展開第一次較量之後，僅僅只過了五招勝負就見分曉，他甚至沒能好好防禦或破壞那五招，只能用身體硬生生地扛下。

那甚至不是天武錦本人，不過是對他進行分析後生成的分身，天如運就這樣空虛地落敗，要是真和本尊動真格的，顯然他只會兵敗如山倒。

（我還妄想打爆他腦袋呢。）

鬱鬱寡歡的天如運腦中響起吶挪的聲音。

【實力會隨著經驗累積持續提升，每一回合對練，主人的動作變化及恰當應用蝶舞刀法招式的頻率都在增加。】

依據吶挪的說法，天如運從頭一次對練直到第六回合為止，幾乎是一面倒的不敵對方，但從第七至第九回合對練期間，他便能漸漸使用招式來對抗，而到了第十至第十四回合儘管仍舊居於下風，卻已經開始以天武錦分身難以預測的攻擊進行反擊，且隨著對練次數增加，對戰的時間也慢慢拉長。

就這樣，最後的對練他們互相比拚了三十餘招，天如運這才第一次發覺了天武錦的破綻，以蝶舞刀法的招式擊中對方的要害，取得勝利。

（那又有什麼用？就算確實是天武錦的招式，但它反反覆覆也只會用三招，其餘的全是基本功，而我卻費了九牛二虎之力才贏了這傢伙一場。）

這一點，最令他氣憤難當。

他很清楚，分身僅僅只能重現出天武錦在戰鬥中施展過的招式情報、動作和修為強度，當然無法視作天武錦完全的戰力，而自己卻連一個半吊子的天武錦都對付不了，這讓天如運不僅感到羞愧，更點燃了他熊熊的戰意。

（呼，等著瞧吧，我一定會在七天內輕鬆戰勝天武錦的分身！）

【好的。】

親身體會到累積實際經驗絕非易事的天如運就這樣定下了他第一個目標。

然而，此時的天如運仍有所不知。

奈米機器透過擴增實境生成的分身，雖然只能以兩人對戰中展現過的情報為基礎進行再現，但分身天武錦卻是對天如運擁有的武功蝶舞刀法及短劍祕術了然於心的狀態。

在真正的武術對決之中，完整掌握對方所有武功所造成的影響力，巨大得足以左右勝負。更何況，不同於每一回合對戰都累得筋疲力竭的天如運，分身擁有無限的體力，面對這樣的對手竟能取得一次勝利，說明了他的天賦及悟性絕對不低。

一陣喧鬧聲傳來。天如運在腦中反覆復盤與分身的對練，腳下不知不覺已經抵達了位於一館的第八組宿舍。

不同於平時，因天武錦的空缺而鬧哄哄的宿舍，在天如運出現的瞬間變得鴉雀無聲。

「來了！」

「那小子回來了！」

「快看，他真的一身毫髮無傷的樣子。」

從宿舍裡一眾弟子悄聲耳語的反應看來，他們似乎已從親眼目睹對決過程的六名弟子口中聽聞了勝敗結果。

縱使先前在教內與天如運有關的傳聞早讓眾人對他帶有成見，可此次他在第八組弟子之間引起的風波，已經足以讓他們對天如運大為改觀，只是到目前為止，這些弟子依舊畏懼伏魔宗的威勢，因此不敢輕易開口和天如運搭話。

噠噠、噠噠。天如運一邊尋找著自己的床位、一邊踏進宿舍當中，站在周邊的弟子則自然而然地為他讓出一條路來。在他進入魔道館之前，總是遭受周邊人輕視或同情的目光，甚至令他不願踏出家門，與此刻的感覺天差地別。

（難道擁有力量就是這種感覺嗎？）

沒有任何人認為他可笑，也沒有任何一道目光帶有輕蔑。

無論天武錦的氣焰再高，他也只不過是擊敗了六大宗派的其中一名少教主候選人罷了，眾人的態度和視線竟然如此大相徑庭，令他幾乎忍不住失笑。只不過，即使天武錦壓根不在宿舍裡，大夥還是對他心有忌憚，無人膽敢輕易接近天如運。

（我的床位在哪啊？）

眼見天如運四下張望著找不著自己的床位，有個人三步併作兩步地趕上前來。

頭戴藍色頭巾的那人，正是曾在醫務室裡試圖對天如運不利的二十三號弟子，只見他畢恭畢敬地用雙手指向床鋪示意。

「公子的位子在這邊。」

「是喔？」

打從在醫務室裡就處處看著天如運臉色行事的二十三號弟子，此刻的口吻和舉動簡直就像是在侍奉著主君那般恭謹，讓其他弟子的眼中都充滿了詫異之色。

儘管大多數弟子都倍感愕然，但對於二十三號弟子而言，他身處的境地令他不得不做出賭博般的決定。

（什麼？那小子是怎麼回事？）

曾經應許過自身宗派將會提攜他的天武錦，以他任務失敗為由過河拆橋、兔死狗烹，甚至讓他在所有人的面前將他痛打了一頓。這就是整件事的肇因。

（那天殺的臭小子！仗著自己是少教主候選人了不起啊！）

在那之後，天武錦動不動就會對他口出惡言，表示只要一出魔道館，就要搞垮二十三號弟子的宗派，更助長了他內心的怒火。因此，不過兩個時辰前，當他一聽說天武錦滿身傷痕的模樣、以及他慘敗的事實，二十三號弟子立刻有了決定。

（既然橫豎都是死路一條，不如賭一把吧！）

他打定主意，全力支持天如運參與本次魔道館將舉行的少教主爭奪戰。既然他已經鐵了心，內心也就將天如運當成了主君，自然而然地採取了行動。

「你的態度和之前不太一樣啊？」

對於他的變化，天如運當然不會毫無所覺，不同於在醫務室裡緊盯著他的眼神，此時對方的眼中多了一抹恭謹。

「難道你有求於我嗎？」

聽天如運這麼一說，二十三號弟子遲疑片刻，接著彷彿旋即下定了決心，在眾目睽睽之中單膝跪地，雙手抱拳揚聲說道：「在下二十三號弟子，何鋒，願將公子奉為我的主君！」

此話一出，頓時四周一陣嘈雜，這出乎意料的效忠宣示令宿舍中所有的弟子大為吃驚，就連當事人天如運也不例外。

一如其他少教主候選人都擁有支持自己的黨羽，天如運當然也暗自希望能擁有自己的勢力，然而他總認為現在還不到時候，因此這無疑是個意外的衝擊。

「你要奉我為主君？」

「先前對您多有冒犯，我一直都在深切反省，求公子務必收我為手下，讓我為您效犬馬之勞！」

眼見二十三號弟子何鋒用真誠懇切的眼神注視著自己、希望得到自己的應允，天如運一時陷入苦惱之中。理由無他，正是因為天如運自小不敢輕易信任他人的性格所致。

（手下啊……。）

不同於教主派任的張護衛，這是生平第一次有人希望能成為自己的手下，何鋒那真切的模樣在天如運心中點燃了一抹小小的火苗。打從獲得奈米機器、拜了右護法葉孟為師之後，走在這條瞬息萬變的人生道路之上，天如運自身也在不知不覺間慢慢有了轉變。

（拜託！求求你了！）

看著何鋒迫切地注視著自己，天如運噗哧一笑，點了點頭。

一看見天如運肯定的回應，何鋒喜出望外地整個人趴在地上，把腦袋磕得砰砰作響，嘴裡嚷著：

「謝謝公子！我一定會效忠於您的！」

就在這時——

「哈！我只不過是稍稍離開了一會，居然就出現了這種鬧劇啊！」

聲音的主人，正是伏魔宗少教主候選人天武錦。

在敗北的打擊之下，天武錦決定離開宿舍透透氣，在大練武場結束了夜間的加練之後，這才和八十號弟子子弦一起返回宿舍。

「你這螻蟻不如的東西，這是在向誰宣示效忠啊！」

子弦雖然早因夜間訓練累得不成人形，但或許是眼前的光景太令他光火，他扭曲著一張臉立刻朝二十三號弟子何鋒厲聲喝道。

（唏！）

儘管何鋒鼓起勇氣向天如運誓言效忠，可第八組恐懼的根源、掌握實權的兩個人一出現，他的心臟仍不由得劇烈跳動起來，整個身子都撲簌簌地顫抖著，畏懼之情溢於言表。

即便如此，何鋒自始至終沒有回過頭看他們一眼，只是注視著天如運。他那毅然決然的決心也打動了天如運，他緩緩轉過頭去，瞪著子弦說道：「你算老幾？憑什麼說別人的手下是螻蟻？」

「什麼？」

天如運深沉冷峻的嗓音讓子弦霎時間一臉困惑。換作是平時他所知的天如運，他肯定會馬上高喊著「放肆」並衝上前去，然而此時的子弦卻已經從天武錦口中聽聞了他因大意輕敵而敗北的慘事。

「所謂的螻蟻，應該是像你這種只會成天追在別人屁股後頭的傢伙吧。」

「什、什麼？」

「說話怎麼結結巴巴的？怎麼？你怕了嗎？」

天如運語帶挑釁的口吻似乎讓子弦氣不打一處來，揚起了眼眉，畢竟他從未將天如運放在眼裡，天如運身上劇烈的變化也教人一時難以接受。

「你這下賤的東西！」

怒不可遏的子弦忍不住高聲嚷嚷起來，迅速飛身朝天如運揮出伏魔攻拳。

此時，驚人的事情發生了。

天如運雲淡風清地將上半身一扭，避開了子弦的拳頭，宛如揮刀砍落一般將手刀斬向子弦的後頸，接著只聽見砰的一聲。

「咳呃！」

後頸遭受重擊的子弦兩眼一翻，就此暈死過去。

不幸的是，子弦所施展的伏魔攻拳第三招打擊聯攻，天武錦的分身早在模擬訓練之中施展了無數次，天如運早已爛熟於心。

「跟分身相比根本沒什麼了不起的嘛。」

天如運若無其事地自言自語，而二十三號弟子何鋒則以無比震驚又激動的眼神注視著他。

（啊啊啊！我的選擇果然沒錯！）

雖然他打定主意要奉天如運為主君，但內心也並非沒有絲毫不安。然而，當他親眼看到天如運展現壓倒性的實力，一擊放倒伏魔宗的嫡孫，那不安的心情也彷彿被洗淨了似的，消失得無影無蹤。

「怎麼，要再打一場嗎？」

天武錦站在宿舍門口氣得瞪大了眼睛怒視著天如運，而後者則衝著他挑釁地勾了勾手指。在模擬訓練中，被天武錦的分身挑釁的天如運至今餘怒未消。

但現實當中，天武錦的態度卻截然不同。

「……哼，你就趁現在得意吧，只不過多了一個螻蟻般的手下，你以為會有什麼不同嗎？」

拋下這句話，天武錦正眼也不看天如運一眼，徑直踏進宿舍，回到自己的床鋪上躺了下來。

「天、天武錦剛才是示弱了對吧？」

「簡直不可思議！」

天武錦的態度讓不少弟子倍感震驚。誰能想到，那個自視甚高、性格蠻橫的天武錦面對率先挑釁的天如運，居然會在這氣勢的較量之中落居下風，選擇迴避。

打從這一天起，第八組的宿舍開始出現轉變。

起初成天忙著看天武錦的臉色，甚至不敢與天如運對視的弟子們，漸漸對天如運積極地產生了興趣。礙於伏魔宗的聲威，其他人或許不敢像二十三號弟子何鋒當面宣示效忠，但卻已經在腦海中刻下了「說不定」這個全新的可能。

就這樣，暗潮湧動的時間流逝，迎來了第二階段分組考試的日子。

所有弟子聚集在大練武場上依據組別分為五列，眾人神色緊張，將真劍和鐵盾緊握在手裡。

＊＊＊

第二階段的考核是分組陣型對練，眾人須利用迄今以來訓練時學習到的十二種陣型，兩兩一組展開對決，壓制對方的一組獲得勝利。

比起個人實力，在這場考核中，組員之間的團隊合作、建構陣勢的默契，以及指揮陣型的組長準確的判斷能力更加重要。

「該教的我都已經教過了，剩下的就看你們自己了，明白了嗎？」

「魔道!!!」

各組教頭紛紛揚聲激勵自己負責的小組。

在一開始的前兩週訓練當中，都是由武術教頭來揮舞旗幟，指示弟子們被動地構築陣型，但從第三週、也就是七天前開始，便改為由各組組長主動陣前指揮，親自調度組員來進行變換和建構陣勢的訓練。

在分組時讓各組選出組長的理由就在於此。

儘管各武術教頭也可以根據先前十四天的表現，以戰術、陣法教育的成績為基礎任意指定組長，但默許小組內部自動產生組長，就是為了選出能夠統率所有組員的人，讓他們坐鎮指揮。

「在第二階段考試開始之前，我們先來抽籤。」

站在講壇上的魔道館館主左護法李火明說道。

考核即將開始，此刻最重要的關鍵，便是各組在對決之中能夠多麼自由靈活地指揮、運用陣勢。

「就如先前說明過的，從第一組到第四組、第五組到第八組、第九組到第十二組，每四組分別抽籤來選定對戰的組別。」

在三天前的下午訓練開始前，他就講解過第二階段考試進行的方式，並提前告知將分為四組、以抽籤來決定彼此對戰的組別。

「首先，第一組到第四組的組長出列。」

四名組長脫離隊伍往講壇走去。然而，就在他們踏上講壇的瞬間，底下觀看著的眾多弟子之間氣氛卻非比尋常，議論紛紛。

「第二組和第三組的組長換人了！」

「那一組果然也跟我們一樣。」

正如弟子們的竊竊私語，令人吃驚的是，第二組和第三組的組長並不是原本宿舍內被默許的爭鬥中決定好的人選，除了第一組組長玄魔宗的天武延、第四組組長七十二號弟子之外，另外兩組卻不是原先的組長，而是改由其他弟子步上講壇。

「呵，兩個人啊。」

對此，左護法李火明似乎早有預期，並未流露出特別意外的神色。

儘管眾人無從得知兩組人更換組長的緣由，但抽籤依舊正常進行，而抽籤決定出的數字便記載於掛在牆上的對陣表中。

第一組對第三組，第二組對第四組。

「哇啊啊啊啊！」

第一組和第四組的弟子們頓時歡聲雷動，似乎相當滿意抽籤的結果，他們不斷高喊著組長的號碼熱烈歡迎他們走下講壇，士氣高昂。

決定好第一組至第四組的對陣後，李火明便揚聲說道——

「第五組到第八組組長，出列！」

李火明話音剛落，這四組的組長立刻從弟子之間踏步而出、走上講壇。

如同方才前四組組長出列時一樣，交頭接耳的議論聲從眾多弟子之間傳來，因為就和先前一樣，這四組之中的組長也換了兩個人，而最令人詫異的是，別組也就罷了，第八組的組長竟也換了人。

（哦哦？）

與前一批情況不同的是，李火明的眼中興味濃厚地閃過一抹異彩。

他原以為，第八組是由伏魔宗的少教主候選人天武錦擔任組長，應該和前一批負責抽籤的玄魔宗天武延一樣，人選不會有變化，豈料出乎他的預料，第八組組長不僅換了人，還是個任誰也想像不到的人選。

（天如運！）

第八組的組長不是別人，正是別著黑色名牌的七號弟子天如運。

就連站在隊伍最右側、身為第五組組長的音魔宗少教主候補天姮麗，看見天如運出現也難掩困惑。

（我都特地警告過他了，這個蠢貨！）

她在心中暗暗咒罵著伏魔宗少教主候選人天武錦。

天如運將手伸進抽籤箱中，表情相當微妙。畢竟直到昨天晚上，連天如運自己做夢也沒想到，自己會當上組長。

這整件事，還得說回昨天下午訓練結束之際。

＊＊＊

由於這是第二階段考試之前最後的訓練時間，所以在晚餐之後，許多小組仍舊留在大練武場上練習到向晚。

當然了，並不是所有組別都選擇留下來繼續訓練。由於沒有武術教頭在場，因此各組都能暗中觀察其他組別的訓練狀況，探查明天考試中可能使用的戰略，有些組別便忌憚這一點，並未繼續訓練。

第八組的想法也如是。

本就自視甚高、特立獨行的性格，加上作為組長的領導能力也不差，伏魔宗的天武錦事先制定好戰略之後，便解散了小組成員。

「天武錦！」

分組訓練結束之後，天武錦正打算前往人煙稀少的地方繼續個別的武術訓練，途中卻驀然被某人叫住。

「什麼？是妳啊？」

用清亮的嗓音呼喚他的人，正是音魔宗的少教主候選人天垣麗。

面對她突如其來的呼喚，天武錦露出一副不耐煩的模樣就想走，但天垣麗卻迅速趕上前來攔在他身前。

「妳這是在幹什麼？」

「有人在叫你，竟然連句話也不回轉身就走？」

不同於身分特殊的天如運，六大宗派之間本就有著簡單的往來，兩人自然打過照面。儘管此刻因為排位爭奪戰的緣故彼此格外冷淡，但在教內，音魔宗所在的位置距離伏魔宗的宅邸最為接近，天垣麗和天武錦自兒時便過從甚密，兩人交情匪淺。

「什麼？妳攔住我到底想說什麼？」

「我可是想了很久才決定來找你，你竟是這種態度。」

望著斜睨著自己的天垣麗，天武錦敷衍地答道：「妳不是說伏魔宗的傢伙都是蠢蛋嗎？」

幾天前，他和天如運在宿舍前對峙時的情況，天武錦仍記在心上。

「唉唉……你有夠煩人。知道了，我長話短說，你聽著。」

儘管對天武錦的態度萬分不滿，但天垣麗仍舊認為此事非說不可，便挽起長及手腕的衣袖，露出她纏著繃帶的手臂。

見狀，天武錦眼露詫異之色，問道：「妳受傷了？」

根據天武錦所知，除了同為六大宗派的少教主候選人之外，沒有任何人能有實力傷害得了她。

「這是昨天傷的。」

「昨天？」

「昨晚我一個人在修練的時候，被某人襲擊了。」

「妳被人襲擊？哈！哪個膽大包天的傢伙膽敢幹出這種事？」

雖說在六大宗派的少教主候選人之中，天垣麗的修為略低於其他人，但那也是單以六人為基準，與其他弟子相比，她的實力依然遠在眾人之上。

「那人戴著面具，沒法辨別。」

「不管那人有沒有蒙面，妳竟然會這麼大意，讓那種貨色有機可趁？」

「……我沒有在開玩笑，我從來沒有對那個蒙面之人掉以輕心。」

由於是在修練過程中遭遇奇襲，她絕非整個人毫無防備，反倒是保持著萬全的狀態與那蒙面人過招，不過那人的武功高深莫測、直逼少教主候補的程度。

「所以，因為妳自己出了事，這才來警告我小心提防？」

「你應該也很清楚，萬一有人試圖對我不利，就代表你很有可能也被人盯上了，畢竟我們都是同一組進行對戰的。」

她的話讓天武錦皺起了眉頭。

「還記得吧？兩天前就有公告過，會分成四組來進行抽籤分組。」

「沒錯。」

「明明可以一次性抽籤解決，幹嘛非得大費周章特地每四組分開抽？」

「妳到底想說什麼？」

「受不了……你倒是想想，既然已經提前公開分成四組的機制，各組不就能提前預測到會和自己對戰到的組別了嗎！」

聽著她意味深長地說著，天武錦思索片刻，說道：「……妳的意思是，他們刻意在考前公開這項情報，就是要誘導各組針對對手小組的組長下手？」

「看來你也沒那麼蠢嘛。沒錯，正如你所說，萬一在小組考試當中沒了組長，那一組也就很難維持陣型的運作了。」

依據天垣麗的猜測，館主左護法李火明之所以事先公布每四組分開抽籤的消息，就是意圖在考試之前，刻意誘導弟子去針對各組組長，藉此輕鬆通過第二階段的考試，而她的猜測也在昨晚遭遇的襲擊後變成了確信。

「總之，明天就是考試了，千萬別掉以輕心，也不要一個人跑去修練，我可不想聽到有少教主候選人連第二階段考試都沒通過，就被逐出魔道館，這未免太丟人了。」

她明明可以什麼也不說，但天垣麗仍念在兩人的老交情透露了此事。天武錦也輕輕點了點頭，似乎認同她絕非隨口說說。

在她離開之後，準備進行修練的天武錦便按照她的建言帶上自己的心腹，也就是伏魔宗的嫡孫子弦一起走向宿舍後頭的樹林。

那天晚上，在夜色深沉的亥時，天如運和往常一樣，待在林子深處透過擴增實境結束了模擬實戰訓練，正在返回宿舍的途中。

（哎呀，我還差得遠呢。）

不同於內心的嘀咕，事實上在七天之前，他在模擬對練之中只能險勝那麼一回，反觀現在，他已經在極短的時間內取得長足的進步，勝率也達到了六成以上。雖然未能達成在七天之內輕鬆獲勝的目標，但與天武錦的分身進行了超過百次的對練，天如運在招式運用上也比過往更加熟練了。

天如運拖著疲憊的身子正要穿過樹林，耳邊忽然傳來疑似有人激戰的聲響。

砰啪！啪啪！

「咳咳！」

在一陣短促的慘叫聲過後，天如運來不及多加思考，就朝著聲音的方向施展輕功飛身趕了過去。

就在不遠處，只見有個人影癱倒在樹林的正中央，另一個人影則拖著踉蹌的腳步正與某人纏鬥不休，烏雲密布的林子裡比平時更加晦暗，他看不清兩人的面孔。

「吶挪，啟動夜間透視鏡模式。」

【於使用者視覺中啟動夜間透視鏡模式。】

奈米機器吶挪的聲音在腦海中響起，天如運的瞳孔一陣晃動，原本漆黑一片的視野中頓時光線倍增，眼前黑暗的光景變得清晰可見。數日下來，天如運已經摸索出奈米機器吶挪好些功能，得以自由應用了。

（天武錦？）

不知是否腿部受了傷，腳下趔趄咬牙搏鬥的那人正是天武錦。

而與天武錦激戰的對手戴著黑色的蒙面巾，動作非比尋常，那人彷彿早已適應了黑暗，揮舞著利劍朝天武錦招招進逼。

「該死！」

天武錦雖說右腿受了傷，但仍舊不愧為少教主候選人，在對手的猛攻之下始終設法堅持著。只可惜，這場戰鬥的勝負似乎不會拖得太久。

正如天如運的猜想，腿部乏力的天武錦在施展步法時不慎向後摔倒在地。

「咳呃！」

眼見天武錦仰頭栽倒，蒙面人掄起長劍就要砍向他完好的那條腿，說時遲那時快，天如運高聲喊道——

「住手！」

儘管他看天武錦不順眼，但總不能在分組考試的前一天失去小組長，天如運趕緊飛身衝上前去、拉近距離。

蒙面人因為那突如其來的喊聲大吃一驚，長劍劍鋒一轉刺向天如運。但在夜間透視鏡的模式之下，天如運的視野再清晰不過，他一彎身閃開長劍，空手展開蝶舞刀法的刀招，朝蒙面人肋下斬去。只聽見砰的一聲，就在刀招正中蒙面人左側腰際的那一剎那，對方便以迅雷不及掩耳的速度施展步法拉開了距離，天如運眼中閃過一抹異彩。

（竟能在砍中的一瞬間拉開距離？）

對方的武功實力相當高強，可說是深不可測。

蒙面人保持著距離，從蒙面巾的縫隙中透出的一雙眼睛細細瞇起怒瞪著天如運，旋即轉過身去迅速展開輕功逃離。

天如運一度考慮著要不要追上去，最終仍選擇放棄，只因天武錦仍舊倒地不起，後頭還有另一名身著八組武道服的弟子頭部淌血、昏迷不醒。

「喂，你沒事吧？」

「是你這野種？天殺的！……我居然會栽在那個蒙面的傢伙手上！」

（還是把他扔在這算了？）

即使受了傷，那張嘴還是不失天武錦本色。

天如運扶著放不下自尊的天武錦，又揹起陷入昏厥的弟子，急急忙忙趕回宿舍。

在分組考試前一天，眼見組長和弟子竟然負傷回來，引發眾人一片譁然，待在宿舍裡的弟子們之間的氣氛也變得肅然。

頭部受傷、血流不止的弟子正是天武錦的心腹子弦。天如運替他擦拭著汩汩流出的鮮血，向吶挪問道。

（他還好吧？）

【開始掃描傷患的傷口。】

由於白大夫白鐘明早已下班，只有吶挪能夠協助檢視傷口。遺憾的是，吶挪雖能自行治癒天如運的身體，但卻無法轉移到他人的體內進行治療。

【頭皮處發現疑似刀傷的外傷，是長度四公分、深度兩公釐的刺傷，只須在止血後進行消毒，將傷處縫合即可。】

天如運原先還擔心他傷得很重，幸運的是，不同於他的猜測，被劃傷的部位傷得並不深，傷勢還算輕微。豈料問題不在於子弦，而是天武錦。

「哈啊……哈啊……天殺的！」

天武錦嘴裡喘著粗氣，用右手緊緊按著右側大腿，方才眾人都忙著觀察子弦的狀態，卻沒發覺天武錦的腿上也是鮮血直流。他的臉色煞白，似乎就連能不能好好走路都成了問題。

「快去把值班的教頭找來！」

「啊、是！」

天如運一聲令下，他的頭號手下、二十三號弟子何鋒便匆忙奔出宿舍。

沒過多久，夜間輪值的武術教頭便衝了進來，替天武錦的大腿止血，並採取了應急措施。然而，他注視著天武錦的傷處，面色凝重地說道——

「……你這傢伙，短時間內應該不能走路了。」

宿舍裡的眾人臉色霎時間沉了下來。

音魔宗少教主候選人天垣麗曾預先示警的擔憂，就在這一刻化成了現實。

第十章　以牙還牙、以眼還眼

「哈啊……哈啊……該死！」

見天武錦喘著粗重的呼吸、怒氣沖天，值班教頭啪啪兩聲點了他身上的睡穴。

「我得帶他去一趟醫務室才行。」他這麼說著，一把將天武錦扛在肩上，徑直往宿舍外走去。

「等一下！」

雖然天如運在後頭高聲呼喚轉身就走的教頭，可他卻恍若未聞匆匆離開。明明八十號弟子子弦也受了傷，但他光顧著照看天武錦，根本沒來得及發覺子弦的傷勢就揚長而去。見狀，天如運本想讓自己的部下、二十三號弟子何鋒跟著跑一趟，不過心裡總覺得有些怪異，便揹起昏迷不醒的子弦跟了出去。

「他去哪兒了？」

值班教頭腳步倉促，早已走出宿舍所在的一館，往主樓的方向走去，天如運也連忙展開輕功追上前去。

他一路追到值班教頭身邊，對方的神情卻彷彿在等著他。意識到異樣的天如運開口說道：「教頭大人，傷勢雖沒有四號弟子嚴重，但八十號弟子頭部也受了傷。」

「我知道。」

「什麼？」

「我就在猜，肯定會有一個人主動揹著或扛著那小子，把他帶過來。」

按照值班教頭所說，他這是刻意放著子弦不管、一走了之的意思嗎？天如運將這番話思忖片刻，問道：「您是故意讓我跟上來的嗎？」

「看來你也不笨嘛。」

這句話宛如對天如運的肯定。

「理由是什麼呢？」

「理由？也沒什麼。你們組員好像以為只有你們組長遭人毒手，臉上全都是一副考試已經完蛋了的表情。不過嘛，這小子會被人傷成這樣，確實挺意外的。」

乍聽之下，教頭似乎只是純粹為他們擔心，但總有些不對勁。

「我想說的就是這些。把那小子交給我吧。」

值班教頭從天如運手裡接過昏迷不醒的子弦，將他扛在另一側肩上，示意天如運回去。

「所有弟子禁止在夜間離開宿舍，這點規定你應該曉得吧？」

「……我明白。」

天如運答道，正準備轉身，耳邊卻傳來值班教頭喃喃自語的聲音。

「山不轉路轉，少了主力，就該用候補來頂替啊。」

拋下這句話，教頭便扛著雙肩上的兩名弟子往主樓走去。

直到最後，天如運仍舊認為值班教頭所言必定是有意為之，返回宿舍的路上，腦中也變得思緒萬千，他反覆咀嚼著值班教頭的提點，直到即將踏進宿舍大門時，這才有如當頭棒喝一般醒悟了什麼。

（既然他說「組員好像以為只有我們組長遭人毒手」，那就代表此事無獨有偶，不僅是我們組而已。）

天如運猛然意識到教頭這番話真正的用意。

不同於天武錦曾在事前就從音魔宗的少教主候補天垣麗那裡，詳細了解了第二階段考試隱藏的意圖，天如運並沒有任何情報，但思緒敏捷的他，單憑著其他組也曾發生相同事件的這情報，便逆向推測出考核背後真正的企圖。

（那些人之所以會針對第二階段中最重要的組長下手，就是為了讓組長在明天的考試中缺席，便能輕鬆戰勝對手。其他組也發生了類似的情況，就說明大家都已經意識到這個事實了。）

一路推測至此，天如運也自然對為何會發生這種事有了大致的把握。

（難道事先透露會每四組抽籤決定對戰組別，就是這個意圖嗎？）

最終的結論，正是事前掌控著第二階段考試的館主有意誘發這種情況。換言之，這並非公平公正的對決，反而勢必會在幕後製造各種陰謀詭計。

（怪不得，我總覺得考核方式未免太單純了。）

畢竟他們又不是身處正派武林盟經營的正武館，而是弱肉強食、密謀算計漫天飛的魔道館，在考試中單純採取什麼團隊合作的方式，實在令人倍感困惑，說穿了，果然有著暗藏的企圖。

領悟到上述的事實，天如運眼中凝聚起微妙的狠勁。

（這是在告訴我們，行事作風就該像個魔道中人是吧？那麼，我大概也沒必要刻意拘泥於什麼規則了。）

天如運在心中打好了算盤，裝作若無其事地走進宿舍。

一如值班教頭所說，第八組宿舍之中的氣氛由於組長天武錦遇襲一事，變得陰鬱頹喪得不得了。

看著垂頭喪氣的弟子們，天如運心寒地說道：「就因為組長被人偷襲，你們究竟要這樣沒出息地灰心喪志到什麼時候啊？」

「你說誰、誰沒出息？」

追隨著天武錦的其中一名弟子聽見天如運的譏諷，慌亂地駁斥道。

聞言，天如運轉頭掃視著宿舍中的全體弟子，說道：「既然沒有組長，就該趕緊選定一位新的組長、重新為明天的考試制定戰略，眼下時間都不夠用了，只會雙手一攤、坐在那一籌莫展，這不是沒出息是什麼？」

天如運犀利的話語一針見血。不同於剛才，這回弟子們任誰也無法出聲反駁，畢竟他所說的句句切中要害。

只不過少了個組長，就認為考試已經了無希望、坐以待斃，眾人也對這樣輕言放棄的自己感到心寒，一名弟子便小心翼翼地開口問道——

「那麼，該由誰來代替組長？」

關於戰術、陣法和陣型，所有人都已經爛熟於胸，然而卻只有幾位組長接受過統御訓練、嘗試過陣前指揮，若出任組長一職，勢必要有自信帶領所有組員通過考試，扛起這個重擔。

在共計二十一名成員的第八組之中，除了組長天武錦和他的左膀右臂子弦二人，其餘十八名弟子都出身自中小派系。換言之，這群人之中無人能夠克服這種壓迫感，也不具備挺身擔任組長的膽識及統御能力。

此時，在旁靜觀其變的二十三號弟子何鋒倏然起身說道：「你們怎麼會認為沒人能夠勝任組長？我的主君、天如運公子，不就在各位眼前嗎？」

聽見何鋒的發言，其餘弟子的表情變得微妙。

事實上，大夥們起初都認定，根本無人能夠取代天武錦擔起領導統御的角色，但看見天如運站出來主導眾人的模樣，眾人驀然覺得將組長一職託付給他似乎也不錯。

在一片靜默當中，一名弟子舉起手來說道——

「我，三十八號弟子李燦，贊成這個意見。」

「我、我也贊成！」

這就是事情的開端。

弟子們接二連三地舉起手來高呼贊同，彷彿引發了從眾心理一般，不知不覺間大多數弟子們都認同了由天如運擔任組長，死忠跟隨著天武錦的六名弟子終究敵不過這種氛圍，勉強點了頭。

天如運只是默不作聲地注視著眾人，說道——

「大家都同意由我擔任組長嗎？」

聽見所有弟子都齊聲贊同，天如運這才開口，將自己在陣型訓練過程中思考過的想法告訴眾人。聽著天如運的話，原本死氣沉沉的弟子們眼神中逐一煥發出一線希望。

就這樣，第八組弟子以新組長天如運為中心，反覆討論、制定新的戰略，直到深夜仍未就寢。

在所有人熟睡的寅時時分，某個人偷偷摸摸地溜出了第八組宿舍，屏住呼吸，沿著漆黑的一樓走廊小心翼翼地走向某處。那人輕手輕腳地走著，臉上還蒙著黑布。

（吶挪，夜間透視鏡模式。）

【於使用者視覺中啟動夜間透視鏡模式。】

以黑色面巾蒙上臉的不是別人，正是天如運。在啟動了奈米機器夜間透視鏡模式的天如運眼中，因熄了燈而顯得昏暗的視野逐漸變得清晰。

趁著所有人陷入夢鄉的時刻這樣鬼鬼祟祟地在走廊上徘徊，是為了什麼？

（呼。）

天如運屏氣凝神地走著，倏然在某一間宿舍門口停下了腳步。

那房間是第七組的宿舍。

在宿舍的房門上有一個方形窗洞方便觀察室內情況，天如運便湊上前去環顧宿舍內部，熟練地問吶挪。

（這次也有人還沒睡嗎？）

【開始掃描搜索宿舍房間內部。】

天如運的瞳孔當中閃現一抹白色的細線，由左至右從望向宿舍內部的視野中掃過。

【在宿舍房間內的二十人全數處於深度睡眠狀態。】

吶挪的聲音在腦中響起，天如運彷彿等候已久似的，謹慎萬分地拉開宿舍房門，悄無聲息地潛了進去。

（總算是全都睡著了。）

不僅是現在，天如運一整夜都沒闔眼，而是每隔一段時間便出來查看其他組別的弟子是否睡得正酣。儘管宿舍內部一片漆黑，但在開啟了夜間透視鏡的天如運眼底，所有弟子熟睡的模樣都清晰可見。

（吶挪，他們之中有沒有襲擊天武錦的傢伙？）

天如運知道，自己平時眼中所見的一切，都會被儲存在奈米機器程式內建的儲存裝置當中，便如此問道。

【將蒙面人身體資料與二十人進行掃描比對，並未找到符合的對象。】

第七組的宿舍裡，並沒有找到和襲擊了天武錦的蒙面人身體資料一致的弟子。不過，確認這一點之後，天如運也沒有離開第七組的寢室。

（是嗎？那也無所謂。）

天如運輕手輕腳地踏進宿舍內部，果斷地伸出手來，點了躺臥在床上所有弟子的暈穴，等他一個個點完暈穴之後，他便往位於房間最尾端、躺在右側床鋪上的第七組組長走去。

在他小心翼翼地抵達床邊的剎那，熟睡中的第七組組長倏然睜開了眼睛。

（唷！）

果然不愧為組長，他與其他弟子不同，並未睡得不省人事，武功修為也不在話下，第七組組長高景迅速因自己身邊傳來的動靜驚醒過來。

「你!?」

啪啪啪！

「呼嚕、呼嚕。」

然而，他還沒來得及反應，就立刻被天如運點中了暈穴昏厥過去。

其實天如運也沒料到他會清醒過來，大吃了一驚，但他總算反應迅速地點了穴，這才避免了一場危機。就算他事後慢慢甦醒，但室內昏暗不已、自己又用黑布蒙著臉，多半無關痛癢。

（呼。）

他悄不聲兒的舒了一口氣，掏出自己事先藏在懷裡的一根長針。那是他在醫務室住院時，大夫白鐘明不滿這根針有些微彎曲而隨手丟棄，又被天如運暗地裡收起來的玩意。

（雖然事情不是你小子幹的，但可別怨我。）

噗噗噗噗噗！

只見天如運手起針落，在被點了暈穴而昏迷的第七組組長高景的大腿、小腿及腳踝處的經脈和穴位上接連刺了好幾針。此刻他仍昏厥不醒，自然無從知曉，但等到他醒來，高景恐怕會有一段時間走不了路了。

（第七組結束了，那再去下一個房間吧？）

教人訝異的是，天如運的目標可不止一個房間。儘管他壓根不在乎天武錦，也不是想為他報仇，但他的目標，就是要找出試圖對自己小組不利的傢伙，以牙還牙。

當然了，這更是因為他已經察覺到第二階段考試真正的意圖。

天如運在心中思忖著是否要先去對面的第六組宿舍，隨後轉向就在旁邊的第五組房間。

（啊！這裡是……。）

不同於全由男性組成的第七組、第八組，第五組當中還有兩名女弟子，其中之一就是身為組長的音魔宗少教主候選人天垣麗。天如運本想故技重施，將第五組的房間掃描一遍，可一想起她在樓上，旋即意識到自己是白跑了一趟，不過與此同時，他的眼中也閃現一道精光。

（這麼說來……犯人就在第六組了。）

若想要讓身為少教主候選人之一的天武錦受傷，對手至少要具備相當於中上門派的組長等級的武功實力。

天如運確信襲擊天武錦的蒙面人或許就是第六組的組長，於是謹慎萬分地挪步走到第六組宿舍門口，並和之前一樣讓吶挪掃描了第六組房間內部。

【在宿舍房間內的十六人全數處於深度睡眠狀態。】

（十六個人？）

天如運意外地蹙起眉頭。

據他所知，第六組共二十名弟子中有三名女性，倘若房中只有十六人，意味著裡頭還少了一個人。

他打開宿舍房門，一一審視著周圍熟睡中的臉，孰料，房中卻不見第六組組長的蹤影。

（這是怎麼回事？）

察覺到異狀的天如運姑且將宿舍中的弟子掃描了一回，但卻沒有任何一人的身體特徵與蒙面人相符。

雖然不知去向，但最有力的嫌疑人第六組組長消失無蹤，光這點就相當可疑，倘若他躲藏在走廊或建物一樓，那麼對方恐怕早就發覺天如運整個凌晨都在四下徘徊。

天如運思忖片刻，搖了搖頭，用意味深長的目光打量起其他弟子。

（……反正又沒人規定只能對組長下手。以牙還牙，以眼還眼。）

心中主意已定，天如運揚起被蒙在黑布底下的嘴角，如法炮製地以迅捷無倫的手法將第六組宿舍內所有弟子的暈穴全都點了個遍。

這就是天如運在第二階段考核的抽籤儀式中，以組長身分現身的始末。

＊＊＊

眼見天如運成了組長登場，左護法李火明內心詫異萬分。第七組組長換人也就罷了，第八組既然會由天如運當上組長，顯然意味著身為伏魔宗少教主候選人的天武錦，因為這批弟子當中的某個人物受了傷。

（看來他們已經正確地理解這場考核真正的用意了，呵呵，這一期的魔道館選拔果然沒有讓我失望。）

然而，他內心的滿足也不過片刻，分組儀式還得繼續進行，左護法李火明朝著站在面前的幾名組長問道：「好！都抽完了嗎？」

聞言，包含天如運在內的所有組長同聲高喊：「魔道!!!」

「呵呵呵，為了這次考試，想必各位都已經『堂堂正正』地做了許多準備，希望各位都能取得好成績。」

（堂堂正正？）

李火明這番自相矛盾的激勵，讓在場的組長們全都露出難以捉摸的神色。

幾人依序走下講壇，將抽出的籤條交給負責製作對陣表的武術教頭。此時，卻有個人用犀利的眼神疑心重重地緊盯著其他組長。眼神鋒利、頭髮全都向後梳攏的那人，正是身為第六組組長的一百零八號弟子，名叫夏一鳴的小子。

然而，他的眼神卻令天如運感到異常眼熟。

天如運率先將籤條交給武術教頭，回頭注視著返回第六組陣列中的他，向吶挪發出指令。

（吶挪，掃描那小子。）

夏一鳴走到第六組前方、回到排頭的位置，只見在他身後，有一大半的弟子似乎連站都站不穩，臉色蒼白，腿上全都一瘸一拐的。眼看第二階段考試即將展開，但組員卻一個個狀態欠佳，他會氣得神經緊繃也是理所當然的。

一想到自己成功達到了目的，天如運內心不由得暗自滿足。

就在這裡，天如運的腦中響起了吶挪的聲音。

【身體資料掃描結果，與蒙面人交叉比對，從身高至骨骼100%一致。】

今天凌晨，天如運用長針刺傷第六組大半數弟子腿上的穴位，暗中使眾人負傷掛彩的期間，第六組組長自始至終沒有露面。

（犯人，終於被我找到了。）

天如運露出意味深長的微笑。

相反的，第六組組長、一百零八號弟子夏一鳴的心情卻跌到了谷底。

教人吃驚的是，在所有組別的組長當中，夏一鳴是唯一一個既非出身六大宗派、也不隸屬於高階門派的人物。打從三天前，他一聽說會分為四組進行分組對抗的消息，腦中旋即浮現一個能夠輕輕鬆鬆通過考核的點子。

（只要除掉組長，陣型就沒法運作了。）

反正所有小組都同樣接受了二十一天的陣型訓練，基本沒有太大的差異，這些弟子終究不是一般人，全都是出身各家宗派的習武少年，不會犯下太拙劣的失誤。最終，夏一鳴判斷一切關鍵都繫於組長的有無，便每晚暗中發起奇襲。

正常情況下，教內弟子多半忌憚六大宗派的威名和教主的血脈，不敢輕易對他們不利。

（哧，管他是少教主候選人還是什麼，贏了就對了。）

夏一鳴果斷地對兩名少教主候選人下了黑手。

他盯上的第一名候選人是天垣麗。夏一鳴曾與她交手過幾次，認為自己要傷她絕對不成問題。然而，他唯一的誤判在於，正在鍛鍊音魔宗武功的天垣麗在施展音波攻勢時，藉著擴散開來的聲響察覺了周圍有人聲動靜正在靠近。

就這樣，他的初次嘗試失敗之後，便轉向第二名目標，也就是伏魔宗的少教主候選人天武錦。

比起對付天垣麗時，夏一鳴這回做足了萬般準備，對在宿舍後頭樹林當中和心腹子弦一起鍛鍊的天武錦發動奇襲，終於成功使他負傷。他原想切實地做個了結，但半途卻殺出一個程咬金，讓他不得不撤退。儘管如此，他仍舊讓天武錦失去了一條腿，成果頗豐。

夏一鳴原想對剩餘最後一組的組長下手，卻未能如願，原因是直到現在，他的右側肋下依然疼痛不已。

（我還以為我確實閃開了。）

他以為自己完全閃避了最後現身的那名弟子的刀招，事實卻不盡然，或許正因為他未能徹底迴避，傾注在刀招之中的力量深入骨髓，震得肋骨出現了裂傷。傷及骨骼的傷勢已經無可奈何，但他還得驅除鑽進體內的內力，於是只得在凌晨時分悄悄攀上宿舍屋頂，運功調息了約莫一個時辰左右，這才大功告成。

豈料就是如此不湊巧，在那一個時辰之間，異變陡起。

（究竟是哪個渾帳東西幹出了這等好事！）

他雖膽大包天，敢去對少教主候選人下毒手，但卻做夢也想不到眾人熟睡正酣的宿舍會遭人針對，儘管不知道犯人是誰，可此人行事之狠辣果敢，在在讓他認為這人簡直是瘋了。

換作平時，早早就會起身的弟子們一直酣睡不起，他才覺得奇怪地查看了一下，這才發現眾人被點了暈穴，甚且還是所有人都遭了殃，無一例外。

當時，就連夏一鳴自己都不寒而慄地起了一身雞皮疙瘩。

他替其他人解開已經快要解除的暈穴，整個宿舍有一半以上的弟子大腿、小腿以及腳踝的穴位都被人刺傷。

（為什麼只傷了腿？啊！）

夏一鳴一意識到對方專挑腿部下手便立刻明白，這是復仇。

（竟然趁我不在的空檔做出這種瘋狂的事！）

對方趁著組長不在、針對組員下黑手，他認為這已不只是果斷，此人行事相當縝密。而最有力的犯人，自然非第八組莫屬。然而，當他一看到天如運作為第八組的新組長踏上講壇，不禁心下詫異。

（這小子……？）

事實上，他在昨晚意外和天如運過了一招，雖然天如運毫無預警的現身令他大吃一驚，且夜半的林子裡本就伸手不見五指，也很難準確地看清長相。

（他就是那個不幸的七公子？不可能是這小子啊。）

不過二十一天前，這小子還因為內力全無被人緊急送往醫務室，豈有可能如此膽大妄為？若是如此，第八組之中肯定還隱藏著像他夏一鳴一樣、不為人知的高手。

為了一解內心的怒火，夏一鳴的目標相當明確。

（我非把那人揪出來，把他的腿打斷不可！）

武術教頭在講壇前的對陣表上寫下第二次抽籤的結果。

第五組對第八組，第六組對第七組。

抽籤結果一公開，只聽見第七組的弟子之間此起彼落地發出鬆了一口氣的聲響。由於夜半襲擊的不速之客致使他們不得不替換組長，因此他們更是千方百計地希望能避開音魔宗少教主候選人天垣麗所在的第五組。

「真是萬幸。」

「第六組那些傢伙的狀態比我們更差。」

「只要表現好，還有可能晉級！」

第六組的組員和組長夏一鳴就排在第七組身旁，那興高采烈的反應自然讓他們心中老大不是滋味。雖然組員們狀態欠佳，但夏一鳴帶著復仇心理仍渴望和第八組一較高下，這下不僅未能如願，第七組還在一旁幸災樂禍，實在教人煩躁。

（我今天非得見血才能出了這口惡氣！）

夏一鳴鋒利的目光中充滿了殺意。

而另一頭，天如運所在的第八組也哀嘆著自己的籤運，許多弟子都面露絕望之色，畢竟他們對上的是組長沒有更換、戰力也完整無缺的小組。

（呿，忙了一整晚，半點好處也沒撈著。）

天如運似乎也頗為遺憾，咋了咋舌。籤運差到這種程度，簡直可說他們運氣超背也無妨。天如運心忖，自己可絕對沒有賭博的本錢。他越過左側兩個組別望向領頭的天垣麗。

少教主排位第六，出身音魔宗的天垣麗。

伏魔宗天武錦和自己同組，因此無可奈何，但才剛抵達第二階段考試就撞見與她強碰的狀況，無論用上什麼手段他都非贏不可。問題在於，雖然比起其他六位候補，她的武學修為較低，但她相當聰明伶俐，從小就展現出軍事上的天賦。

（無所謂，反正最終我都得戰勝他們，無論是強是弱我都會一一擊潰。）

天如運暗暗下定決心。

二十組的對照表全部底定，第二階段考試終於拉開序幕。魔道館館主左護法李火明承載著內力的聲音響徹整座大練武場。

「第一場對陣組別，移動到大練武場中央！」

「魔道!!!」

對陣表上記載的第一場對陣組別，第一組和第三組的弟子們排成五列，在大練武場正中央隔著一段距離遙遙對峙。

在所有弟子的見證之下，第二階段考試的結果將直接在眾人面前揭曉。

不同於面露緊張神色的第三組組長及組員，第一組的氣氛則截然不同，以組長玄魔宗少教主候選人天武延為首，列隊在他身後的弟子們眼中充滿對勝利的確信。

（天武延。）

這也是天如運耳熟能詳的名字了。

目前少教主候補排位第一的天武延，又被人稱作與少教主之位最為接近的男人。撇開他出身自六大宗派中最具威望的玄魔宗不說，眾人皆知，他今年雖然只有十八歲，但他不僅武功實力高強，更是智謀、人品無一欠缺的人物。

兩組組員手執真劍和鐵盾，準備完畢之後，左護法李火明揚聲喊道——

「率先壓制對手的一組即勝利，開始！」

「魔道!!!」

話音甫落，兩組同時齊聲高喊，為對決拉開了序幕。巧的是，兩組人馬口中吶喊著，竟不約而同地向前衝鋒。

由於組長出缺，新任的第三組組長對於戰略運用方面算不上熟練，他們便得出一個結論，唯有盡量速戰速決才是正解。

（這是怎麼回事？）

在第一場陣型對決之中，兩組全都沒有半點陣型變化，呈二列舉著盾牌朝前推進，倘若就此短兵相接，除了出現角力般的相互推擠以外，沒有任何其他的布局。

因為組長缺席，對於陣型戰略不熟悉的第三組也就罷了，身為第一組組長的天武延，拿出這種策略未免單純得過了頭。

「哇啊啊啊啊！」

眼看雙方人馬沒剩多少距離就要撞成一團，身在進攻隊列正中央的天武延朗聲大喊：「右側，三號陣型！」

隨著他一聲呼喊，隊伍的右翼明顯加快了速度，陣型迅速轉變。

站在講壇之上觀看的左護法李火明悄聲嘀咕道：「哦？在這裡使出斜線陣？」

第一組的陣型是呈斜線型態進行突擊的斜線陣，由於他們直到距離極近才轉變陣型，對方絲毫無暇應對，只聽見鏗鏘巨響，兩組人馬的鐵盾硬生生地激烈碰撞。

以穩固型態牢牢緊挨在一塊的第三組陣型，最右側末尾在第一組的進擊下依序相互衝擊，緊接著，令人吃驚的畫面出現了。從第三組的方向看來，位於左側兩排的組員們遭到推擠，有如波浪般撞向旁邊的組員，位於最右側的排尾瞬間被推倒在地。

「不要擠！不要擠過來了！」

「呃啊啊啊！」

轟隆隆隆！

從最右側開始呈斜線發起的突擊，衝擊力量斜斜地推擠開來，儘管乍看之下戰略相當單純，但當對方以簡單的陣勢展開突擊時，這個陣型確實能夠有效地發揮其威力。

「起來！快站起來啊！」

新任的第三組組長拚命朝組員喊道。

即使他們催動內力，想盡辦法穩住身軀不摔跤，可對方也不甘示弱，從斜線陣的最末端漸漸往鐵盾中傾注內力，壓制得他們連重新起身都相當困難。

就在此時，第一組組長天武延逮住第三組組長摔倒的破綻，出劍刺傷了他的右肩，只聽見噗的一聲。

「咳嚇！」

面對吃痛的他，天武延面無表情地說道：「你輸了，投降吧。」

「嗚呃呃呃！」

見他眼中那冰冷的氣勢，彷彿要是他不認輸，第二劍刺的可就不是肩膀，而是腦袋了。比起面對威脅的恐懼，第三組在這場陣型對決中甚至拿不出半點像樣的實力，儘管如此慘敗令人憤慨，不過他們已沒有餘力扭轉局面。

「……我們輸了。」

隨著第三組的投降宣言，第一組當中爆發出勝利的歡呼聲。

「哇啊啊啊啊啊!!!」

表面上，這場對決看似乏善可陳，但這絕不是因為對手貧弱、走了好運爾爾，倘若身為組長的天武延對於戰術及陣型沒有高超的理解，絕不可能產生這種結果。

左護法李火明起身喊道——

「恭喜第一組獲得勝利，我在此宣布，包含組長一號弟子在內，第一組弟子全數通過第二階段考試。」

於是，第一組二十名弟子第二階段考試全員合格。人群隨之一陣喧鬧，所有弟子都滿臉欣羨地注視著他們。

與此同時，天如運卻眼神微妙，彷彿在思索著什麼。

第二階段合格者引發的歡騰氣氛尚未消失，對陣表上記錄的第二場對戰組合第二組及第四組立即被唱名，走到大練武場正中央。

「率先壓制對手的一組即勝利，開始！」

「魔道!!!」

第二組和第四組的對決就此展開。

在觀看過前一組的對決之後，這兩組為了彼此警戒，都選擇避免了莽撞的突擊，也因此並未發生激烈的陣勢衝撞。在雙方經過六回合左右的隊形變換之後，結果終於底定。

勝敗和眾人的預測一致。

「恭喜第四組獲得勝利，在此宣布第四組弟子全數通過第二階段考試。」

臨陣更換組長的第二組儘管盡了全力咬牙奮戰，仍不敵敗退，縱使他們再怎麼後悔未能防範到事前的突襲，也為時已晚。

（果然不出我所料，那兩組也一樣。）

當大家只專注於勝敗之時，天如運終於對自己發覺的情報有了確信，難掩內心的喜悅。

敗者只能帶著鬱悶煩躁的神色退出大練武場，而勝者尖聲歡呼著離開。隨著大練武場的場中央空了出來，左護法李火明再次高喊——

「下一場對陣組別，移動到大練武場中央！」

接下來是第五組和第八組的對決。

總算輪到自己上場，天如運不禁緊張地望向其他組員。可沒多久他就發現第八組的其他組員眼中也充斥著不安和焦躁，顫抖不已。

（士氣太低迷了，這可不行啊！）

天如運嚥了口唾沫、調整呼吸，抹去自己緊張的神色，向眾人開口。

「緊張嗎？」

「？」

「我也跟你們一樣緊張，我知道，換了組長讓大夥心裡都很不安。但是，萬一我們贏不了這場比賽，就會被逐出魔道館，我可不希望落到那步田地。相反的，我渴望繼續往上爬！」

面對天如運情感真摯的一番話，緊繃不已的組員們接二連三地豎耳傾聽，因為他並非以組長之姿，而是以同樣身為魔道館弟子的立場向眾人喊話。獲得了眾人的注意力之後，天如運在聲音裡加重了幾分力道。

「不僅如此，更重要的是，我非常憤怒。那小人針對我們組長下手，便是想讓我們就這樣遭到淘汰，我絕不打算讓那傢伙稱心如意！」

有些時候，憤怒之情反倒能夠消解緊張感。

聽著天如運這番話，組員們的眼中也漸漸浮現出煩躁和怒火。

「倘若所有人都跟我有一樣的心情，我們就絕不能在此認輸。話不多說了，我們一定要贏！」

天如運的選擇沒有錯。他的最後一句話，讓情緒沸騰的組員士氣高漲。他話音剛落，所有組員便放下了緊張和恐懼，紛紛拉開嗓門吶喊。

「一定要贏!!!」

躂躂躂躂躂。第八組眾人排成五列縱隊，以天如運為首，向著大練武場中央的右側齊步走去。

見狀，左護法李火明的眼中閃過一抹異彩。

（他還懂得如何激勵組員的士氣啊？）

他發現了天如運令人意外的一面。原以為天如運不過是作為替代人選上場，並未抱有過多期待，可真沒料到他還有這一面。不過，光是依靠組員們的氣勢，並無法保證能在陣型對決中取得勝利。

（繼續看下去就知道了吧，讓我來瞧瞧這小子究竟是猛虎、還是病貓。）

第五組和第八組彼此對峙著，左護法李火明宣告了對戰的起始。

「率先壓制對手的一組即勝利，開始！」

「魔道!!!」

第五組弟子們擺出基本陣型嚴陣以待，身為組長的音魔宗少教主天垣麗昂然立於全陣正中央，怒目瞪視著站在大練武場的另一頭、和自己對峙的第八組組長天如運。

（嘖。）

這可不是她想要的畫面。

她的目標是將伏魔宗少教主候選人天武錦所率領的第八組打得潰不成軍，證明自己更具有作為少教主候補的資質與能力，可現在率領第八組的人卻換成了天如運，那個血統低賤的野種太軟弱，壓根不足以證明她的本事。

（那根本不是你該待的位置。）

儘管她不像伏魔宗或毒魔宗的少教主候選人那樣對天如運抱持著極其強烈的厭惡感，總想置之死地而後快，但她同樣將天如運視作孽種，對他輕蔑鄙夷。

（你的人生注定只能走到這了，要怪就怪你那卑賤的母親吧。）

她很清楚天如運成長的過程歷經了多少艱難。

六大宗派各家少教主候選人的生母，雖然皆是因為盟約之故才與教主結為連理，但幾位夫人同樣深愛著身為魔教第一把手、具有王者風範的那個男人。然而，教主眼中卻看不見她們，全心全意地寵著華夫人。六大宗派的眾夫人對那名出身低賤、卻獨占了教主所有關懷和喜愛的女婢恨之入骨，更是將她所生的天如運視為眼中釘、肉中刺。

天垣麗的母親項夫人亦如是。由幾位夫人一手拉拔長大的六大宗派少教主候選人，自然而然都深受母親的影響。

（像你這種下賤的貨色根本不配參與少教主爭奪戰，我就藉這個機會親手處理掉你吧，對於你那可悲的人生來說，這樣也好。）

與天武錦的對決既然落了空，天垣麗便決心趁第二階段考試了結天如運。

「率先壓制對手的一組即勝利，開始！」

「魔道!!!」

一聽見左護法李火明示意開始的吶喊，第五組彷彿就等著這一刻，旋即向前挺進。

眼見天垣麗帶領第五組以殺氣騰騰的目光朝自己殺來，天如運凝視著她，朝腦海中的吶挪開口。

（吶挪，啟動擴增實境，開啟陣型輔助機能。）

天如運指令一出，奈米機器吶挪特有的機械音立刻在腦中響起。

【於使用者視覺情報啟動擴增實境（開眼）功能，透過戰鬥陣型輔助機能，啟動行動指示模式。】

天如運的瞳孔細微地顫抖，視野中亮起以白光形成的線條和文字，開啟了擴增實境功能，而天如運事先早已將十二種陣型記錄在吶挪的程式中。

第八組所有組員眼看第五組不斷進逼，而天如運仍舊沒有下達任何指令，只能心急如焚地望著他。

「沉住氣！」

天如運朝組員們高聲喊道。儘管情勢緊張，但組員們深知在這種狀況下，一切都只能取決於組長的判斷，所以他們也只能寄信任於天如運身上。

第五組一路推進到不遠處，天垣麗揚聲喊道——

「二號陣型！」

「二號!!!」

她話音甫落，第五組成員齊聲複誦，有條不紊地開始轉換陣型。

聽見天垣麗喊出的數字，天如運思索著。

（鋒矢陣？）

與此同時，天如運視野中的白色線條開始變幻，迅速分析著對方的動向，在他們尚未擺出陣勢之前，便出現一行泛著白光的文字，寫道：【對方將陣型轉換為鋒矢陣。】

第五組成員在領頭的天垣麗身後擺出箭矢型態的陣勢。這是在帶頭的組長擁有強大武力時最具奇效的陣型，能夠將力量集中於一處、破壞對方的陣型。

（果然不出我所料。）

無關乎天如運的思緒，在他視野的虛空之中，白光幻化出的輔助機能迅速將對方陣型的應對方式羅列而出。

【為了完美防禦，請展開防禦陣，防禦成功率為100%。為了同時進行防禦與反擊，請展開魚鱗陣，防禦成功率為60%，反擊成功率為90%。】

擴增實境的輔助機能提出了兩個選擇，在兩者之間，防禦陣型自然是再安全不過，但天如運毅然決然地選擇了第二個選項。

「首先按照原定計畫，六號陣型！」

「六號!!!」

以箭矢型態持續進擊的天垣麗頓時揚起眉梢，口裡喃喃叨唸著：「六號？」正因她也猜到了第八組接下來的陣型。

一如她的推測，八組井然有序地變換了陣型，形成以組長帶頭，呈現魚身型態、又或形似三角型的魚鱗陣。

（不自量力！）

若說鋒矢陣是以能夠切實突破對手為前提條件來使用的攻擊型陣型，魚鱗陣則與之不同。魚鱗陣雖屬於突破型陣型，但後排能為前排提供支持，因此也可以進行防禦。然而，無獨有偶地，突出於陣勢最前方的組長若不具備強悍的武力，魚鱗陣便會兵敗如山倒。

（在這時使用魚鱗陣？）

在講壇之上觀看對陣的左護法李火明同樣露出無法理解的神情。要是應付不了對方陣型中帶頭的組長，這絕對算不上什麼明智的選擇，看來即使有右護法葉孟指點武功，天如運仍是太年輕了。

（是我不該抱有期待嗎？）

李火明連連搖頭，打從一開始，他便認定這一招只是徒勞。不僅李火明，所有在場邊觀看這場對決的弟子也都有相同的想法。

（居然一開始就做出那種愚蠢的選擇？）

（果然組長一換人，其他弟子也都會受到牽累啊。）

任誰也不相信，區區一個天如運能和音魔宗的少教主候選人天垣麗相互抗衡。然而，迅速變換陣型的第八組弟子，對於組長的判斷，臉上都沒有流露絲毫的懷疑。

與此同時，由第五組構築的、箭矢型態的鋒矢陣，和魚型的魚鱗陣短兵相接的那一刻終於到來。

「就憑你這野種也敢妄想跟本小姐正面對決！」

勃然大怒的天垣麗眼露凶光，在盾牌上傾注十成功力全力向前方衝撞。

只聽見鏘的一聲，俄頃之間，出乎所有人意料之外的事態陡然發生。

以組長天如運為首，理應立刻被從中突破的第八組陣型穩穩當當地堅持了下來。

（撐住了！）

觀看著這場對決的所有武術教頭和子弟全都不約而同瞪大了雙眼，而最震驚的人，莫過於引領陣型衝撞上去的天垣麗了。

（這、這是怎麼回事？）

乘載著十成功力的盾牌不僅沒有推開對方，兩者之間的力量反倒穩穩地維繫著、旗鼓相當。要知道，天垣麗可是身負三十五年、也就是略高於半甲子的內功修為，即使天如運因取得魔龍丹、擁有了內力，他的修為也不可能如此穩固地擋下她才是。

（呼……呼……一如我所料。）

抵禦著天垣麗手中盾牌的天如運頭上冷汗直流。儘管天垣麗認定天如運的功力肯定不及自己，豈料與之相反的是，天如運擁有三十年、相當於半甲子的內功。

（真是刺激。）

倘若按照修為來看，內功比天垣麗略遜一疇的天如運應該節節敗退才是，然而他的肌纖維和經脈全都已經轉換至右護法葉孟的水準，長期習練音攻的天垣麗自然難以應對他所擁有的外功和蠻力。

嘰咿咿咿！

儘管內功不如人，但天如運仍憑藉著強大的力量，咬緊牙關向前邁出了一步，也正因他的內功修為遜於天垣麗，對方功力的餘勁仍穿透盾牌不斷襲來。不過關於這一點，他自然也有對策。

【偵查到盾牌上的攻擊性能量經由手部滲透，開始修復其造成的損傷。】

隨著奈米機器的活躍奔走，滲透至天如運體內的內力餘勁造成的內部損傷迅速復原。

而對此一無所知的天垣麗不禁震驚不已。

（這小子！他到底使了什麼詭計？）

雖然心下驚疑不定，但她仍迅速地做出判斷，倘若不立刻變換陣型，後排較為鬆散的鋒矢陣反倒會全線崩潰。於是天垣麗高聲大喊——

「後撤之後，轉為一號陣型！」

「後撤，一號!!!」

隨著複述聲，第五組的弟子迅速調轉陣頭向後退開，與此同時，天垣麗也將僵持不下的盾牌往上一揮，施展步法重新退入陣中。

這一回，他們採取了基本的一列陣勢。

（成了！）

看見對方撤退後的陣型變化，天如運眼中閃過一抹精光。

【對方的陣型轉變為基本陣型。請以鶴翼陣圍堵對方陣型，並以方圓陣進行包圍，成功率為90%。】

吶挪的聲音一響起，天如運便轉向身後的弟子們喊道——

「變陣！三號陣型！」

「三號!!!」

隨著第八組弟子們的複述，眾人向四方移動為魚形的魚鱗陣。

見狀，天垣麗勾起了嘴角。從方才她便察覺，天如運也不例外，都是利用數字編號來迅速變換陣型，若是如此，三號陣型便是斜線陣了。

（蠢貨，用第一組組長已經使過的套路來對付我，你覺得會行得通嗎？他的戰略果然是一團糟！呵呵呵。）

在天如運的喊聲中，自以為已精準掌握對方陣型的天垣麗對組員喊道——

「六號陣型！」

六號陣型正是魚鱗陣，能一口氣從中截斷敵軍斜向排成兩列進攻的隊形。她本可以選擇鋒矢陣，但她意識到天如運的內功並不遜於自己，故轉而做出更穩妥的選擇。

「六號!!!」

第五組弟子們口中高聲複誦，一絲不苟地轉變為魚形的魚鱗陣。

（到此為止了！）

她右手緊握著真劍、注入內力。雖然不確定天如運究竟使了什麼陰招，但她依然認定，即使他的內功有所提升，武學實力也不可能忽然一步登天。

（只要他落了單，我就能利用魚鱗陣把那小子一擊斃命！）

然而，她的計畫卻未能如願。包含天垣麗在內，第五組的弟子全都吃了一驚，掩飾不住滿心的困惑。

「這、這是怎麼回事？」

「那根本不是斜線陣啊！」

怪異的是，第八組並未擺出斜線陣，而是向四面八方分散成了鶴翼陣，迅速包圍了他們的魚鱗陣。集結成魚鱗陣的第五組還不及變換陣型，就被包抄在對方形成的半圓之中。

（什麼？這到底是怎麼回事？）

就連精通陣法、戰略能力非凡的天垣麗也因這情況迷惑不已。

天如運剛剛喊的明明是三號陣型，但眼前的陣型卻截然不同，她還沒來得及緩過神來，又聽見天如運喊出下一個指令。

「二號陣型！」

「二號!!!」

「什麼？」

聽見第八組弟子高聲複述二號的喊聲，天垣麗秀麗的臉蛋頓時扭曲。

這次的陣型是她剛剛才使用過的鋒矢陣，但這可不是展開鶴翼陣的狀態下能夠轉換的陣型。

（在這種情況下，他沒有選擇方圓陣、而是鋒矢陣？這是什麼荒謬的戰術？）

天垣麗瞪大了雙眼。儘管在她看來，這名組長的指示簡直不成體統，可第八組弟子仍舊從原本的鶴翼陣迅速移動，形成圓圈狀，霎時間將第五組的魚鱗陣團團包圍。

（難、難不成？）

這荒誕的狀況讓天垣麗啞口無言，她看向天如運，只見他的臉上正掛著一抹意味深長的微笑。

「啊啊啊啊啊!!!」

天垣麗一張臉漲得通紅，忍不住尖叫出聲。直到這時，她才總算恍然大悟對方讓自己陷入混亂的祕密。

天如運運用的方式和所有組別相同，依據學習的順序替陣型編號，以便迅速變換陣型，但多數組別只著重在陣型變換的速度及戰術，根本不會特意改變指示陣型的數字，而天如運果斷地更換了編號，不再是眾人學習的陣型順序。

（他一開始刻意喊出正常的編號，也是為了矇騙我。）

在首次變換陣型時，第八組使用的陣型號碼和他組的順序相同，但在第二次陣型變換時，對方口中的改變所指的並不是陣型，而是陣型的編號。

鏗鏘！

形成方圓陣的第八組弟子高舉盾牌和真劍，慢慢拉近距離，逐漸向他們逼近。

（不行！我……我居然會敗給那種下賤的貨色！）

他們的陣型已經被方圓陣徹底包圍，眼看敗局已定，但天垣麗仍舊難以接受這個事實。

鏗鏘！

遭到第八組方圓陣壓制的第五組弟子臉上充滿了絕望。最終，深知大勢已去的第五組弟子一個接一個盾牌接連脫手、掉落在地。

「你們在幹嘛？為什麼要放開盾牌！」

天垣麗拉高嗓門向組員們尖聲嚷嚷。

血統卑賤的天如運向來被眾人當成笑話，敗給他這種醜事絕對不能發生。天如運這種平庸之輩，她應該要輕輕鬆鬆將他擊敗，踏入下一階段，和其他少教主候選人齊頭並進、共同競爭才是。

（我會被人恥笑的！所有人都會把我當成笑柄的！）

在慘敗的衝擊之下，天垣麗頓時陷入錯亂，感覺就好像所有人都在嘲笑自己，一時之間她喪失了理智，脫離了陣型朝天如運飛身而去。

「去死吧啊啊啊啊！」

天垣麗手中迅速施展出音魔宗的絕技「破空連劍」，從她手底揮出的劍招滿是殺氣。

豈料須臾之間，讓大練武場上所有弟子驚愕不已的事態再度出現。

只聽見哐的一聲，意識到危險的天如運一把將盾牌扔在地上，向前飛身而出，手中真劍宛如華麗翻飛的蝴蝶般留下點點殘像，施展出蝶舞刀法的刀招。

第十一章　魔道館祕笈書齋

作為右護法狂刀葉孟的獨門武功蝶舞刀法，在招式和內功都抵達最高境界時，每當舞起刀招，都會留下紛紛殘影，讓人看得目眩神迷。

蝶舞刀法第三招「蝶舞七聯」是連續施展七個連綿不斷的招式，以快捷的刀招壓制對方的刀法。儘管手上所持的不是刀，只是訓練用劍，可由於天如運完成了肉體的轉化，因此單看招式，已能達到和葉孟同等的水準。

「去死啊啊啊！」

失去理智、殺氣騰騰的天垣麗展開破空連劍的絕招「破空月天」，但劍招裡早已失卻應有的柔軟，充滿霸道的氣勢。

鏗鏘鏘鏘鏘！

天如運以長劍運起蝶舞七聯，才到第五式便摧毀了她的劍，與此同時，殘像紛飛之中的最後兩式不僅摧枯拉朽地破壞了劍招，更在天垣麗驚愕之中，唰擦一聲從她的胳膊和頰邊險險擦過。

（這畢竟不是刀，最後一招才沒法完全施展啊。）

唯有輕巧靈動地施展刀招，才能招招完美得當，無奈手裡只有一把訓練用的真劍，因此最後一招天如運並不滿意。然而，直到第六式，每一招都完全發揮了作用。

啪的一聲，只聽見某種東西掉在大練武場的地上，被一刀兩斷的斷面上鮮血噗咻咻地如泉噴湧，轉眼浸溼了沙礫鋪成的地面。

天垣麗因憤怒而漲得通紅的一張臉不知不覺間已變得蒼白，瞳孔劇烈晃動。

「咿啊啊啊啊啊啊！」

天垣麗口中頓時爆出尖銳的悲鳴，響徹了整座大練武場。

掉在地上的東西不是別的，正是她的右臂。

雖然這一點對所有習武之人都相同，然而除了劍法之外，對於自幼習練琵琶音攻的音魔宗而言，右手更是必不可少的至寶。

「啊啊啊啊啊！我的手！我的手臂斷了！」

在劇痛中驚聲尖叫的她，顧不得為血如泉湧的胳膊止血，只是一把抓起掉在地上的手臂，發瘋似的大呼小叫。事情發生得太過突然，場中所有的弟子、乃至武術教頭都驚得一時失了神，隨後才回過神來。

啪！

負責第五組的武術教頭于七迅速展開輕功，撲身衝進大練武場。他一把摁住天垣麗被截斷的手臂，啪啪兩聲，立刻為痛哭失聲的她點了穴，接著他迅速脫去身上的上衣，撕開衣物，用布條替她的斷臂加壓止血。

儘管只是短短二十一天，眼見天如運竟能將自己負責指導的弟子天垣麗弄成這副慘狀，于七不由得怒瞪著天如運咋了咋舌。

然而，在徹底奉行優勝劣敗、強者為王法則的魔道館考核之中，這樣的攻擊絕對無可厚非。

「蝶舞七聯？哈！」

天如運剛才使出的刀法，讓左護法李火明感到不可思議。

他和右護法葉孟在教內實力不分伯仲，被眾人視作永遠的對手，他深知絕沒有人比他更了解葉孟的武功，天如運在內功和火候上雖然尚有不足，但若只看招式本身，已經完美得縱使說是出自葉孟本人之手也不為過。

（那個酒鬼，到底幹了什麼好事？）

不過短短十四天的時間，葉孟竟然在一張空無一物的白紙上催生了一幅名畫。或許第一次考試只是運氣好僥倖過關，他本以為從第二次考試開始，天如運不可能再有這種好運，卻萬萬沒想到事情大出他的預料之外。

（不對，這不可能只是因為葉孟教得好。）

倘若只是武功上表現優異，那這麼說也無妨，但天如運是連第二階段的考試都完美地通過，就連戰術和陣型的戰略也壓制了音魔宗少教主候選人天垣麗，甚至在最後斬下天垣麗胳膊的那份果斷也教人欣賞。

僅僅二十一天，在各個方面都日新月異的天如運，確實符合世人眼中「天縱奇才」的條件。

（……難道我早該先下手為強，趕在葉孟那傢伙之前收他為徒才對嗎？）

看到這樣的結局，李火明內心暗暗後悔不已，但他既然已經拜葉孟為師，而自己又是魔道館的館主，此事自然再無可能。

左護法李火明從講壇的座位上起身高喊：「恭喜第八組獲得勝利，我宣布，包含組長七號弟子在內，第八組弟子第二階段考試全數合格。」

當他的聲音響徹大練武場，第八組弟子們頓時歡聲雷動。

「哇啊啊啊啊啊!!!」

第八組弟子的眼神中洋溢著感激，原先的組長、伏魔宗的少教主候選人天武錦負傷落馬，眾人唯恐第二階段考試失利，戰戰兢兢地小心備戰，一切似乎都在這一刻得到了回報。

（第二階段考試終於通過了，哈啊……。）

天如運在聽見組員們高聲吶喊的這一刻，才真正有了實感。充分運用吶挪能力的同時，也發揮了自己的機智，這一點也是他又更上一層樓的證明。

「還要準備下一場對陣，回到位置上去吧。」

歡呼雀躍、縱情咆哮的第八組弟子直到聽見武術教頭的吩咐，這才重新回到眾人等候的位置，呈五列縱隊排好。第八組的勝利給所有人帶來了衝擊，為天如運帶來的更遠不止是喜悅而已。

（天如運。）

（原來他藏著一身武功啊。）

（那個出身低賤的傢伙幹掉了音魔宗？）

（……我記住他了。）

這場戰役讓此前唯有第八組弟子才知道的、天如運深藏不露的能力，公開在所有弟子的面前。包含名門大派的那些子弟在內，此事更讓先前對他不抱任何戒備的其他少教主候選人，也都對他留下了深刻的印象。

（天……如……運！）

不僅如此，這番風波還在對天如運的憎恨不亞於天武錦的毒魔宗接班人天從殲心中，埋下一抹陰險的算計。

待被斬去胳膊的音魔宗天垣麗被抬上擔架送往醫務室，大練武場也恢復如初之後，考核便再次展開。

「第四場對陣組別，移動到大練武場中央！」

「魔道!!!」

第六組和第七組的弟子同聲應答，走向前方排成五列。

然而，就在他們移動的同時，天如運卻在一股微妙敵意的驅使之下，不自覺地轉過頭去，只見第六組帶頭踏上前去的組長夏一鳴正用駭人的眼神、帶著騰騰殺意怒瞪著自己。

（他這才發現啊？）

天如運意識到那道眼神的含意，爽快地衝著他揚起一個微笑。

他的笑容讓夏一鳴整張臉登時扭曲。

（這個傢伙！）

直到第八組考試開始之前，夏一鳴從來不曾懷疑到天如運的頭上。然而，於對陣的終末一刻看見他用來對付天垣麗的刀法後，就在這一剎那，夏一鳴心中確信無疑。

由於當時正值深夜，看不清對方的面貌，但他可是親身接下那套留下特殊殘影的刀招，令他記憶猶新。眼見弄傷自己的肋骨，又廢掉了一半以上組員腿腳的元凶挑釁似的笑著，更是讓夏一鳴將後槽牙咬得咯咯作響，怒不可遏。

（這該死的臭小子！）

第二階段的考試進行得如火如荼，他拿天如運毫無辦法，但夏一鳴暗暗下定決心，待此事過後他絕對有仇必報。

在此之前，他還得先解決當務之急。

第六組和第七組的弟子來到大練武場當中，隔空對峙。

「呵呵呵！」

看見第六組有一半以上的人拖著一瘸一拐的腳步走上大練武場，第七組的弟子實在難掩心中竊喜，他們想當然地認為，倘若對手的身體狀態如此惡劣，縱使自己的組別被迫換了組長，應該也能輕易取勝。

（居然盯上了組員？雖然不知道是誰幹的好事，膽子可真夠大的。）

見到第六組弟子腳步趔趄的模樣，李火明眼中也閃過一抹異彩。此人並未針對能夠給予有效致命打擊的組長下手，反倒一口氣弄傷了那麼多弟子，在歷屆以來，他也是頭一回看見如此膽大妄為的傢伙。

不消說，罪魁禍首就是正在盡情享受勝利喜悅的天如運了。

待兩組準備完畢，李火明便高聲說出與先前相同的臺詞，宣告對陣開始。

「率先壓制對手的一組即勝利，開始！」

「魔道!!!」

在弟子們的吶喊聲中，第七組率先發難，向前挺進。臨危受命擔任第七組組長的三百六十號弟子深知對手的腿部狀態欠佳，果斷地發出進擊的指令。

「六號陣型！」

「六號!!!」

六號陣型乃是魚鱗陣，第七組的弟子有條不紊地開始變換陣型。

而腿腳不便的第六組則毫無動靜、沒有改變任何陣勢，只是舉著盾牌靜靜地等待著。夏一鳴回過頭來瞅著身後的組員們，不耐煩地叨唸。

「你們這些傢伙……最好感激我一輩子。」

這究竟是什麼意思？話音甫落，只見夏一鳴高舉真劍、高聲嚷道——

「鋒矢陣！」

「鋒矢陣!!!」

在夏一鳴的喊聲中，六組弟子齊聲複述，動作遲緩地改變原先呈五列縱隊的陣型。

看見這副光景，第七組組長吳俊不以為然地嗤笑道：「哈哈！真是個蠢貨，居然把自己的陣型昭告天下。」

更別說，那個陣型還是鋒矢陣。正如先前第五組和第八組的對戰中驗證的那樣，當魚形的魚鱗陣和鋒矢陣正面交鋒，由於二者牢固性的差異，若非隊長擁有壓倒性的實力差距，這個戰法絕對無法奏效。

（組員的腳都廢了，所以才拿出了犧牲的精神啊，嘻嘻。）

一想到勝利在望，第七組的魚鱗陣以吳俊為首，迅速朝對方突進。眼見兩組短兵相接的位置逐漸逼近。

「上路吧！嘻嘻嘻。」

第七組的組長吳俊將全副功力傾注在盾牌之上。

孰料，俄頃之間，教人難以置信的事情發生了。只見第六組的組長夏一鳴斷然將手裡的盾牌扔在地上，用雙手牢牢握住真劍的劍柄。

（這是在幹嘛？）

吳俊霎時間啞口無言。

夏一鳴雙臂上的衣袖緊繃，顯露出鮮明的肌肉，將拖在地面上的長劍由下往上一揮。

「這人瘋了！」

吳俊忙不迭地將盾牌往下一擋，只聽見哐噹一聲。

「呃啊啊啊！」

隨著一聲鈍重的悶響，鐵製盾牌徹底扭曲、飛向空中，吳俊的視線不由自主跟著瞬間被擊飛的盾牌仰上半空，而夏一鳴強勁的一劍已然刺進他的心窩。

噗！

「咳嗬！」

夏一鳴的真劍貫穿了吳俊的心臟。

吳俊萬萬沒想到夏一鳴會以劍攻擊自己，口中鮮血一湧而上，喉頭不斷翻湧的熱血，讓他一句話也吐不出來。

「咳咳！」

夏一鳴卻彷彿絲毫沒將他放在眼裡，只是將全身的內力集中在腿上，高喊——

「推進！」

話音一響，同樣震驚不已的第六組弟子口中一邊複誦，一邊舉起盾牌向前挺進。夏一鳴則將插在劍上的吳俊當成盾牌，朝第七組推擠而去。

「嗬呃！」

他的臉染上飛濺的鮮血，那副模樣宛如凶神惡煞一般，讓慌了手腳的第七組弟子紛紛被向後推開、一個個跌倒在地。

這場對決的勝負，與此前的所有小組對決截然不同。

在旁觀看對戰的所有弟子都不由得被這驚人的結果弄得目瞪口呆，而左護法李火明卻差點情不自禁地笑出聲來。

（噗哈哈哈哈！天底下的對陣真是無奇不有啊！）

儘管壓制對方組別確實是第二階段考試的終極目標，但這種極端的方式顯然讓這場戰鬥變得更有意思，這等同於排除了陣型、戰術和戰略等所有因素，僅憑一個人的力量及氣勢贏得了這場勝利。

他本來相當好奇，帶領著一大半受傷的組員，第六組究竟會用什麼樣的戰略克服困境，豈料結果完全顛覆他的預期。

（呵呵呵，本屆弟子肯定不會讓我無聊了。）

左護法李火明心中暗喜了好一陣子，這才從座位上站起身來，清了清嗓子朗聲道——

「恭喜第六組獲得勝利，我宣布包含組長一百零八號弟子在內，第六組弟子全數通過第二階段考試。」

「哇啊啊啊啊啊!!!」

因為一大半人腿部受傷，原先根本不敢妄想獲勝的第六組成員歡欣鼓舞地喊出聲來。

就在所有人雀躍不已的時候，組長夏一鳴默默用腳踩著身中長劍倒地不起的吳俊，將視線轉向觀看著考核的天如運，他臉上的表情彷彿這麼說著——

（下一個就輪到你了。）

天如運本能地察覺到，這回自己招惹了一個棘手的傢伙。

就這樣，第二階段考試依序進行著，直到臨近傍晚時分才劃下句點。

由於前期出乎意料的對戰，左護法李火明原本期盼著後續能有更有趣的發展，但不同於他的希望，後續的組別都徹底根據既有的陣型戰略決出了勝負。

共計十場的組別對陣過後，傷員不計其數，不過喪命者只有第七組新任組長吳俊一人。

至此，四百一十五名弟子中共有兩百零七名通過第二階段考試，晉升至第三階段。而最出乎意料的結果莫過於六大宗派之一的音魔宗少教主候選人天垣麗意外落馬，提前淘汰出局。

先前，她向天武錦提出警告，要他可別顏面盡失、慘遭淘汰的話語，反倒成了一枝利箭，射向了自己。

＊＊＊

第二階段考試一結束，所有弟子便在大練武場上原地解散，眾人返回宿舍的腳步也輕盈了不少。

不同於大夥的預期，在第二階段考試結束後他們並未立刻聽到第三階段考試相關的說明，反倒是從魔道館館主左護法李火明口中聽到了意料之外的休息公告。

「我在此讚揚所有通過第二階段考試的弟子的努力，並給予三天休息時間。」

「哇啊啊啊啊啊!!!」

想當然耳，所有弟子聞言頓時歡聲雷動。

從第一階段考試開始，為期二十一天毫不停歇、暈頭轉向的行程，早讓眾人身心俱疲。宣布三天的休息一方面是為了讓弟子們恢復消耗掉的體力，另一方面，也是為了給予二十一天夜以繼日指導弟子的武術教頭們一段喘息的時間。

位於魔道館主樓一樓的館主辦公室。

在寬敞的會議室裡頭，一張長型會議桌上堆滿了小山般的文件。左護法李火明正坐在辦公桌前，提筆撰寫著準備向上頭提交的文書，一名武術教頭從旁遞上了一份整理好的文件。

「這些資料統整了到第五組為止，被淘汰者的成績和評價內容。」

「是嗎？」

左護法李火明翻開有如書冊一樣用繩子捆綁、整理得整整齊齊的文件，搖了搖頭說道：「這次也淘汰了不少人啊。」

「您指的是名門大派的孩子嗎？」

「唔，一般習武的子弟本就是以上、中、下級武士為目標，倒是沒什麼所謂，但這些傢伙可是錯過了大好機會。」

李火明晃了晃手裡寫著名單的文件。

淘汰者名單中，滿滿都是在第二階段就出局的極其可惜的人才。若不是以小組對戰的方式進行，應有不少人都可以順順利利地晉升到第三階段，然而就連六大宗派之一的少教主候選人天垣麗也遭到淘汰。

「所以啊，我們都來不及休假呢，還得這樣兢兢業業地工作不是？」

「呵呵，說得也是。」

魔道館的培訓，便是在五年的期間培養出優秀的後起之秀及個中高手，但所有考試都是以相互競爭的形式為基礎，一旦落敗，許多棄之可惜的人才也會淘汰出局的情況所在多有。

關於此等情況，每一屆都會數度爭論不休，甚至吵到教主殿的會議之上。基於公眾意見，他們曾多次展開會議，提出希望至少給予每人兩次機會，或是在第三階段之前除去一般武家後，應該給予六大宗派的子弟更多機會等等的各種主張。

在協商過後，總算制定了能使大多數人滿意的合理補救措施。

「倘若一切遵照過去魔道館成立時的方針，就不會有這麼多累人的事了，麻煩啊、真是麻煩。」

「這也無可奈何，若不這麼做，館主您肯定會遭人抗議的。」

會議後提出的補救方案，就是依據每一階段負責各組淘汰者成績的武術教頭之評價，來確定淘汰者的職位和職責。

在第二階段被踢出魔道館，原本應該只能從三級武士的身分開始，不過多數人都認為這部分並不公允，且有可能浪費了可惜的人才，因此他們決定將淘汰者送去與其能力相符的地方、賦予相應的職位及職務。

可為何他們不在考試前提前公布這個事實？這正是由於這座人才養成機構的特性。

所有弟子都透過競爭拚了命擠破頭躋身更高的階段，如果提前公告他們會依據淘汰者的成績和武功來評定職位，那麼那些高階宗派的子弟，又有誰會勉強自己參與一階又一階、傷者和死者層出不窮的考核呢？

自從制定了這樣的補救方針之後，魔道館就不曾引起太大的不滿。縱使無法得到進入祕笈書齋和取得魔龍丹等等剩餘的獎勵，但對於高階門派的子弟而言，這也絕非什麼大問題。

「反正高階宗派的子弟只要習得自己家傳的武功和資源，也都能夠好好成長。」

只可惜中小宗派出身的少年，錯過了藉由魔道館學習比自身家門更上乘的武功、走向更高境界的機會，這一點確實令人惋惜。然而，在能夠成長為頂尖高手、獲得至高地位，堪比登龍門的魔道館之中，無法戰勝競爭卻希冀獲得那樣的獎勵，根本不像話。

「呵呵呵，現在這時間，那些小鬼頭全都擠進祕笈書齋了吧。」

左護法李火明幾乎能清晰地看見這一幕。

＊＊＊

也一如李火明所料，此刻魔道館書齋的建物前頭，上百名弟子已將門口擠得滿滿當當。

（人真多。）

所有人一窩蜂擠到這來，全都是因為通過了第二階段、急於去閱覽二樓書齋的藏書。天如運也夾雜在這百餘人之中，原先還有更多弟子蜂擁而來，一看見這人潮湧動的狀況，便有一大半人先行返回宿舍。

（反正我要去的是一樓。）

今天造訪祕笈書齋，對天如運來說還是頭一回。

第一階段考試的大部分合格者多半都已經翻閱過一樓的祕笈書齋，但在那二十一天的時間裡，天如運則選擇和吶挪一起，透過模擬訓練累積經驗。當然了，他會做出這個選擇，右護法葉孟的叮囑也起了一定的作用。

「在第二階段考試之前，別做些白費功夫的事，必須竭盡全力提升蝶舞刀法和舞泉心法，唯有如此，才能提升你通過考核的機率。」

「您說的無用之事，指的是祕笈書齋嗎？」

「呵呵，正是如此。你已經學了相當於四、五樓書齋收藏的武功，在你將這身功夫熟悉之前，就別貪多務得去想其他的了。哼哼，反正一樓書齋裡也沒有什麼武功祕笈及得上我們師門的武功，也不必抱著無謂的期待。」

最後一句話由自己說出口雖然有些難為情，但卻不無道理。蝶舞刀法和舞泉心法既是護法家傳的武功，自然也是最上乘的功夫，於是天如運便按照他的建言，全心投入在蝶舞刀法上，下盡了苦功。

不過，現在既然多出了三天的休息時間，他也決定，應該去好好閱覽一下這段時間一直未能造訪的一、二樓書齋。

（一個時辰。）

一旦踏進一樓書齋，他便只有一個時辰的時間能夠瀏覽，僅僅一個時辰想研讀多本書冊顯然過於短暫，但對於天如運來說，這全然不成問題。

（我要盡量將它們掃描下來！）

目標唯有一個。反正他沒必要一一精讀，天如運的目的便是能掃描多少祕笈就掃描多少。

魔道館的祕笈書齋呈現一座高塔的型態，看上去甚至比魔道館主樓還要雄偉，每往上一層，寬度也隨之縮窄。細看書齋的外牆，就會發現這幢建築連一扇最尋常的窗戶都沒有，圍堵得密不透風，除了一樓的出入口之外，絕無可能任意進出。

（想偷溜進去簡直是痴人說夢啊。）

天如運會如此吃驚也是理所當然的。

由於魔教所有的武功祕笈、以及從外部引入的一切珍寶，全都收藏在祕笈書齋所在的塔中，因此整座魔道館，不、放眼整個魔教城寨內，論戒備森嚴的程度，這裡可說是僅次於教主殿了。不僅書齋外頭配置了百來名武人，論實力盡是一時之選，內部每一層樓也都安排實力拔尖的高手駐守得嚴嚴實實，讓祕笈絕對無法流到外頭。

「所有人，到這裡排成一列。」

所有弟子排成一列長隊，在踏入入口之前須依序在訪問名冊上填好名字，並取得兩根紅色蠟燭，蠟燭上刻有標線，當燭火燃燒至線條處就能得知時間。其中一根蠟燭要用墨筆寫上自己的名牌號碼，擺放在門口寫有「來訪者」的陳列架上，另一根則隨身攜帶用以知曉時間。

「什麼？只有一個半時辰？唉唉。」

「時間怎麼這麼短？」

眼見前頭好幾名弟子長吁短嘆，就那副反應來看，能夠停留在二樓閱覽的時間似乎也不長。

排隊的人龍總算輪到天如運。

「二樓對吧？」

「不，我要先去一樓。」

「什麼？你到現在還沒到過一樓嗎？」

聽見他這句話，負責登記訪問名冊的武術教頭投來滿是懷疑的目光，手中翻看著一樓訪問者的名單，確認究竟有沒有他的名字。

「還真的沒有？唔。」

雖然對天如運至今都不曾造訪一樓感到詫異，但這並不是武術教頭需要關心的部分，因此他只是翻開一樓的訪問名冊，指著最後一個名字的下方說道：「在下面寫上名字吧。」

填好自己的名字後，天如運便收到兩根紅蠟燭，與先前取得蠟燭的弟子相比，他的蠟燭刻線位置更短了。

「你只有一個時辰能夠瀏覽。要是超過時間，就會被強制拖出來，或者受到懲戒，所以，務必要好好確認蠟燭上的線。」

「明白了。」

不同於其他弟子一說起時間就嘟囔個沒完，天如運只是淡然地回答，然後點上一根蠟燭擺在門口的陳列架上，再點燃另一根蠟燭走進書齋。

守在入口的守門武士將蠟燭放進一個帶有把手的長筒燭臺交給天如運，這是為了防止蠟燭不慎掉落之類的不幸事件發生，畢竟他們要進入的可是滿是紙質書簡的書齋。

踏進魔道館祕笈書齋一樓，內部寬敞的牆面上擺放著滿滿的武功祕笈，且這些書櫃沿著建物的五個牆面往內延伸，一眼望去，根本數不清有多少書籍。

「嗬！」

天如運口中不由得發出感嘆。有生以來，這還是他頭一次看到這麼多的書，也總算讓他理解了，為何會有人說書齋裡的武功祕笈多到不知該從何看起才是。

然而，天如運並沒有驚訝太久，便立刻從眼前的書架上抽出一本書來，書籍的封面上寫著「五武劍法」幾個字。

（沒時間了。）

比起高樓層，收藏在一樓的武功祕笈雖不屬上乘武功，但比起一無所知，多方涉獵總是有利無弊。與聚集了百來名弟子的二樓相比，一樓就只有他一個人，也更有利於集中心神。

（吶挪，我會持續翻看武功祕笈，你就一直掃描。）

【是，遵命。】

聽見吶挪的聲音在腦中響起，天如運便快速翻開書頁，用雙眼掃過，翻完整本書花費的時間不過轉瞬而已。

【書籍《五武劍法》已掃描完畢。】

天如運一刻也不停地抄起另一本書冊翻看，從步法、心法、劍法、刀法、槍法、直至毒功等等，不分領域，隨手抓起什麼就看。

【已掃描完畢。】

【已掃描完畢。】

天如運的瞳孔迅速左右顫動，吶挪的聲音也毫不間斷地響著。打從吶挪進到他腦內之後，這恐怕是天如運最頻繁聽見它聲音的一天了。

通常一名弟子進入書齋，包含挑選和背誦祕笈的時間在內，整整一個時辰最多也只能記下兩本書卷，可天如運僅僅花費半個時辰就掃描了五十五卷書。儘管沒有立刻轉移到腦海中，但用這種方式研習武功，對於分析世上不計其數的功夫將會有極大的幫助。

就這樣掃描了好半晌，天如運心忖自己似乎太專注於瀏覽外側的書架，便舉步往一樓書齋的正中央走去。

（嗯？）

然而，等他走到一樓當間，這才看見呈五角形擺放的書架之間豎立著一塊巨大的石碑，散發著若隱若現的青色幽光。

在石碑旁，還有一名留著絡腮鬍的中年人端坐在椅子上。這人多半就是負責監督、守護一樓書齋的武人了。

（書齋的正中央為什麼會擺著這樣一塊石碑？）

正當他心懷疑惑地經過石碑的那一剎那，坐在椅上的蓄鬍男子斜眼朝天如運胸前的黑色名牌一瞥，便開口向他搭話。

「這是本教的開派祖師爺天魔老祖留下的石碑。」

「天魔老祖？」

一聽見這塊散發著隱隱青光的石碑的祕密，天如運眼中閃現一抹異彩。

蓄鬍男子從座中起身，指著石碑說道：「這塊石碑，是以青玉石打造而成。」

青玉石，意指一種靛青色的璞玉，比普通的石頭堅硬得多，除非擁有深厚的內力，否則無論要劈砍或是擊碎這種玉石都是天方夜譚。然而，如此堅硬的青玉石正面竟刻著詩句，所有字句顯然都是用手指書寫而成。

「這該不會是用手指寫的吧？」

「很教人吃驚吧？即使用劍揮砍，也很難在青玉石上頭留下痕跡，祖師爺卻將內功修為匯聚在手指之上，一寫而就。」

縱使是登峰造極的高手，要讓他用手指純靠內力在青玉石上刻下如此行雲流水的字跡，也是強人所難。

「大部分人通常都急於多看兩本祕笈，根本沒來得及留意這塊石碑，或許正因你承襲了他老人家的血脈，這才發現了祖師爺所留下的偉大足跡吧。」

「我也差點就錯過了。」

絡腮鬍男子笑咪咪地誠實說道。

「這也是理所當然的。眼前有數不清的武功祕笈，就算表明這青玉石上寫有老祖宗留下來的詩句，又有誰有餘暇顧及這塊石頭呢？」

縱使中年男子已經鎮守書齋二十多年，但在到訪書齋一樓的眾人之中，從未有一人駐足、仔細端詳這塊石碑，就連教主的直系子嗣、繼承了天家血脈的後人也不例外。

「我浪費了你不少時間吧，趕緊做你該做的事吧。」

「是。」

其實兩人交談的時間也不過片刻，因此天如運搖了搖頭、以目光為禮，穿過他身邊走向石碑的另一頭，畢竟待在男子目光所及的位置快速瀏覽、掃描書籍，實在令他倍感壓力。

然而，他驀然抬起頭來望向寫有詩句的石碑的背面，只見青玉石的石面上全畫滿了一道道鋒利的痕跡，感覺就像是為了遮掩什麼似的。

（這是什麼？）

與寫有工整詩句的正面相反，石碑的背面竟布滿了雜亂無章的刻痕，天如運不由得感到怪異，查看起青玉石上混亂的痕跡，那些刻痕就像是故意用銳利的武器胡亂劈砍留下的。

（吶挪，分析一下這些痕跡。）

【開始對青玉石碑表面進行分析。】

吶挪的聲音在腦中響起，天如運的瞳孔撲簌簌地顫抖起來，沒過多久，結束了分析的吶挪說道——

【分析結果顯示，這是以鋒利的劍尖揮砍石面留下的痕跡。】

「這是劍劃下的痕跡？」

天如運露出震驚的神情。這可不是一般的石頭，而是魔教的開山祖師爺天魔老祖留下的青玉石碑，又有誰膽敢做出如此大逆不道的舉動？

心下詫異的天如運腦海裡再度響起吶挪的聲音。

【依據劍痕的深淺分析，可區分為兩名不同的客體留下的痕跡。】

（兩個人？）

依據奈米機器吶挪啟動分析程式，對青玉石上的劍痕進行分析的結果，竟發現那並非由一人所為，而是兩個人留下的痕跡。對此，天如運倍感怪異。

（唔嗯，光是用肉眼觀察實在看不出差異。吶挪，用擴增實境將掃描後的劍痕投射成三維的立體影像。）

在這段期間，對奈米機器的能力熟悉了不少的天如運熟練地下達指令。

【於使用者視覺情報啟動擴增實境（開眼）功能。】

天如運的瞳孔微微顫抖，白色光芒塑造出的線條迅速在視野中顯現，啟動了擴增實境，吶挪的聲音也隨之響起。

【以3D立體影像呈現掃描的劍痕。】

唰唰唰！提示音一結束，經由天如運眼裡的擴增實境功能便在虛空中以無數白光微粒畫出線條，將石塊上數不清的雜亂劍痕轉換為詳細的立體影像。

（啊啊！）

單看石碑時渾然未覺，可在經由立體影像重現之後，便能清楚看見無數劍痕之中無論是出劍的力道或揮斬的角度都千差萬別，然而乍看之下，卻很難清楚區辨出這些劍痕實為不同的兩個人所為。

（是要故意遮掩掉那些劍痕嗎？）

這恐怕是某人在原有的刻痕之上以劍胡亂揮砍，試圖遮蓋掉原有的痕跡，除此之外，天如運實在想不到其他的可能。然而，究竟是誰會幹出這種事？

（該不會是為了抹去某人鑽研石碑的心得吧？）

天如運的心一陣顫動。

既然在青玉石碑正面刻下詩句的人是天魔老祖，但凡不是傻子都能輕易猜出被掩蓋的劍痕是誰的手筆。倘若這些凌亂不堪的刻痕之下所掩藏的正是魔教開山祖師爺天魔老祖的痕跡，那極有可能就是藏有研究成果的劍招了。

（吶挪！你不是能夠區辨兩個人不同的劍痕嗎？保留石塊上最早的劍痕，將其他人後來留下的痕跡都去除掉看看。）

【遵命。】

唰唰唰！天如運的瞳孔一陣顫動，飄浮在虛空中的無數劍痕頓時消失了大半，那些橫七豎八的痕跡一消失，只剩幾道鮮明的白光清晰地留在空中。

注視著那些劍痕，天如運的瞳孔不由得晃動起來，那並不是使用奈米機器時的那種顫抖，而是真正大吃一驚才有的反應。

（這、這是劍招！）

天如運一眼就看出浮現在眼前的劍痕並不單純，是以無數劍式構成的劍招。若是胡亂揮劍留下的刻痕，那線條理應毫無章法，但飄浮在虛空中的劍痕卻具有一定的規則、依據一定的動作形塑而成。

（儘管能認出是劍招，可是光這樣看根本看不出個究竟。）

武功臻於化境的高手多半能透過心中意象分析對方殘留的招式痕跡，但天如運目前的悟性猶有不足，還沒有能力分析這些劍痕。不過，他身上擁有一具具備遙遠未來高端技術的奈米機器。

（吶挪，你分析這些劍痕之後，能不能用立體影像重現留下痕跡的人的動作？）

【沒問題，但在此之前，為了解留下劍痕的客體所擁有的力量大小，必須先調查青玉石的硬度。】

雖然奈米機器吶挪已經將刻在石頭表面上的情報分析完畢，並以立體影像呈現出來，但若要體現出精確的動作，就必須藉由青玉石的硬度了解其堅硬程度，才能確認施展劍術時究竟有多強的物理性力量作用於石面上。

（你不會是要我砸了這塊石頭吧？）

天如運一臉難堪地問道。

就算是擁有頂尖內功的高手，也得要手持利劍才能在石頭上留下刻痕，而天如運此刻赤手空拳，根本無計可施。更何況，那名一臉絡腮鬍的中年人還端坐在青玉石面前鎮守著。

【只須以整個手掌接觸石面即可進行分析。】

這可真是萬幸。

天如運輕輕點了點頭，小心翼翼地把手掌靠近青玉石的背面。他手一接觸到石面，感覺就像有無數螞蟻在掌心中來回蠢動似的，無比酥麻。

【已完成硬度分析。以超高硬度金剛鑽（鑽石）硬度十為基準，青玉石的硬度為七。】

金剛石被稱為地球上最堅硬的物質，金剛石精煉後可製造出更為堅韌的物質，就是擁有超高硬度的金剛鑽，若以金剛鑽作為基準，硬度七的剛硬程度也極為驚人。

（哇啊，這真有夠硬的！）

一般玉石和金剛石相比自然是小巫見大巫，但青玉石的硬度就算是以多數武林高手的實力也無法撼動分毫。這更是讓天如運不禁慨嘆，在這石塊上留下劍招之人的內功修為簡直難以想像。

一思及此，他又驀然想到。

（等等……那麼用其他刻痕掩蓋掉這些劍痕的人究竟是什麼怪物？）

他一心專注調查原有的劍痕，一時倒也忘了，相比於最初留下劍痕之人，遮蓋掉原有劍痕的那人身負的內功，恐怕也是有過之而無不及。天如運正兀自感到詫異，腦中又響起吶挪的聲響。

【以硬度分析組合劍痕，並以立體影像呈現造成劍痕的動作。】

話音剛落，就如同之前在擴增實境中生成分身那般，泛著白光的粒子立刻幻化出一具人形，構成人形的白光開始重現留下劍痕的那些招式。

嗖嗖嗖嗖嗖！

轉瞬之間，由無數劍式構成的華麗劍招在空中畫出一道道光芒，其速度之快，不過須臾便已展示結束。

由於石碑上劍痕眾多，天如運本以為施展劍式至少會花上幾秒鐘時間，豈料立體影像呈現出來的招式卻單單只有一招。

（這……這是……什麼！）

眼見這幅光景，天如運瞪大了雙眼、瞠目結舌。

儘管到目前為止，除了短劍祕術和蝶舞刀法之外，天如運尚未學習過其他武功，但他一眼就能看出剛才立體影像呈現的招式及其洗鍊精深的程度，讓他全身不由得顫慄不已。

（真不敢相信。）

天如運的額頭上不知不覺冒出一顆顆汗珠，順著臉頰緩緩滑落。

看見這無與倫比的劍招，讓天如運剎那間不由自主地開始思索蝶舞刀法是否能夠破壞這個招式，然而無論他忖度了多少招式和步法、考慮無數變數，卻發現不管任何手段都不可能撼動這一招分毫。

堪稱獨步天下的一劍。

（吶……吶挪，這僅僅是「一招」嗎？）

【根據分析結果，所有劍式的動作都彼此連貫，若以主人所熟知的武功為基準，的確是「一個招式」沒錯。】

不知受到了多大的衝擊，天如運感覺心臟怦怦直跳、雙腿顫抖不已，正因眼前這一招就是如此完美，完美得令人不寒而慄。

一時呆滯的天如運迅速打起精神，嚥了口唾沫問吶挪。

（你確定沒有其他招式了？）

【已對剩餘的劍痕進行分析，這確實是一招無誤。】

天如運會提出這般疑問是有原因的。

天如運所熟知的蝶舞刀法共有二十四式，須將每三式相連才會形成一個「招式」，最終蝶舞刀法這門絕技便是由八個招式連綿相接而成，每招每式都既深奧又精妙，據說就連右護法葉孟本人都耗費了大半年才得以掌握。

得益於吶挪的轉移能力，天如運在習練蝶舞刀法時並沒有遭遇任何困難，但在施展到最後的刀招時，全身肌肉仍不免痠痛不已。

（整整二十四式居然只透過一個劍招施展出來，難道這就是絕世的一劍嗎？）

石面上留有足足二十四式的劍痕，卻化零為整體現在一個劍招之中，而這繁複又驚人的一劍便能夾帶著駭人的威力，徹底破壞、鎮壓對方的招式。

（萬一這種劍招不是只有這一招呢？）

雖說眼前這一個招式便已是天下無雙的一劍，但劍招卻萬萬不可能只有一招，天如運不禁心忖，這種石碑或許遠不止這一塊而已。

（吶挪，把剛剛的劍招掃描並儲存起來。）

天如運平復了一下激動的心情，朝吶挪下達指令。

【遵命。】

按照天如運此刻的心情，他多想立刻開始著手學習這個招式，可是低頭一看蠟燭上的刻線，他的時間只剩短短一刻鐘了。反正儲存在腦中的情報要轉移到肉體上也得耗費不少時間，這一時半會他也急不得。

原本對一樓書齋不抱多大期待，卻誤打誤撞碰見這樣的機緣，天如運不由得滿心歡喜，難以抑制不斷上揚的嘴角。

（呵呵呵，差點就要因為那些亂七八糟的劍痕錯過了天大的祕寶，儘管不知道是何人所為，但看來那人絕非善類。不過，也是多虧有他蓄意破壞才讓我得以獨霸這個劍招，或許我還得感謝他才是呢。）

要不是那些劍痕將青玉石碑弄得一片狼藉，說不定早有人發覺了這個劍招；要不是天如運有奈米機器吶挪，他也無法斬獲這絕世之劍。
這可謂因緣際會之下的奇緣。
就在這時，吶挪的聲音在天如運腦中響起。
【對立體影像中暫時刪除的雜亂劍痕進行分析的結果，發現了由特定動作接連施展四十五遍的劍招。】
（什麼？）
聽見吶挪這句話，天如運震驚得險些開口問出聲來。能在青玉石留下刻痕確實了不起，但天如運一直單純地以為，那只是為了掩飾底下的劍招才胡亂留下的痕跡。
【對四十五遍劍招進行分析發現，這些是隨時間經過逐一留下的。】
（這些不是一口氣刻下的痕跡？）
那些紊亂不堪的劍痕顯然是同一人的手筆，可卻不是一次性刻下的痕跡，而是一次又一次、花費大量時間留下的劍痕。
吶挪的發言搞得天如運腦中一片混亂。
（這些刻痕不是刻意要遮掩什麼，反而全都是劍招？為什麼要這麼做？）
一時陷入苦惱的天如運倏忽意識到了什麼，帶著難以釋懷的表情對吶挪發出指令，時間只剩一刻鐘，但天如運早就將掃描書籍的事拋在腦後了。
（吶挪……透過立體影像把那四十五遍的劍招依序展現出來。）
【遵命。以立體影像重現四十五遍劍招。】
唰唰唰唰唰！
機械音甫落，擴增實境中的白光粒子就和剛才一樣變幻出人形，依序開始演示那四十五遍劍招。

嗖嗖嗖嗖！

如同先前展示絕世一劍時一樣，那些招式在轉瞬之間劃出一道道白光形成的線條，撲面而來。

（這是什麼？）

隨著劍招一招一式地依序展開，天如運的表情發生了微妙的變化，第一遍、第十遍，直至第二十遍、第三十遍，天如運不僅神情驟變，就連眼瞳都隨之顫動不已。

（怎麼可能……招式漸漸變得越來越完美了！）

教人吃驚的是，透過立體影像重現出來的招式正漸趨完美，來到第二十遍時劍招已經十足精煉，過了第四十遍，招式的水準已經完美得不若最初。就在第四十五遍的招式結束的那一瞬間，天如運早已大汗淋漓。

【立體影像重現完畢。】

（唔嗯？）

頂著滿頭汗水呆立在原地的天如運，聽見吶挪的聲音才回過神來，然後聽見滴答一聲。

（啊……我在流汗？）

餘悸猶存的天如運用顫抖的手舉起衣袖、擦掉臉上的汗水，巨大的衝擊令他感到嘴裡口乾舌燥。天如運沉吟著向吶挪下達指令，試圖確認剛才在觀看時心中半信半疑的猜測。

（吶挪，能不能將先前儲存的那一招立體影像……和剛才第四十五遍的招式相互較量看看？）

【可以，以對決模式啟動兩種劍招的立體影像。】

唰唰唰唰！

吶挪說著，這回白光的粒子閃爍著分別幻化出兩個人的型態。以白光構成的兩個人形隔空相望，旋即分別展開兩種不同的劍招。

嗖嗖嗖嗖！

二人的劍招短兵相接，白色的粒子朝四方濺射開來，光彩奪目，透過擴增實境重現出來的立體影像之間的對決，轉瞬間就分出了高下。

結果令人震驚不已。

天如運的眼眉撲簌簌地顫抖著，啞口無言地嘀咕道：「……被……被破解了。」

反覆四十五遍、將整個石碑劃得七零八落的劍招不知有多麼完美無缺，竟然僅僅以一招之差，將刻在最底層的驚人劍式徹底破壞殆盡，一劍斬斷了立體影像的頸子！

隱藏在青玉石石碑後的絕世劍招。

那一劍，給天如運同時帶來無比的顫慄和喜悅，甚至心中忖度，這無與倫比的一劍說不定是魔教的開山祖師天魔老祖潛心研究後留下的劍法。

然而，透過立體影像看見兩個劍招正面對決，所受的衝擊更是有過之而無不及，它竟徹底破解了堪稱完美的一劍。

（原來，這並非單純想掩蓋掉原有的招式而已……。）

青玉石背面密密麻麻的劍痕，這是苦心孤詣、埋首鑽研的漫長過程，為的只是破壞掉天如運認定完美無瑕的那一劍。由於那刻痕凌亂不堪、難免重重疊疊，本就很難看出是劍痕，若不是吶挪的分析，天如運大概也只會當作是胡亂揮砍的痕跡。

（竟然沒人發現這件事。）

天下無雙的一劍，和苦心鑽研絕世一劍之後終於破解了對方的曠世劍招。這簡直是接踵而來的奇遇。

等到內心的衝擊漸漸平復，天如運興奮得漲紅著臉向吶挪下令。

（吶挪，把這四十五遍的招式全部掃描保存下來。）

【遵命。】

在充滿了三流武功的一樓書齋裡獲得意外收穫的天如運，臉上的笑容遲遲難以消去。

蓄鬍的中年人不知何時來到了他的身邊，眼中帶著異彩向他詢問：「嗯？你不是在研讀書籍嗎？」

「啊……這個……。」

「呵呵，原來你也看見石碑背面的模樣了，很混亂吧？」

長期在一樓祕笈書齋執勤的絡腮鬍男子，不可能從未留意到石碑背面的模樣。中年人露出苦澀的神情開口：「不覺得很可惜嗎？過去曾有眾多傳聞，傳說這座石碑的背面藏有天魔老祖他老人家潛心鑽研的劍法。」

「天魔祖師爺的劍法？」

一聽見「天魔老祖鑽研的劍法」這番話，天如運的眼中頓時煥發光芒。

然而，蓄鬍的中年人卻搖了搖頭，伸手撫摸著青玉石背面凌亂的劍痕，語帶惋惜地說道：「雖然不知道是誰幹的好事，嘖嘖，竟然把石碑背面毀損成這副德性。說不定那人是存心想獨占祖師爺的劍法吧，唉。」

絡腮鬍男人的話令天如運不禁內心一驚。他滿心以為，這名長期在此執行勤務的絕頂高手，應該早已仔仔細細地觀察過這些劍痕，豈料他只當這些刻痕是蓄意破壞的痕跡。

（他也把這些劍痕當作單純的毀損了嗎？果然誰也沒看出端倪啊！）

其實，這其中細節天如運有所不知。

若單靠某人留下的劍痕，便能憑藉心中意象將其重現、並察覺到這是一個劍招，那麼此人自身的實力至少也須達到留下劍痕之人的境界，才有可能理解並掌握。然而，縱使換作右護法葉孟親眼目睹青玉石的背面，這兩套絕世劍招的水準依舊高不可攀。

天如運驀然想起了什麼，小心翼翼地向中年人問道：「請問，只有一樓才有青玉石石碑嗎？」

這個提問至關緊要。

隱藏在一樓青玉石石碑上的招式，僅僅只有一個劍招，天如運心忖，倘若此人意圖留下自己煞費苦心鑽研的成果，很有可能不只一塊石碑，而是在許多石碑上都分別留下了劍痕。

聽著天如運的提問，蓄鬍中年人歪了歪腦袋，說道：「我只負責一樓因此不太清楚，不過聽說似乎每層樓都有這種石碑。」

聽見他這句話，天如運內心不由得暗暗叫好，可他表面上不露聲色，只是安靜地點了點頭。

（啊……時間這麼快就要到了？）

點著頭的天如運餘光瞟向燭火，倏忽察覺他只剩下半刻鐘的時間了。

透過立體影像觀看招式，時間耗費了不少，但天如運心中並不著急，畢竟他所獲得的蓋世絕招，可是先前掃描下來的那些三流武功祕笈無法比擬的。

「呵呵，看來時間所剩不多了。」

「我不自覺分神了，居然只剩這點時間了啊。」

眼見天如運面帶微笑、淡然回答的模樣，不知何故，蓄鬍的中年人似乎對他有了些好感，伸手指著書庫某處說道：「你去看看那頭寫有『源』字的書架吧，雖然一樓收藏的武功都沒什麼大用處，不過那頭的書籍看一看還是頗有助益的。」

「啊！」

「別太意外，這只是我占用了小伙子你寶貴的時間，這才給點小小建言罷了，呵呵呵。」

說完這番話，絡腮鬍男子便打氣似的拍拍天如運的肩膀，再次回到原先的位置。

儘管不是有意討好，但眼見蓄鬍中年人對自己如此親切、關照有加，天如運以一個抱拳取代了注目禮，接著便轉身朝他所指的方向走去。那一頭的書架頂端，刻著意指根源的「源」字樣。

「啊！」

他翻了翻書架上的書籍，並非單純的三流武功祕笈，而是對劍法、刀法、槍法等武術的基本分析，並對其加以詮釋的解說書籍。在此之中，一本寫著「內功本源」的書冊引起了天如運的注意。

（吶挪，我會瀏覽一遍，立刻掃描下來。）

【遵命。】

不同於其他書冊，天如運輕輕地翻閱著記載著內功源流的這本書籍，並認為這些內容應該對自己頗有幫助。

（這本書說明了呼吸吐納和內功心法的基本起源，若能好好分析，或許能夠更精進我的內功心法才對？）

吶挪的應用程式中，有不少都是用於分析研究的程式。天如運判斷，若利用它們分析內功的根本，說不定能進一步提升目前的心法。就這樣，剩餘的半刻時間天如運都泡在寫有「源」字的書架前，用來掃描擺放在架上的書籍。

事實上，蓄鬍中年人的好意指點，其實是認定天如運只剩下半刻，已沒有時間背誦其他武功祕笈，這才希望他能輕鬆地翻翻那些書籍，讓他能加減提升對自身武功的理解程度罷了。不料在日後，他這無心插柳的提點，卻成為天如運完成一己武功的重要契機。

＊＊＊

「唔，沒有拖延呢。」

在魔道館祕笈書齋入口外頭，負責撰寫訪問名冊的武術教頭審視著天如運的蠟燭說道。在燭火燒到刻線之前，天如運有驚無險地趕上了。

「去吧。」

確認天如運有確實遵守時間後，武術教頭便打發他離開。

然而，天如運並不滿足於只瀏覽一樓書齋，況且他也有事想要立刻前往二樓親眼確認。

「我想要馬上造訪二樓。」

「什麼？」

負責記錄訪問名冊的武術教頭露出一臉詫異的表情。

一般來說，多數人瀏覽完一樓的祕笈書齋都會火急火燎地趕回去，將記下的東西默寫下來，而天如運卻說自己馬上要前往二樓，實在教人納悶。

（難不成這小子覺得一樓的武功全都一文不值嗎？）

仔細想想，除了許多三流的武功祕笈之外，一樓確實沒什麼特別的東西，換成是自己，倘若自身擁有的武功更加精湛，那默寫三流武功的祕笈的確是多此一舉了。武術教頭暗自下了這樣的結論後，翻開二樓的訪問名冊。

「……簽名吧。」

「是。」

一如先前進入一樓時那樣，天如運接過兩根蠟燭，只是蠟燭底下的刻線比剛才再低了一些。

「一個半時辰的時間讓你瀏覽，記著像剛才一樣，準時回來。」

「明白。」

話一說完，天如運立刻邁開輕快的步伐，在一根蠟燭上寫好名字、點燃擺在門口的陳列架上，再接下燭筒，往門裡走去。

登上二樓的階梯就在進入一樓祕笈書齋的入口前方。在階梯底下，一名武士就守在上樓的樓道口，確認過天如運的蠟燭後才准許放行。天如運沿著圓弧形的樓梯向上走去，不多時，二樓祕笈書齋的入口就映入眼簾。

在二樓書齋裡，只見許多弟子四下散坐在地上，將裝有蠟燭的圓筒放在身旁，手捧武功祕笈埋首背誦。

（啊，其他人還沒結束啊。）

二樓的弟子進入書齋的時間和天如運相仿，因此多數人還有半個時辰左右的閱覽時間。

在二樓書齋裡，整體水準略高於一樓的二流武功祕笈密密麻麻地擺放在書架上。對於來自名門大派的子弟，研讀這些祕笈意義不大，但對其餘尋常武術世家的子弟而言，學習二流武功也頗有助益，因此他們全都目光如炬、認真記誦著。

（啊！）

不過，一名出乎意料的人物映入天如運眼簾，正是刀魔宗的少教主候選人天柳燦。

其他少教主候補多半對自身宗派的武學抱有極大自信，並不打算造訪二樓書齋。與他們相反的，天柳燦此時正端坐在一座書架前，身旁堆放著許多和刀法有關書籍，埋首苦讀。

（比起其他人，看樣子我得更提防這傢伙才行。）

比起盲目信任自身武功的人，像天柳燦這樣，即使是低階武功也虛心好學、勤奮積累的人，反倒更加危險。天如運一邊這樣想著，一邊小心不打擾到其他弟子，踏著安靜的步伐往五邊形二樓書齋的正中央走去。

（有了！）

天如運內心頓時大呼快哉。他千盼萬盼，只祈求一定要讓他找到，而那塊青玉石碑彷彿在回應著他的心願似的，就座落在書齋的正中心。

石碑旁同樣擺著一張椅子，不同於守在一樓的蓄鬍中年人，負責二樓、身穿藍色綢緞衣衫的中年武人正在周圍四下遊走，和其他守衛一起監視著弟子們是否違規抄寫筆記。

天如運並未關注寫有詩句的石碑正面，逕自繞到青玉石碑後方。

（啊！果不其然。）

他險些感嘆出聲。

就如同一樓所見，二樓青玉石石碑的背面一樣布滿了亂無章法的紊亂劍痕。看著那些痕跡，天如運立刻向吶挪下令。

（吶挪，就和樓下一樣，掃描石頭表面、分析劍痕。）

【遵命。】

天如運的瞳孔快速晃動，陣陣白光一閃而過，分析著眼前的一道道劍痕。不過轉瞬便已掃描完畢的吶挪在他腦中出聲。

【和一樓的青玉石發現了相同的痕跡。一名客體留下的劍痕是由二十四式組成的單一劍招，另一名客體則在不同時間陸續留下劍招，共五十六遍刻於石上。】

或許是有了先前的分析情報，吶挪很快就完成了分析。

（底下是四十五遍，這裡增加到五十六遍啊。）

這麼看來，為了破解青玉石石面上最早刻下的劍招，比起一樓，被吶挪命名為「另一名客體」的人，花費了更多心力在這塊青玉石的研究上。

儘管天如運心急如焚，多想像樓下一樣立刻透過立體影像觀看這次石上又刻了什麼樣的招式，但既然已經確認了二樓也有青玉石碑，他的首要目的已然達成，也得知石面上的絕世一劍還有下一招，那便不急著一探究竟，稍微推遲些也無妨，畢竟二樓書齋中此時耳目眾多，他獨自呆立在原地啟動擴增實境觀看也不合適。

（吶挪，把劍招解析出來，全數掃描儲存下來。）

【遵命。】

在天如運命令之下，吶挪便如同在樓下時一樣，迅速從刻痕中的劍式辨識出招式，儲存在內建程式中。

（這麼一來，我就獲得四個劍招了，呵呵呵。）

從一樓至二樓，接連獲得曠世劍招的天如運喜形於色，查看了一眼蠟燭，燭心甚至都還沒開始融化。不同於一樓，這回他省略了啟動立體影像的過程，消耗的時間不過片刻爾爾。

（蠟燭幾乎沒變，還有一個半時辰啊，既然這裡收藏的全是二流武功祕笈，應該會有不少書籍比樓下更有用處吧？）

意外斬獲天大機緣的天如運這麼思忖著，邁著輕快的步伐朝書架走去。由於書簡多不勝數，他根本無法分辨哪些武功更加優異卓越，也只能順其自然、隨機拿起書籍掃描了。

（吶挪，開始掃描吧。）

【遵命。】

天如運以極快的速度翻閱起書架上的武功祕笈，吶挪彷彿配合著他的步調，每當他闔上書頁，宣告掃描完畢的語音也旋即響起，無限掃描的工作就此展開。

【已掃描完畢。】

【已掃描完畢。】

就這樣，天如運以驚人的速度不斷掃描著二樓的武功祕笈。與此同時，四下席地而坐、死命記誦著書籍內容的弟子們表情也逐漸扭曲。

唰啦啦啦啦啦啦！啪！唰啦啦啦啦啦啦！啪！唰啦啦啦啦啦啦！啪！

書頁快速翻動的聲響周而復始地傳來，讓他們的專注力越發渙散，監視是否有違規的守衛武士來回走動的腳步聲也教人煩躁，這可以說是最糟糕的事情了。

（這小子到底在幹什麼啊？）

（呃呃呃！）

就算讓他們靜靜地坐著埋首研讀，能不能好好背下一本祕笈都還未可知，但天如運卻只是不停四下遊走、取出書架上的各種祕笈隨興翻看，簡直教人無言以對。話雖如此，此舉卻也沒有直接妨礙他人背誦書籍，因此也無法提出抗議，有那種閒工夫表達不滿，還不如多背幾個字來得實在。

（沒錯，不能再分心了！專心點！專心點！沒時間管那傢伙了。）

他們只剩下短短半個時辰。

唰啦啦啦啦啦！啪！

（呃啊啊啊啊啊啊！）

在天如運路經的每一個岔道口，蹲坐在地的所有弟子內心無不發出無聲的悲鳴。

第十二章 天魔祖師爺的心得

唰啦啦啦啦啦啦啦！啪！

天如運翻動書頁的聲響讓一眾弟子備受折磨，姑且還值得慶幸的是，天如運進入書齋的時候，距離他們瀏覽時間結束只剩半個時辰左右了。

在天如運專注於掃描書籍的同時，有一對眼睛正鉅細靡遺地觀察著他，那人正是刀魔宗的少教主候選人天柳燦。天柳燦雖然一直專注研讀著和刀法有關的祕笈，可天如運到處走動、隨手拿起無數書冊翻看的模樣實在太引人注目。

（唔嗯。）

比起其他少教主候選人，他端詳著天如運的眼神似乎更加微妙。

在天如運掃描著書籍、無意間讓其他弟子備受煎熬的同時，不知不覺間，將二樓擠得水洩不通的大多數弟子閱覽時間都紛紛告終，逐一離開。當然了，期間雖然還有好幾名弟子陸續進入書齋，但比起百來號人，書齋相對冷清得多了。

【已掃描完畢。】

【已掃描完畢。】

【已掃描完畢。】

整整一個半時辰，天如運馬不停蹄地掃描著，循環往復的枯燥作業讓天如運幾乎陷入聽覺疲勞，耳中已聽不見吶挪持續響起的機械音。就在燭火即將燒到刻線之際，吶挪出聲提示。

【已掃描共計一百五十六卷書籍。】

這就是一個半時辰當中，天如運在二樓書齋中掃描下來的所有二流武功祕笈了。換作一般弟子，了不起在這段時間也只能背誦一、兩本祕笈，而天如運掃描的書籍數量卻是他們的百倍有餘。

（這程度應該也夠了吧？）

他掃描的武學祕笈遠遠不只是「充分」而已，縱使是武林正派中的名宿、江湖上最博聞強記的萬博子諸葛賢，他所知曉的二流武功恐怕也不及天如運這麼多，現在的天如運簡直就和移動書齋沒有兩樣。

明明已經掌握了魔教的上乘武功蝶舞刀法，為何天如運仍執意掃描這麼多祕笈？

（吶挪，將今天掃描下來的書籍全部分析一遍，儲存進資料數據庫中。）

【遵命。】

他的目的，並非只是為了習練那些隨意挑選的二、三流武功。

在醫務室裡，天如運的師父右護法葉孟最後為他演示蝶舞刀法的招式之後，臨走前還給了他許多建言，其中之一，就是經驗的重要性。

「本門的蝶舞刀法，為師是極為自豪的，在本教所有武功之中也算得上數一數二的功夫，呵呵！不過無論你習得多麼出色的武功，都絕不能因此驕矜自滿。」

「是，師父。」

「雖然你的悟性極高，但務必切記，若想將一門武藝磨練到爐火純青，每一招每一式都要經歷上百次、上千次的反覆砥礪才行。」

最令所有江湖上的習武之人感到繁瑣、疲憊的工作，就是日復一日的反覆修練。可天如運卻仰仗著吶挪的轉移機能，得以徹底省去這些苦修的過程，這種能力，只怕所有武林人士都會感到欣羨不已。

「此外，最重要的就是經驗了。自習武以來，為師也是遭遇過不計其數的敵人、經歷數不清的生死交關，這才得以將武功鍛鍊至化境。就這一點來看，在魔道館中能夠與各門各派的弟子相互較量，是累積經驗的好地方。」

話雖如此，但直至第二階段考試只要求弟子們團隊合作，因此天如運還沒有機會與出身其他宗派的子弟比試過招。更別說，眾所周知天如運根本武功全無，也只有伏魔宗的少教主候選人天武錦會對他窮追猛打、想和他一較高下。因此，天如運實際切磋過的對手，也唯有天武錦一人而已。

透過那場對決，天如運切實地意識到實戰經驗的重要性。為了彌補自己實戰經驗的不足，他每晚都在擴增實境中和天武錦的分身酣戰不休，得益如此，他對招式的運用更加熟練，不過卻有一個短處。

由於他只能與同一個人反覆對練，因此他也只對天武錦的招式爛熟於心。為此，天如運心中浮現一個主意，能透過吶挪的功能來彌補這個缺點。

（吶挪，你也能生成張護衛的分身嗎？）

【沒問題，已完成短劍祕術的資料分析，可生成分身。】

（哦！）

如此一來，天如運便得以和張護衛的分身展開較量。儘管張護衛的武功不及天武錦，但他卻比想像中更難以應付，這是由於天武錦的分身翻來覆去也僅能使用三個基本招式，可張護衛的分身卻與之不同，短劍祕術的所有劍招都能靈活運用。

（等等……這麼說來，應該還可以嘗試更多可能性吧？）

就這樣不斷試驗著吶挪擴增實境的功能，天如運又冒出一個更好的點子。

（倘若一切都能如我所願，我就能累積更多樣、更豐富的實戰經驗了。）

但在此之前，還有件事更令他掛心，他想再多觀察一下從書齋一、二樓的青玉石石碑上獲得的兩個絕世劍招，以及破解了這兩招的招式，並盡速轉移。

（哎呀，在蠟燭燒完前得趕緊下去才行。）

眼見融化的燭淚就快燒到刻線了，天如運匆匆步下樓梯，將蠟燭交還給負責訪問名冊的武術教頭。

確認天如運並未遲到後，武術教頭就在訪問名冊的姓名旁畫上一個圓圈。

「唔，沒有遲到，你走吧。」

「是，弟子告退。」

天如運正要轉身，武術教頭忽然喃喃自語地嘀咕道：「這麼說來，好像有人在問你什麼時候會出來？」

「什麼？」

「唔嗯，沒什麼。」

他張口反問，但武術教頭只以簡單一句沒什麼打發了他。雖然對方那欲言又止的模樣讓天如運有些詫異，他也僅僅回覆一句「明白了」，便背過身去。

（是誰在找我？）

儘管心下好奇，但以武術教頭的態度來看，似乎並不打算告訴他。不過，天如運的好奇並未持續太久。

此刻一心只想盡快趕去個人練功室，將絕世劍招轉移到腦海中的天如運，邁著輕快的腳步，加快了步伐。他在書齋裡耗費了兩個半時辰，原本湛藍的天空已經蒙上一層晦暗的色彩，他還必須在亥正二刻（十點三十分）之前回到宿舍，時間所剩不多了。

在魔道館主樓右側，有一棟寬敞的長方形建物，從地下一樓至二樓都是專供弟子使用的二百五十間小型個人練功室。在入館儀式後，不僅發放了魔龍丹，還將練功室短暫開放了兩天左右，而在第二階段考試結束後，練功室便全面開放。

雖然容納人數眾多的個人練功室空間算不上寬敞，但能夠保障弟子們不受任何人妨礙，是專供運功調息和簡易修練的空間。在此之前，由於無法一次容納數量過多的弟子，因此直至第二階段分組考試之前都未對外開放，不過從今天起，他們都能任意使用。

眼看天如運就要抵達個人練功室建物入口，卻有個人驀然出現，擋住了他的去路。

「我在宿舍裡四處找了好半晌，原來你在這啊，七、號、弟、子。」

（這傢伙是？）

天如運的眼中閃過一抹異彩，來者不是別人，正是第六組的組長、一百零八號弟子夏一鳴。只見夏一鳴怒目圓瞪，似乎一整天都摩拳擦掌，四下尋找著天如運。

「找我有何貴幹？」

聽見天如運的提問，夏一鳴無奈地說道：「你這是明知故問嗎？你這臭小子把我組員的腿全都打瘸了，難道你以為我會毫無所覺？」

全怪天如運從中作梗，夏一鳴不得不放棄自己原本計畫好的戰略，全仰仗一己的戰力硬生生扛過眼前的難關。

（唉唉……本來就快忙不過來了。）

天如運全副精神都集中在絕世劍招上頭，根本顧不得夏一鳴。

在第二階段考試當時，莫名感覺自己招惹了個棘手傢伙的直覺竟神奇地一語成讖，從夏一鳴那殺氣騰騰的鋒利目光來看，似乎是非得在這裡和自己大打一場不可了。

（這小子不弱，我該拿出真功夫應付嗎？）

天如運雖然不耐煩，但也知道夏一鳴不是好對付的傢伙，畢竟雖是突襲，但他的實力也足以讓身為少教主候選人的天武錦身受重傷。

（好吧。）

既然戰鬥難以避免，那還不如主動挑釁、讓對方自亂陣腳。

天如運銜著他微微一笑，說道：「誰叫你自己要四下亂跑？」

「啊～！也不看看是誰害的？」

出乎意料的是，夏一鳴並未被天如運的挑釁弄得心浮氣躁，反倒游刃有餘地回嘴，用冷靜的眼神拉開起手式。

（真不像某人，一點也不受影響。）

並不是所有人都像天武錦一樣，會輕易被他的挑釁激怒。

在第二階段的考試中，夏一鳴已經見識過天如運在所有弟子的注目之下，施展了蝶舞刀法精湛的招式，更何況他先前就因輕敵導致肋骨受傷，因此面對戰鬥也加倍慎重。

（看來我得拿出全力應戰了。）

眼見對方冷靜沉著，天如運的目光也變得肅然，他展開手掌做刀刃狀，擺出起手式。

兩人相互掂量著彼此的弱點，緊張感漸漸瀰漫，就在這一剎那——

「喂！」

某人大喊的聲音從個人練功室那頭傳來。

由於眼前狀況一觸即發，無論是天如運還是夏一鳴都對那道聲音毫無反應，依舊目光死死地緊盯著彼此。

躂躂。

伴隨著一個輕快的腳步點地聲，說時遲那時快，那道聲音的主人公已經橫身插進兩人之間。

「什麼！」

正在觀察天如運破綻的夏一鳴滿是不耐地喊道。

相反地，天如運一望見那名介入者的臉，臉上立刻充斥著警戒。那人正是刀魔宗的少教主候選人天柳燦。

「哈哈哈！你們兩人的專注力都很強耶！」

憑空冒出來的天柳燦帶著一臉死皮賴臉的笑容，眼神瞅著天如運，見他那副神情，彷彿就在等著這一刻似的。

天柳燦衝著天如運揚起一個微笑，再轉過頭對夏一鳴說道：「真不好意思，我剛剛已經等他等很久了，能不能讓我先跟他聊聊？一下下就好了，拜託你啦！」

他一邊說著，一邊微微點了個頭，整個人散發著一種在任何少教主候選人身上都看不見的輕浮感。

見他這副模樣，夏一鳴用無言的口吻說道：「我可是找了這小子一整天，憑什麼要我先禮讓你？少來煩我，快滾！」

「這樣啊？唔，那該怎麼辦呢？為了跟他說句話，我特地等了很久耶。」天柳燦絲毫沒把夏一鳴火大的態度看在眼裡，歪著腦袋自顧自地說道。

面對天如運的挑釁也無動於衷的夏一鳴，這回似乎再也忍無可忍，身形忽然激射而出，以手指代作劍指，奇襲式地向天柳燦揮出劍招。

嗖嗖嗖！

儘管只是以指代劍，但從他的劍招中卻能感受到強烈的氣勢。

豈料，更驚人的事隨之而來。

啪啪啪啪！

只見天柳燦僅僅比劃幾式便輕而易舉地擋下夏一鳴奇襲的劍招，轉瞬間，天柳燦的手掌就有如一把鋒利的刀刃，在砍中夏一鳴的右頸之前戛然而止。倘若換作一柄真刀，這一揮下去，只怕夏一鳴早已人頭落地。

「這……這……！」

看著天柳燦距離自己的脖頸只有咫尺的手刀，夏一鳴難掩滿心的惶恐。

天柳燦則莞爾一笑，對驚慌的夏一鳴說道：「現在可以讓我了吧？」

（只用單純的幾式就摧毀了劍招？）

眼見狀況急轉直下，不論心中有多戒備，天如運內心依舊忍不住讚嘆。

在這段期間，天如運透過擴增實境進行對練，眼界也開闊了不少。倘若沒有經過多次對練，要用單純的比劃破壞頭一次見到的招式，除非有著壓倒性的實力差距，否則絕對辦不到。

（天殺的！）

而當事人夏一鳴更是啞口無言，誰能料到，對方就連起手式都還沒擺出來，自己就慘遭壓制。

看著錯愕的夏一鳴，刀魔宗少教主候補天柳燦燦爛地笑著說道：「你跨出右腳的時候，右臂有點僵直，食指出手時似乎會有點失去平衡，看來應該是肋骨受傷了？」

聞言，夏一鳴瞪大了眼睛。天柳燦只不過看了一眼他出招的動作，就察覺了他的傷勢。

（這傢伙……水準絕對遠高於一般弟子。）

方才的情況絕非好運，就算自己的身子一切如常，能否戰勝天柳燦都還未可知，可見兩人實力差距之大。

不同於一臉嚴肅的夏一鳴，天柳燦依舊笑容滿面。

「如何？能讓我先跟他聊聊嗎？」

「呿。」

夏一鳴眉頭深鎖，點了點頭，這不是他僅憑一口傲氣就能戰勝的對手。見狀，天柳燦也旋即收回架在夏一鳴右頸上的手。

「一下下就好，你在這等著吧。」

「……算了，我要回宿舍了，要聊多久都隨你高興。」

話音甫落，夏一鳴便繃著一張臉，展開輕功往宿舍方向飛身離去，只因他的自尊心嚴重受創，也沒心情再和天如運較量了。

「哎唷，真是個性急的傢伙，哈哈哈哈！」

看似有些尷尬的天柳燦一邊撓著腦袋，一邊朝天如運走去。

天如運的目光充滿了警戒。除了伏魔宗的少教主候選人天武錦之外，和天如運直接私下接觸的六大宗派候選人，天柳燦還是頭一個。

（他是打算來給我個下馬威嗎？）

如果對方是為了在自己成長茁壯之前，就預先斬草除根、永除後患，那麼這場戰鬥或許會相當險惡，天如運已經從他剛才壓制夏一鳴的動作意識到，天柳燦遠不是自己倚賴現有的實力就能抗衡的對手。

在萬分緊張之中，天如運暗暗朝吶挪下令。

（吶挪，啟動擴增實境戰鬥輔助模式，設定為蝶舞刀法。）

【於使用者視覺情報啟動擴增實境（開眼）功能。透過戰鬥輔助機能，啟動行動指示模式。預設武功：蝶舞刀法。】

天如運的瞳孔迅速晃動，白光一閃而逝，擴增實境迅速啟動。天柳燦漸漸走近天如運，白光粒子同時畫出一道道線條，開始分析對方的情報。

眼見天如運做足萬般準備的態勢，天柳燦高高舉起雙手說道：「等等、等等、等等，你幹嘛這麼警惕我呀？」

（什麼？）

他的語氣沒有半分敵意。

眼前這傢伙不是別人，而是六大宗派之一、刀魔宗的接班人天柳燦，從他嘴裡輕描淡寫說出這種話，令天如運露出一臉無法理解的神情。

「也是，站在你的立場，會對我抱持警戒或許也是理所當然的。」

天柳燦表示理解似的點了點頭。

天如運實在摸不清他究竟抱著什麼意圖，皺著眉頭問道：「你找我有何貴幹？」

「比起有什麼事嘛……不如說是為了跟我同父異母的兄弟見一面吧？」天柳燦一邊說著，一邊露出雪白的牙齒莞爾一笑。

此話一出，天如運備受衝擊。截至目前為止，他始終被六大宗派人士認定是卑賤骯髒的血脈，飽受歧視，但此前素未謀面的天柳燦卻一上來就將自己稱作是同父異母的兄弟。

（……他是來捉弄我的？）

站在天如運的立場來看，天柳燦的動機當然值得懷疑。

然而，面對半信半疑的天如運，天柳燦依然滿臉堆笑地抱拳說道：「能見到你真高興，兄弟。」

「兄弟」這兩個字，反倒讓天如運充斥著戒備的眼中燃起一抹怒火，無論天柳燦多麼笑臉迎人地加以包裝，這兩個字聽起來都頗為刺耳。

「唔嗯，我是不是被你討厭了啊？」

或許是看穿了天如運的眼神，天柳燦放開抱拳作揖的雙手，撓了撓腦袋。他很清楚六大宗派一直以來都對天如運做了什麼好事，倒也不是無法理解。

「你會有這種態度其實也是理所當然的。」

「……難不成你還奢望我會給你好臉色嗎？」

「不，這倒不是，我只是希望初次見面能給你留個好印象，畢竟我越來越中意你了。」

「什麼？」

天如運的臉扭曲得教人害怕。這傢伙滿口胡言亂語到連「中意」兩字都說了出口，讓天如運越發無語。

天如運的反應似乎讓天柳燦饒富興味，嘻嘻一笑說道：「畢竟我們都是使刀的嘛。」

「……你中意我，就因為這點理由？」

「這不是理所當然的嗎？你用刀法卸下音魔宗那丫頭的胳膊時，你不知道我究竟有多震驚啊。」

天柳燦念念叨叨地說個不停，表示自己到現在還忘不了那個畫面。當所有人都對天如運毒辣的刀招心懷恐懼時，這人的想法似乎卻和眾人截然相反。

「呵呵呵，我馬上就成為你最忠實的支持者了，兄弟。」

「別再兄弟兄弟的胡扯了，快說，你真正的目的到底是什麼？」

眼見天如運的態度依然滿是警戒，天柳燦嘆了口氣。

「哎呀，沒辦法了，嗯……我是挺想跟你更熟稔一些啦，不過看來這還需要一點時間，我就直說吧。」

（他果然另有目的。）

就連母親華夫人臨終時，六大宗派也殘忍地以此要脅他發下不得學習內功的毒誓，事到如今，他們不管又暗藏什麼詭計都不奇怪。

「我就不拐彎抹角了，兄弟，加入我們刀魔宗吧。」

聽見天柳燦出乎意料的提議，天如運神情瞬間僵直。

「嚇到了？也是，會吃驚也是正常的吧。」

「你是認真的？」

「那當然了，我在祕笈書齋外頭一直等你等到現在才說出口，我聽起來像是在開玩笑嗎？」

天柳燦一邊說著、一邊連連擺手，顯然他提議要天如運加入刀魔宗是發自真心的。他繼續說下去。

「我不知道其他人是怎麼想的，但我無意把你當成敵人，我希望你能加入我們刀魔宗，成為我的左右手。」

（這小子……！）

直到這時，天如運才明白他這個提案背後的意圖為何，天柳燦在試圖告訴他，索性退出少教主爭奪戰，去當他的手下。儘管他的話術包裝得煞有介事，不過言下之意便是如此。

「你是要我放棄少教主爭奪戰？」

「啊啊！我聽起來像是勸你放棄的意思嗎？哈哈哈哈！」

天柳燦頗難為情似的打住了笑聲，用更真摯的聲音說道：「你只會白費力氣而已。」

「……你這話是什麼意思？」

「就是字面上的意思。你要是持續精進刀法，將來肯定會碰上我，但你是不可能贏得了我的，可如今我已經變成你的狂熱支持者，倘若我們攜手協力、往同一個方向邁進，你未來的道路也會變成一條康莊大道，豈不是棒呆了？」

天柳燦的雙手四下揮舞著，要天如運試著想像那光明前景的模樣，動作誇張得簡直就像小丑，讓天如運迅速意識到對方是以什麼樣的眼光看待自己。別說是平分秋色的對手了，在天柳燦看來，自己充其量只能當他的手下罷了。

（直到現在，他都沒把我當成對手是吧？）

儘管他已經當著眾人的面展示了自己突飛猛進的實力，天柳燦依然嚴重低估他的氣量和抱負，這在天如運心中點燃了熊熊怒火，比以往更為劇烈。

此刻他就站在命運的分岔路口，就此屈服、抑或展現出強大的意志，便會左右他的將來。

「我拒絕。」

「什麼？」

天柳燦兀自興奮地喋喋不休，天如運毅然決然的一句話令他住了口。

「憑你這點胸襟是不可能讓我折服的。」

「嗯？」

「所以，這回換我給你一個提議。」

「由你來提議？」

天如運唐突魯莽的語氣讓天柳燦高高挑起眉梢。

「往後別來礙我的事，這麼一來，我就勉強考慮饒你一條小命。」

剎那之間，方才所有的從容、輕佻和笑意全都從天柳燦的臉上消失得無影無蹤，他的表情迅速扭曲，教人難以置信他與剛才是同一個人，其猙獰的模樣宛如凶神惡煞一般。

見天柳燦臉色一沉，天如運視野中的白光旋即化作線條，在天柳燦的右臂和手上生成一個數值，迅速飆升，吶挪的聲音也同步在腦中響起。

【敵人的右臂正迅速匯集強大的能量，請往左迴避半步，並施展蝶舞刀法第二招迴圓蝶景。】

天柳燦的右手臂微微一動，天如運立刻按照吶挪的建議往左側移動半步，豈料才不過一轉眼，目露凶光的天柳燦又快速恢復先前那副輕佻的神色，發瘋似的笑出聲來。

「噗哈哈哈哈哈哈哈哈哈！」

【對方的攻擊意圖已終止，匯聚在敵人右臂的強大能量正在下降。】

一如腦中的吶挪所說，虛空中，顯示在天柳燦胳膊上的數值正在下降。

天柳燦大笑了好半晌，這才用枯燥乏味的嗓音開了口。

「雖然有點上火，但仔細想想這真是有夠好笑。要我別妨礙你？說真的，還挺帥的耶？」

儘管他的口吻和平時一樣輕佻，可眼神卻並非如此。天柳燦剛才眼中的善意已經消失得一乾二淨，彷彿不再對天如運抱有任何興趣，他大大嘆了口氣便連連搖頭轉過身去，往前走了幾步，又倏然停下腳步。

「倘若你堅持繼續和我走相同的道路，總有一天肯定要拚個你死我活。不過，憑你那點程度就想要我的命，未免言之過早了。」

【敵人的右臂正迅速匯集強大的能量，但對使用者並無攻擊意圖。】

當吶挪的語音在腦中結束的同時，天柳燦將右手高高伸向天空，輕輕巧巧地朝地面一揮。

唰啊啊啊啊！隨著一陣破空聲，地面濺起陣陣青色的火光，憑空出現一條鮮明的直線。天如運的目光緩緩沿著那條火光四射的線轉向天柳燦的手，呈刀狀的掌緣上還纏繞著強烈的光芒。

（那是……刀氣？）

纏繞在天柳燦掌上的寒光顯然是具有刀刃型態的刀氣，而唯有武學境界登峰造極的高手才能將「氣」化為有形之物，更何況他手中並未持刀，而是空手射出刀狀的刀氣，顯示他已經將之練到爐火純青的境地。

（他是想告訴我，我們的境界天差地遠？）

這明顯是要以實力給他一個下馬威。天柳燦要藉此向他展示，儘管魔道館入館不過二十一天，但打從一開始，他的實力就已經凌駕於所有弟子之上。看來，少教主之位當屬他與玄魔宗少教主候選人天武延的二人之爭，這樣的傳聞並非空穴來風。

「那就下次見嘍。」

天柳燦收回刀氣，悠悠地消失了身影。

天如運隻身一人孤零零地留在原地，緊握的拳頭比平時更多了幾分力道。擊敗伏魔宗少教主候選人天武錦，淘汰天垣麗將她踢出魔道館，天如運滿心以為自己已能與他們平起平坐，豈料依舊是前路漫漫。

（別心急，天如運。我不僅僅要追上他們，更要凌駕在他們之上。）

就這樣，少年再一次下定了決心。

另一邊，展示出壓倒性的實力、在天如運面前守住了自尊心的天柳燦，表情也並不明朗。方才，他雖然爽朗一笑壓抑了怒意，但這是有理由的。

（……他提前看穿了我的攻擊。）

實際上，他本想凝聚刀氣、一鼓作氣卸下天如運的右臂。他盤算著，倘若天如運不能為己所用，那就要讓他一輩子提不起刀來。孰料，還沒等他運起內力、匯聚刀氣，天如運就已經避開自己揮刀的軌跡。

（哼，看來他跟那些不成氣候的貨色不一樣呢。）

此行的結果與他原本的目的大相徑庭，天柳燦懷著滿心戒備返回宿舍。

＊＊＊

單就建地面積來看，個人練功室在魔道館中的規模也是數一數二的，整棟建物共分為三層，地上兩層、地下一層，地上每層都分別修建有百間個人練功室，地下則有五十間。

天如運在進入地上二樓的一間空房之前，將掛在門口的「空房」標誌翻到背面——「使用中」。

踏進個人練功室，只見掛在牆上的小煤油燈照亮了房內。從天花板起算，整間練功室是長寬都只有七尺（約兩公尺）左右的正方形大小，若要自由施展步法、或練習各式連招，都不夠寬敞。

叩叩！

天如運用拳頭敲了敲牆面，牆體的聲響深沉，足見石壁打造得相當厚實，以保障練功時能不受其他人干擾。

其實，魔道館當初本打算將房間造得更窄，只能坐著練功調息，藉以增加可容納的人數，但如此一來，需要平躺運氣的心法又該如何是好？由於人們提出這樣的反饋意見，最終才將縱深與橫寬都定為七尺。

（這樣也很夠用了。）

對於天如運而言，這樣的空間便足矣。

先前獨自待在醫務室的時候，即使進行轉移也不會受到任何人妨礙，但回到宿舍生活的這段時間他不得不為此憂心。幸虧個人練功室已經開放，他才能放下心頭的擔憂。

（吶挪，啟動擴增實境。）

【於使用者視覺情報啟動擴增實境（開眼）功能。】

吶挪的聲音在腦中迴響著，天如運的瞳孔快速晃動，白光粒子畫出一道道線條，擴增實境隨之啟動。

（吶挪，將二樓書齋青玉石石碑上掃描到的招式用立體影像展示一遍。）

【首先呈現最早刻下的招式。】

吶挪話音剛落，擴增實境中的白光粒子旋即幻化為人形。以白色光芒構成的人形手持白光長劍，開始演示刻在青玉石上的絕世劍招。

嗖嗖嗖嗖嗖！由數不清的劍式所組成的華麗劍招瞬間在虛空中勾勒出寒光，就如一樓書齋中所見，劍招畫下的軌跡給他帶來渾身顫慄的衝擊。

（這一劍更快、也更複雜了！）

天如運注視著立體影像，在心裡用蝶舞刀法最後的絕招嘗試招架，可就連區區一式都擱不下來。

隱藏在青玉石碑上的第二個絕世劍招，其威力遠遠凌駕於一樓發現的第一個劍招之上。

（真的……好驚人啊，究竟有多少人能夠抵擋得住這一招？）

那強大的衝擊久久也難以消退，甚至讓人不禁困惑，後來留下劍痕的那個人到底用了什麼手段才得以破解這個招式。

【依照先後順序，以立體影像依序呈現另一名客體留下的劍痕。】

吶挪的話音在腦中響起，被稱作「另一名客體」之人所留下的招式依序展開。

最初那招式顯得既生疏又不自然，但第一遍、第二遍、第三遍，每當立體影像一一啟動，招式也變得更加洗鍊精實。直到最後第五十六遍的招式現蹤的那一剎那，天如運渾身都起了雞皮疙瘩。

（……瘋了，倘若不是這人瘋了，根本不可能這麼做！）

若對劍少一絲痴狂，都不可能完成這樣的劍招，天如運感覺自己彷彿從旁親眼目睹了一個招式臻至完美的整個過程。

（啊！）

天如運突然靈機一動，倘若在對決模式中，不是只用最後已臻大成的招式與絕世劍招對決，而是依照順序用所有招式較量一遍，結果又會是如何？

（吶挪，用這五十六遍招式依序和最早刻下的劍招對決一遍。）

【遵命，以最早刻下的劍招為主軸運行對決模式，依序啟動立體影像。】

白光粒子四下移動，幻化出另一個人形，兩個立體影像隔空相互對峙，同時施展出劍招。

嗖嗖嗖嗖！

共五十六遍劍招中的第一遍，連先行刻下的絕世劍招中的第一式都抵禦不了，勝負便塵埃落定，接下來立體影像之間的對決也都在第一式就格擋不住，接連敗北。就這樣一路進行到中段的第三十六遍劍招，已能招架住絕世劍招二十四式中的第十五式。

（真是了不起，此人怎麼能想得出這樣的劍式？）

隨著影像依序演示，天如運對不斷演化精進的招式驚嘆不已，那令人戰慄的招式以他全然想像不到的方式招架著絕世劍招，使他越看越投入。

直到最後，第五十六遍劍招終於登場。

嗖嗖嗖嗖！

劍式與劍式的白光軌跡相互交擊，結果就如先前一樣，絕世劍招以一式之差被徹底摧毀。

（啊啊啊！）

直到最後一式，劍招完全被破解，立體影像的腦袋被斬落劍下，白光構築而成的人形再度化為粒子四下消散。

【立體影像已全數展示完畢。】

儘管吶挪的語音告知立體影像已經結束，但天如運依舊感到暈頭轉向，忙著回味這場血脈賁張的對決。明明吶挪並沒有模擬招式轉移進他腦中，但在天如運的腦海裡，這兩名絕世高手仍毫不間斷地彼此較量著。

啪啪！

在他內心一片漆黑的意象空間之中，天如運已經與第二名客體渾然一體，施展著蝶舞刀法的終極奧義，對抗著那絕世劍招。隨著他越來越深入地沉浸其中，天如運瞳孔中的焦距也逐漸恍惚。

【使用者大腦中的神經細胞正在迅速活化。神經細胞的活化促進能量循環，刺激承漿穴、天突穴、膻中穴、鳩尾穴、中脘穴、神闕穴、氣海穴，使用者丹田中的能量正高度活躍並不斷增加中。】

在吶挪的通知語音中，天如運依然全神貫注，而奈米機器一感知到使用者身體正發生劇烈的變化，便立刻中斷通知，開始以數據將能量變化記錄下來，因為此時它已完成分析，這般變化並不會對使用者的軀體造成危害。

砰！

在黑暗的空間裡，天如運與絕世劍招對決了數十遍、數百遍，這才終於從心像之中回過神來。失焦的瞳孔恢復焦距，但天如運依然丈二金剛摸不著頭腦。

（剛才是……怎麼回事？）

他還記得自己明明專注於立體影像的對決之中，可從心像之中清醒過來之後，方才的一切都恍如幻夢。

（感覺好怪異啊？啊！）

天如運本能地察覺到自己的身體有了變化，丹田裡那股沉穩的氣息明顯變得比以前更加強大，他連忙坐直身子運氣調息、測定自己的內功修為。

（……我的內力提升了！）

令人震驚的是，積蓄在丹田裡的內力相較於以往提升了許多，甚且還不僅僅是一星半點的水準。雖然有些難以置信，但原先只有半甲子左右修為的天如運，不知不覺間內功竟已經提升至臨近四十年的修為。

（啊！難道是我頓悟了嗎？）

方才那種如夢似幻的感覺，正是天如運參悟了武功修為的感受。原先只有一流高手實力的天如運，在觀看著中原絕頂宗師展開對決的過程中，沒有依賴吶挪的幫助便自行獲得了頓悟。而此番頓悟，並不僅是內力的提升。

（總覺得我現在應該辦得到！）

天如運一躍而起，運起內功試著展開蝶舞刀法的第一招。

嗖嗖嗖嗖！

指尖的破空聲和以往大相徑庭，原先只能在胳膊上引發殘影的蝶舞刀法，刀招隨著天如運的每個動作留下微妙的殘像。

「啊！」

施展完第一招，天如運口中不覺發出一聲感嘆，只見他的右手纏繞著一股微微的幽光。

（我……這是成功將氣息化作有形了嗎？）

從掌緣上傳來的這種感受，毫無疑問正是體內的「氣」向外釋放、化出形體的感覺。在此之前，由於他的內力尚且不足，並不熟悉釋放氣息的方法，因此始終無法顯現出刀刃的形體，但這回他分明已經能夠將掌中氣息化為有形。

（不過，還不能化出完整的型態。）

照常理而論，本應先熟練透過真刀釋放氣息，再以空手蘊藏刀意釋放出掌氣，如此一來才能順利顯現出刀的型態。

倘若內功已達一甲子境界、逐漸熟練如何將氣實體化，來到和刀魔宗少教主候選人天柳燦一樣駕輕就熟的境界，便能徒手操縱刀氣。

「啊啊啊！」

天如運由衷沉浸在喜悅之中，激動不已。對習武之人而言，「頓悟」便是這般至關緊要。他收回凝聚在手上的內力，纏繞在手上隱隱微光也隨之消失。

（只要服用了這次能取得的魔龍丹，我應該就能達到一甲子的修為了！）

他已然參悟個中關鍵，只要擁有了一甲子的內功，他便能成為一名貨真價實的一流高手，如此一來，他與始終望塵莫及的刀魔宗天柳燦之間的差距也能夠大幅縮小。

天如運為了自己倏然提升的修為欣喜不已，驀然問向吶挪。

（話說，吶挪，我這樣埋首修練究竟過了多長時間？）

【您沉浸於忘我之境約莫一個時辰。】

（一個時辰？這麼久？）

本以為不過須臾的縹緲幻境，竟花費了他不少時間，若真如吶挪所說，已經過了整整一個時辰，這時間他也差不多該回宿舍了。

（其餘的就等明天再練吧。）

時間已經所剩無幾，他打算將絕世劍招轉移到大腦之中即可，但要轉移到肉體上大概已沒有時間了。

（吶挪，將一、二樓青玉石碑上掃描到的，包含最早刻下的兩個劍招，以及四十五遍的招式和五十六遍的劍招全都轉移到大腦。）

【遵命，將四個招式的分析模擬轉移至使用者的大腦中。】

天如運的瞳孔快速晃動，腦中一陣刺激，在轉移完成之後，腦中雖然有些昏眩，不過還能忍受。為了確認成果，他試著集中精神，隨即腦海裡便立刻清晰地浮現出絕世劍招，似乎馬上就能施展出來。

（吶挪，將招式轉移到肉體需要多少時間？）

【分析四個招式的結果，轉移至主人肌纖維和經脈共需要五個時辰。】

（什麼？）

霎時間，天如運露出啞口無言的神情，沒想到竟比將蝶舞刀法轉移至肉身所需的時間還要長，儘管他明白這些武功之間的水準天差地別，卻萬萬沒料到差距如此之大。

（嘖，既然如此，那也只能明天早點出來了。）

尚且值得慶幸的是他們有整整三天的休息時間。雖然沒時間將招式轉移到肉體，至少獲得了頓悟、也得到了使武功登峰造極的入場券，天如運便踏著輕快的腳步返回宿舍。

回到宿舍，天如運發現竟還有很多弟子尚未回來，宿舍和平時大不相同。

（今天大家都這麼晚啊？）

雖然還有一點時間，但換作平時，其他弟子早在剩餘一個時辰之前就回來了。

只見接二連三回到宿舍的弟子們手裡都拿著抄寫武功祕笈的紙張，內心詫異的天如運陡然明白此間緣由。

（啊啊，原來他們也跟我一樣。）

其他弟子同樣通過了第二階段考試，得以造訪祕笈書齋的二樓，他們在祕笈書齋中背誦完自己想要的武功祕笈後，便連忙趁著遺忘之前趕到個人練功室默寫，並為了練習拚命筆記下來的武功，這才一個個晚歸。

「主君，您先回來了嗎？」

遲了許久才回到宿舍的二十三號弟子何鋒對天如運低下頭致意，而何鋒的手裡也拿著一本默寫下來的祕笈。

「你也找到了好東西？」

聽見天如運的疑問，何鋒笑嘻嘻地答道：「不是的，畢竟只是二流武功，所以也算不上什麼，但我比較不擅長赤手空拳，所以抄了一卷腿法的。」

何鋒的宗派主要使劍，他從未鑽研過劍法以外的功夫，為了彌補自己的不足之處，便決定習練腿法。

看見何鋒的模樣，天如運輕輕點了點頭。

（看來，這是所有人的武藝突飛猛進的時期啊。）

名為「休息」三天時間，自然不是為了單純的休養生息，而是讓所有弟子們自我砥礪、精益求精的時刻。倘若虛度這三天的光陰將會迅速遭到淘汰，而要是能充分利用這段時間，就能成為領先其他人一步的契機。

就這樣，休假的第一天晚上過去了。

＊＊＊

清晨卯時初，天如運立刻翻身下床、匆匆趕往個人練功室。一路上，他感受著大清早凜冽的空氣，讓大氣的氣息充盈在胸臆之間。

（他們動作也太快了吧。）

宿舍在寅時與卯時（清晨五點）之間才開放，但他一起床，便發現有兩名弟子已經收拾好床鋪、消失了人影，顯示出他們對於變強的渴望有多麼迫切。

天如運抵達個人練功室所在地的建築前，儘管天才濛濛亮，外頭便已經聚集了不少弟子。

（唯有努力不懈的人才能在這裡生存下去。）

縱使不是魔道館，這也是生存在這個世界上的真理。

和昨天一樣，天如運走上二樓，走進一間空餘的個人練功室，練功室的門只能從內部反鎖。天如運鎖上了門，確定不會有任何人闖入之後，這才對吶挪下達指令。

（吶挪，把昨天轉移到腦中的招式轉移至肉體。啊！還有，一定要幫我進行睡眠麻醉。）

在狠狠吃了一次虧之後，天如運也認知到睡眠麻醉是絕對必要的。

【遵命。根據四個招式的模擬數據為基準，對使用者的肌纖維進行轉換。首先，為您進行睡眠麻醉。】

吶挪話音剛落，天如運立刻陷入睡眠狀態。

嗚嗡嗡嗡嗡！

天如運體內的所有奈米機器頓時忙碌地啟動，與轉移蝶舞刀法時相比耗費時間更長，肉體轉換的過程也更加細膩。

就這樣，五個時辰倏忽而過。

【使用者的肌纖維及經脈轉換進度100％完成。】

隨著吶挪的提示音，天如運從睡眠狀態中悠悠甦醒。在清醒的同時，天如運就像接受蝶舞刀法轉移時那般，嘴裡吐著粗重的呼吸、趴在地上嘔吐不止。

「嗚嘔嘔嘔嘔！」

這是肉體經歷長時間轉化所引發的過負荷及副作用，比先前轉移三個時辰時更加嚴重，胃裡不斷翻湧，全身都像被輾壓、扭曲似的痛楚讓天如運痛不欲生。

【開始穩定使用者肉體轉換所造成的副作用。】

直到吶挪讓整體副作用漸漸穩定下來，痛苦才逐漸消退。

（唉唉……這種感覺真是無論如何也適應不了。）

漸漸穩定下來的天如運等待呼吸大致平復便開始嘗試起身，並緩緩動了動手指、嘗試著握緊拳頭，稍一使勁，他就能感覺到手裡的力量截然不同。

在練習蝶舞刀法時，他也曾感受到肉體變得更加強韌，但這一回與上次完全是不同層級的。正因感覺截然不同，他不禁一把脫去了上衣查看。

「哦哦！」

天如運不由得驚嘆出聲。只見他脫去了衣物的上半身所有部位的肌肉都緊繃地鼓脹起來，就連血管也無比鮮明，處處都變得極度發達。他的腹肌有如一塊洗衣板似的，用手指用力按壓也會瞬間反彈，顯示出強韌的彈性。

（這真不像我的身體。）

按他此刻激動不已的心情，好似連個人練功室那堅實的牆面都能一拳打出一個窟窿。

「簡單地測試看看吧？」

他很清楚這堵厚實的牆面不可能輕易被擊破，只想確認自己的力量究竟增強了多少。

「呼呼！」

天如運深吸了一口氣，使勁朝個人練功室的地面揮出拳頭，一陣巨大的轟鳴聲頓時響徹屋中。

轟！隨著那聲巨響，霧濛濛的灰塵和石頭碎片濺了天如運一臉。

「呃啊！」

就在這時，某人的慘呼聲倏然傳來。

「咦？」

驚慌失措的天如運連連揮手，撥開四下飛揚的塵土，這才看見地面上裂開了一個大洞。天如運萬萬沒想到自己居然真的能在地面上開出一個口，滿心錯愕地低頭朝窟窿下方張望。

從破碎的孔洞之中，出現的是位於一樓的個人練功室，破碎的石塊和砂礫散落一地，在那碎石堆的正中央，只見一名弟子昏倒在地、腦袋上的鮮血汩汩直流。

「啊……。」

天如運露出一臉難堪的表情，呻吟出聲。

第六組組長，一百零八號弟子夏一鳴。

出身於中小門派普通學武人家的他，憑藉著自身極高的悟性和深厚的潛力，很快就吸收掌握了自身宗派的武功，實力也遠高於其他弟子。

僅僅十六歲，夏一鳴年紀輕輕就成長為一流高手，這也讓他自視頗高，甚至自負就算面對少教主候補他也能取勝。實際上，他也確實讓少教主候選人的天武錦在一時鬆懈之下受了傷。

然而，就在刀魔宗的少教主候選人天柳燦以壓倒性的差距挫敗了他之後，他的自尊心也出現了裂痕。

（我的實力還不夠。）

這也成為一個契機，令他意識到自己過去只是妄自尊大，儘管他的性格驕傲自負、膽大妄為，但他絕非目空一切或愚不可及的角色。

他很快就將自己對天如運的憤怒從腦中抹去。

（比起區區一個天如運，我的目標應該要更遠大才是。）

夏一鳴下定了決心，從當天傍晚就開始了特訓。

和其他弟子一樣，夏一鳴自然也打算用毫不間斷地鍛鍊，度過這三天的休息時間。他起了個大早，比任何人都更早抵達個人練功室，從氣息最充盈的清晨，整個上午的時間都在透過運氣調息修練內功，下午則透過心中意象反覆檢討他與天柳燦短暫的交手，以完善自己的出招。

就在他專心致志、全心投入訓練之際。

轟！

天花板陡然爆發出巨響，只聽見砰的一聲。

「呃啊！」

大量碎石朝著專注於心像中深刻反思的夏一鳴當頭砸落，一塊巨大的石塊正中腦袋，讓他頓時呈大字形癱倒在地。

頭部被擊中、在衝擊中恍惚不已的夏一鳴奮力瞇著眼睛探看，只見從天花板破開的窟窿中探出天如運的臉。

（那……那個……該死的臭小子……喝啊啊啊！）

原先已經徹底熄滅的怒火在他陷入昏迷的前一刻再次被點燃，星火燎原。

不多時，負責管理個人練功室的武術教頭火速趕到，他拿著唯一一把萬能鑰匙打開練功室的大門，將頭破血流的夏一鳴送到醫務室。

在這之後，武術教頭才重新返回練功室，將闖了大禍的天如運劈頭蓋臉地訓斥了一頓。

「就算是個人練功室，把這麼多弟子潛心修練的地方打穿一個大洞，這像話嗎？萬一別人正在運功調息該怎麼辦？這一下就直接把他送上西天了！」

這一點確實是萬幸。倘若夏一鳴正在運氣調息，很有可能會因為強烈的衝擊不慎走火入魔，而這一回他只是腦袋受到撞擊，僅僅以腦震盪告終。

「你最好感謝一百零八號弟子命夠硬，否則你就會立刻被逐出魔道館。這件事我會記錄在你的個人評價上，知道沒？嘖！」

「……弟子知錯了。」

得虧夏一鳴福大命大，天如運才得以免除被流放的命運。

儘管不擇手段、偷襲暗算是魔道館非官方推崇的潛規則，但在個人練功室裡頭，原則上不可刻意妨礙或傷害對手。而天如運畢竟不是有意的，在武術教頭的酌情處理之下，才不至於鬧出岔子。

「要是再破壞建築物，你這小子就禁止繼續使用個人練功室，給我牢牢記著。」

「明白了，弟子一定注意。」

從此之後，天如運就被禁止使用一樓和二樓的個人練功室了。只能說，沒有被徹底禁用已經算是不幸中的大幸。和地上相比，地下練功室的空氣格外混濁，令人窒悶，自然不受弟子們待見，但天如運也別無選擇。

（唔嗯。）

看著天如運悶不吭聲往地下室走去的背影，管理練功室的武術教頭臉上的神情有些微妙。

（他竟然單靠拳頭就砸碎了用「段世石」所打造的石塊……難道那小子的內功已經如此高強了嗎？）

個人練功室的牆體全都是以「段世石」打造而成，用以和外界隔絕、避免練功遭受妨礙。倘若沒有施加至少一甲子以上的功力，段世石牆面絕不可能輕易破損，而天如運竟直接打出一個窟窿，自然令教頭又驚又詫。

＊＊＊

另一頭，來到地下個人練功室的天如運，臉上的表情也是惶惑不已。

（吶挪，我的力氣怎麼會變得這麼大？）

天如運也同樣沒想到，自己能夠打穿練功室那堵厚實的牆面，他不過是為了學會絕世劍招而轉變了肉體，想不到力量幾乎達到超脫凡人的境界。

【因為主人的肌纖維與經脈已經抵達極限值。】

（什麼？）

【為了以物理性的力量在高硬度的青玉石上留下痕跡，已將主人的肌纖維和經脈轉換至肉體的極限值。】

（你該不會？啊啊啊……！）

天如運這才明白整件事的前因後果。

為了進行這次的肉體轉移，吶挪並非像轉移短劍祕術或蝶舞刀法時那樣，以能夠完美執行該武術的動作為基準進行模擬的數據分析。

（居然還能這樣進行分析啊？）

為了這一次的轉移，吶挪分析了留在青玉石表面的劍痕，藉以搜集那些招式的模擬數據。問題是，那些數據的來源並非施展絕世劍招時體內氣息的運行路徑，而是以物理性力量能夠對青玉石造成的痕跡作為基準。

（我的老天！）

這一回，就連天如運也只能瞠目結舌。

（那麼，我現在能夠使出的力量，就是我這副身體的極限了？）

【以主人身高的成長預測數據作為基準，是以不影響長高為前提，進行精密調整的結果。】

盲目魯莽地鍛鍊肌肉，本就會妨礙身體的成長，因此奈米機器吶挪便以未來的醫學及身體成長數據作為標準，在對身高成長無礙的先決條件下，將天如運的肌纖維及經脈全都精細地調整至目前的極限值。

（要是我繼續長高長大，也能調整得比現在更強大嗎？）

【倘若筋骨成長完全，為物理性力量的發展，肌纖維和經脈轉換的極限值也會隨之增加。】

（這可真神奇。）

儘管他已經對吶挪機能的應用方法熟悉了不少，但每回得知這些新奇的部分，還是不由得感到驚訝。

（噗，要是真像你說的那樣，那我可得努力長大了。）

關於青少年時期身高的成長，就算動用奈米機器的能力刺激生長板之外也別無辦法，只能交給時間。

自己怎會忽然獲得了超人般的力量，天如運終於獲得了解答。而絕世劍招也已完成肉體轉移，為了試驗招式，天如運擺開起手式。

（真教人緊張。）

依據腦中植入的資料，這些招式經歷了主人數十年如一日的砥礪。

天如運率先嘗試施展最早刻下的絕世劍招，也就是天魔祖師爺潛心鑽研的絕學。他將雙指併攏合為劍指，揮手劃破個人練功室的虛空。

嗖嗖嗖嗖！

天如運就如立體影像一般，在轉瞬之間便催動出二十四個劍式，完成了劍招，迅捷而華麗的動作從他體內行雲流水地展開，先前施展蝶舞刀法時根本無法比擬。

然而，結束第一招之後，天如運的表情卻並不明朗。

（這……這是怎麼回事？）

儘管已經成功施展出招式，天如運的表情卻如喪家之犬一樣挫敗。不知究竟有哪裡想不通，天如運又一次嘗試催動第一招。

嗖嗖嗖嗖！

（不對，不該是這樣的。）

就和剛才一樣，天如運即使施展出了招式，心中仍不滿意，那種感覺就像招式仍有未盡之處，卻說不上來。

倍感異樣的天如運，這一次試著展開留在二樓的絕世劍招第二招。

嗖嗖嗖嗖！

比先前的第一招更加複雜的華麗劍招從他手底連綿不絕翻湧而出，但當二十四式結束之際，天如運的表情卻比剛才更加陰沉了。

「怎麼會這樣？」

這回，他甚至有點動怒。

陷入苦惱、神情凝重的天如運這一次試著施展破解了絕世劍招的招式。他的劍指迅速畫過劍式的軌跡，催動出他透過立體影像目睹的第四十五遍劍招。

嗖嗖嗖嗖！

在劍指劃破虛空、施展完最後一式的剎那，天如運不由得興奮得漲紅了臉，不同於方才施展絕世劍招的情況，喜悅之情溢於言表。

（很好，這回完美地做到了。）

隨後，天如運又接著嘗試二樓青玉石碑上刻著的第二種破解劍招，他的劍指輕快地在半空中舞動，完成了精妙絕倫的招式。

（這招也成功了。）

兩種招式接連大獲成功，令他喜不自勝。

天如運不由得心忖，或許是剛才自己略有失誤，便再一次挑戰施展絕世劍招。然而，等他接連施展兩個劍招之後，卻陷入了深深的絕望。

（為什麼就是辦不到？）

在天如運手底，這兩個絕世劍招都與他在立體影像中見過的招式有著天淵之別，全然沒有那種令人瞬間顫慄不已的威懾感。

（吶挪，把從青玉石上掃描下來的招式，和我剛才施展的動作，同時以立體影像展現出來進行比對。）

【於使用者視覺情報啟動擴增實境（開眼）功能。】

吶挪的聲音在腦中響起，天如運的瞳孔迅速晃動，白光粒子畫出一道道線條啟動了擴增實境。

【同時展示儲存在數據庫中的立體影像和使用者的動作。】

吶挪話音剛落，在啟動了擴增實境的視野中立刻出現以白光粒子構成的人形，旁邊則是完全複製了天如運模樣的虛體分身，接著白光的立體影像和分身同時施展起一模一樣的絕世劍招的第一招。

嗖嗖嗖嗖！

同步啟動的劍招在剎那間劃破虛空，展現出絢麗又令人不寒而慄的招式。但從對比動作上看來，二者的不同之處清晰地映入眼簾：立體影像施展的劍式，式與式之間的連接既柔和又靈動，與之相反的，天如運僅僅只是單純將動作接連施展出來，並不自然，甚至連招式結束的時機也慢了一拍。

（我果然沒有正確地施展出劍招，為什麼？）

他百思不得其解。他明明已經透過吶挪的轉移機能，在大腦中反覆了無數次的模擬成果，又經由肉體轉移將肌肉和經脈都轉換成能夠體現劍招的程度，但依舊無法將招式完整呈現。

撲通！天如運一屁股癱坐在地，陷入長考。唯有掌握問題所在，才能重現出完整的絕世劍招。不知道究竟有多苦惱，天如運埋頭苦思將近半個時辰，冷汗直流。

（究竟出了什麼問題？因為只掃描了招式才這樣嗎？就算沒有任何運氣路徑的資料，光是施展劍招本身這件事……啊！）

就在他苦思冥想的剎那，倏然福至心靈。

（難道是運氣的問題？）

天如運總算找出自己為何無法完整重現劍招的問題點：內息運行的途徑。

倘若只是單純地反覆訓練招式動作，即使沒有刻意依照運氣路徑催動內力循環也不會有所窒礙，但若要完整地施展出絕世劍招，內息運行卻是不可或缺的。

（這招和蝶舞刀法的最終絕技一樣啊。）

仔細一想，蝶舞刀法的最後一招、以八個劍式組成的絕招，倘若沒有調動內息依照路徑循環也無法正確施展出來。看來，天魔老祖留下這套絕世劍招也不例外，必須以內息運行作為根基。

（啊啊……這麼說來，不就等同於漏掉最關鍵的精髓了嗎？）

一找出原因，空虛感便隨之而來。

（至少習得了破解劍招，難道我該知足了嗎？）

值得慶幸的是，後來才刻上的那些劍招，即使沒有氣息運行的資料，只要完成了肉體的轉換就能順利施展。儘管如此，天如運依然難掩失落的心情，抱著腦袋，情緒跌至谷底。

（光留下劍招、卻省略掉所有內息運行的路徑，到底算什麼嘛？）

想著想著，天如運不由得平白無故地怨懟起留下絕招的天魔老祖，感覺就像是給了孩子糖吃又硬生生奪走似的。

天如運就這樣坐在原地消沉了許久，驀地想起刻在青玉石碑正面的詩句。

（那些詩句裡會不會有什麼提示？）

不管他怎麼想，只留下毫無用處的招式實在說不過去。

（吶挪，可以把一樓的青玉石碑正面用立體影像顯示出來嗎？）

【透過使用者的視覺情報搜尋已儲存的影像。】

在平時，若沒有下指令，吶挪並不會自動掃描，但仍會將天如運這段時間所見的儲存在程式的數據庫。沒過多久，吶挪便從數據中調出了青玉石碑正面的資料。

【已查到程式數據中儲存的影像資料，僅提取石碑正面圖像以立體影像顯示。】

吶挪話音甫落，天如運的瞳孔便晃動著啟動了擴增實境。

唰唰唰唰！白光粒子在擴增實境中匯聚起來，將青玉石碑的正面用立體影像原原本本地展現在眼前。

「大風起兮雲飛揚，威加海內兮歸故鄉，安得猛士兮守四方。」

僅僅靠指尖上的內力刻在青玉石面上的這行詩句，運筆行雲流水、酣暢淋漓，前所未見的句子令天如運皺起了眉頭。

（不管怎麼看，這都像是單純的詩句而已，裡頭究竟藏了什麼線索？）

【依據資料數據庫內存的古詩詞搜尋結果，此為漢朝的建國詩。】

（建國詩？）

【這是漢高組劉邦擊敗宿敵楚霸王項羽，戰勝後返回的路上所作的詩。】

（……所以這不是天魔祖師爺寫的詩啊？）

【是。】

儘管天如運勤奮好學，但也不可能熟諳中原大陸所有的詩詞，就這一點來說，吶挪的資訊搜索能力簡直是無可匹敵。然而，縱使很快就弄明白了詩句的出處，但找出藏在其中的祕密才是關鍵。

（吶挪，這些詩詞有沒有改動什麼文字？）

【沒有。】

聽見吶挪毫不遲疑地否定，天如運陡然耷拉下腦袋。若是如此，這裡頭到底隱藏了什麼？

（吶挪，分析一下石頭表面，看看有沒有任何細微的線索。）

【遵命，掃描整個石碑表面並進行分析。】

一道「一」字形的白光映照在立體影像的石碑表面上，開始進行掃描，光束就這樣緩緩向下，一路來到石碑的最底端，吶挪的語音隨之響起。

【詩句的每個文字底下都有一個小孔。】

吶挪說著，詩句所在的部分也同步放大，正如它所說，整首詩詞的每一個字底部都凹陷著一個意義不明的小點，且每個字的小點數量都不盡相同。

舉例來說，「大」字的底下就挖著四個凹陷的小孔。

（這到底代表著什麼？）

既然每個字刻著的凹槽都略有不同，這裡頭肯定有什麼不為人知的祕密，無庸置疑。天如運再度陷入沉思。

（凹陷的小孔……小洞……啊！「孔洞」的話，難道是指「穴道」嗎？）

按照字義上來聯想，「孔洞」又可以稱為「穴」。

一想到自己可能發現了什麼，天如運的心臟便劇烈跳動起來。

（再想想、再思考看看。既然有四個小孔……四個穴道？不對，應該不可能是四個穴位，還有可能意味著什麼？還是我該參考一下穴道的書籍看看？）

天如運不禁想起吶替他挪掃描、轉移的第一本書籍，透過那本書，天如運更深刻地了解了穴道相關的知識。他集中心神想像那本穴道書籍，先前轉移至腦中的內容立刻浮現。

（四個小孔，指的會是第四個穴道嗎？）

穴道書中為各個穴道依序編號，並以註釋加以說明，而其中的第四個詞條則是鳩尾穴。

（怪了，若這真的是氣息運行路徑的基礎，起始點理應是氣海穴才是，照理說應該要刻七個小孔……啊!!!）

天如運忽然醍醐灌頂，意識到這些小孔意味著什麼，登時瞪大了眼睛。

（上頭的「大」字筆畫共有三筆，再加上四個小點，就意味著第七個穴位「氣海穴」了。）

其中的祕密，正是漢字的筆畫。唯有將筆畫和小孔的數量相加，才能得到正確的穴位。

懷著激動不已的心情，天如運將刻在石碑上的每一個文字筆劃數和小孔相加，並在腦海中代入穴道書籍相互比對，從氣海穴起始、直抵右手臂橫紋處的穴位，他很快就完成了途經二十三個穴道的運氣路徑。

「哈哈哈哈哈！原來如此！就是這個了!!!」

幾經周折，總算從詩詞之中解出了運氣途徑的天如運欣喜若狂，高聲歡呼起來。

第十三章　召集十一位人才吧

Nano Machine

解開隱藏在詩句中的祕密後，天如運平復好激動的情緒，擺開天魔祖師爺留下的絕學絕世劍招第一招的起手式。這一回，他一邊依照運氣的路徑催動內力，一邊試著施展招式。

嗖嗖嗖嗖！

天如運的劍指劃破虛空，輕快的聲響迴盪在空間中。

當天如運發動內功、使氣息在體內循環，再施展出劍招，原先生澀凝滯的劍式又找回了力量，每一式的動作也柔和靈動地連接了起來。

不過俄頃，天如運的絕世劍招便一閃而逝、劃下句點。

令人吃驚的是，透過立體影像觀看時，唯有視覺上的衝擊留下少許餘韻，但親身將招式全數施展開來，卻見其劍指畫過的軌跡上全都殘留著微妙的銳氣。

（好鋒利啊。）

置身房間正中央，感受著虛空中的銳氣，天如運詫異不已。

在世間萬千劍術之中，這套劍法可說是境界登峰造極的高手留下的絕學，因此劍招之中也蘊含著「手中無劍，心中有劍」的至高法門。

（看來我得再多鑽研鑽研劍法了。）

只是迄今為止，天如運的頓悟和修為都遠遠不足，因此還未能體悟到這一點，不過在吶挪的幫助之下，單論施展招式這方面，天如運的水準已能與當年留下劍痕的天魔祖師爺比肩。

「啊啊啊！」

總算完整施展出劍招的天如運激動不已。

儘管他無法預知意外斬獲天魔老祖的絕學會對日後帶來什麼樣的影響，可作為習武之人，能夠習得舉世無雙的絕世劍招已是何其有幸。

完成了第一個劍招，這回便輪到第二個招式了。

（吶挪，替我從儲存的數據中找出祕笈書齋二樓的青玉石石碑正面資料。）

【遵命。】

在吶挪搜尋第二塊石碑時，天如運心中有些許不安。雖然他詳細地審視了二樓石碑的背面，但石碑的正面，他記得自己只在書架間走動時匆匆瞥見了一眼，印象模糊。

然而，吶挪的視覺情報儲存能力實在不可思議。

【已查到程式數據中儲存的二樓青玉石石碑正面影像資料。】

（呼嗚！）

真是萬幸。倘若沒有吶挪，這天大的機緣只怕就要從眼前溜走了。

（竟然將內息運行的路徑藏在詩句之中，天魔祖師爺也真是……。）

這簡直就是惡劣的玩笑了。

為了不讓什麼人都可以輕易取得自己的絕技，他才藉由詩句留下內息運行的路徑。然而，要不是石碑背面布滿了密密麻麻的劍痕，書齋又有時間限制、非任何人都能自由進出的話，說不定真會有誰幸運地發現絕世劍招的祕密，不過，現在這莫大的機緣可說是僅僅天如運一人獨享。

和一樓的青玉石石碑一樣，天如運透過立體影像顯示出詩句，解開了運氣的途徑。

「那就來試試吧？」

他按照第二個絕世劍招的運氣路徑，催動內力，施展劍招。比起第一個劍招，第二招勾勒出的軌跡更加華麗，須臾便劃破空氣，飄然舞動。

嗖嗖嗖嗖！

在天如運催動內力之前，壓根沒有這種感受：在他舞出劍招的那一刻，便感覺自己彷彿已經和劍融為一體、刻畫出劍法軌跡，招式一轉眼便已結束，但殘存的餘韻卻久久不曾消散。

和第一招相同，整間練功室的虛空中都殘留著鋒利的銳氣，倘若他的頓悟和武功修為能繼續提升，這份銳氣自然也會變得更加犀利，和此刻絕不可同日而語。

（竟能獲得祖師爺的絕學，真教人感激啊。）

就這樣，天如運完美地掌握了兩個絕世劍招，心中不由得對天魔老祖感恩戴德。接著，他又驀然想到一件事。

（要是這劍法的前兩招都這麼強了，那後頭的招式又會是如何？）

熟悉了絕世劍招前半部的兩個劍招之後，自然對後頭的招式也心生好奇。只可惜，眼下他還沒辦法立刻將剩餘的招式弄到手。

若要掌握剩餘的劍招，就必須先全數通過魔道館六階段的考核，才有資格前往祕笈書齋的五樓閱覽。

（必須通過第六階段的理由又多了一個。）

倘若能將天魔老祖留下的絕招全部弄到手，天如運的武功修為勢必能傲視群倫，絕非今日的他所能比擬。只是在這其間，還有個疑問令他百思不解，然而此時也無法立刻獲得解答，僅能暗暗埋在心底。

（祖師爺留下的絕世劍招必須搭配內息運行才能正確施展出來，但為何攻破了這偉大劍招的破解劍招卻無須運氣路徑，就能正常施展？）

天如運畢竟修為尚淺，無法參透個中原因，他只能安慰自己，反正還能先熟練招式，也不必操之過急。

就這樣，習得四個招式的天如運向吶挪確認著時間。

（現在是什麼時候了？）

【現在是酉時初。】

（這麼快就到這時間了？）

不知不覺時間已經向晚，或許是因為忙於修練，連午餐也沒吃，他早已餓得前胸貼後背。在體力和心力上都已經精疲力竭的天如運，為了不錯過晚餐便動身離開個人練功室。

漆黑的地下室裡，不知是否有其他弟子在使用，連半點人聲動靜也沒有。

（看這情況，該不會只有我一個人使用地下練功室吧？）

儘管此時的他只是打趣似的空想著，沒承想從第三階段考試結束之後，天如運便真的獨占整個地下練功室，直到最後。

＊＊＊

隨著分組考試結束，生活上還多了一個好處。在先前的二十一天裡，為了準備分組考試，所有弟子都必須一起用餐，但現在只要在指定的時間前往食堂，就能自由地個別用餐了。

（啊啊。）

連食堂外的大練武場上都洋溢著撲鼻的香氣，刺激著天如運的鼻尖。走進食堂一看，他這才發現今天和平時不同，有特別的供餐。

（原來今天吃麵！）

今天的特餐是麵食料理。

更早抵達的弟子手捧著用來盛湯的大碗，正排著長隊等候廚子分配麵條和熱湯給他們。

天如運也跟著隊伍，接過一大碗麵和牛肉湯。由於他先前總吃張護衛替他做的菜，幾乎沒怎麼吃過麵食，因此一臉神奇地盯著麵條。

一名負責替弟子們盛湯、大腹便便的廚子見狀，笑著說道：「這道菜叫做牛肉麵。」

「牛肉麵？」

「這是將整頭牛解體後，用大骨和牛肉熬成的肉湯製作而成的湯麵。雖然在蘭州地方是尋常菜式，但在我們這兒卻很罕見。」

用牛骨和牛肉長時間熬製而成的麵類料理，原來名為牛肉麵。牛肉麵原為回族美食，在甘肅省中部黃河流域的蘭州市是隨處可見的麵食，而魔道館的食堂裡則有從中原各地招聘而來的廚子，不時都有機會品嚐到各地的特色料理。

「其他配菜都在桌上，也可以用桌上的調味料自己調鹹淡。下一位！」

就如挺著大肚腩的廚子所說，長長的餐桌上擺放著色澤鮮紅的調味料、以及各種蔬食配菜，為了讓肚子餓的人能吃個飽，甚至連麵條都堆得滿滿的。

呼嚕嚕嚕！津津有味、吸食麵條的聲響從四下傳來，天如運也舉起筷子，夾起一口麵就忙不迭地吸進嘴裡，濃郁的牛肉湯裹在麵條上，充斥了整個口腔和舌尖，增加了麵條的風味。

（真好吃。）

頭一次嚐到麵食的天如運不禁深陷這鮮美的滋味當中，狼吞虎嚥地把麵往嘴裡塞。就在他夾起追加的麵條、正打算繼續大快朵頤時，某個人忽然在他身邊坐了下來。

由於所有弟子都聚集在桌邊一起就餐，因此天如運並沒有太在意，只是專心地埋頭吃麵，但坐在旁邊的那人卻突然開口和天如運搭話。

「您就是第八組新任組長，七號弟子，對吧？」

「嗯？」

事實上，只要看見掛在他左胸前的黑色名牌就能得知他的身分，但既然對方開口詢問自己是不是第八組組長，意味著對方顯然有事找他。

天如運帶著詫異的眼神看向身旁的人。

這名青年有著高挺的鼻梁和線條鋒利的下巴，長相頗為俊朗，真要說有什麼缺點的話……。

（瞇瞇眼？）

那對小得幾乎快闔上了的瞇瞇眼，可說是他帥氣外表上唯一的不足，儘管這缺陷令人惋惜，但不知為何，那對眼睛卻和他整個人相得益彰，異常合適。

「我運氣真好，本想特意去拜訪的，沒想到會在這裡遇見您。」

雖然他的語調謙恭，不過態度卻頗為可疑。

「如果你是想詢問我的事，照理說應該先自報姓名才不失禮吧？」

聽見天如運的質問，瞇瞇眼弟子微微揚起嘴角，答道：「啊啊，您說的是，是在下唐突了。在下是十九組的兩百號弟子，名叫廉破。」

「我是天如運。」

聽著天如運滿是戒備的回話，瞇瞇眼弟子廉破用意味深長的口吻說道：「雖然初次見面就提出這種要求有些冒昧，但能否請您跟我較量一場呢？」

廉破突如其來的一番話讓天如運頓時皺起眉頭，誰能想到吃飯吃到一半，竟會有人提出對練的要求呢？

「什麼意思？」

「就如我方才所說，我希望能與您對練一場。」

「……你跟我有什麼仇嗎？」

雖然除了六大宗派之外，也有許多人對他投以輕視的目光，可他壓根不記得自己曾對其他宗門的子弟們做出過什麼會得罪人的劣行。當然了，他本人並不曉得，自己在祕笈書齋二樓已經明目張膽地公然擾民了。

「不，我們之間怎麼可能有什麼過節呢？」

「那你為什麼要找我比試？」

「唔嗯，硬要說的話，算是掂量掂量斤兩、確認一下資格吧？」

「資格？」

廉破這沒頭沒腦的發言，讓天如運不解地歪了歪腦袋。

廉破這番話說得含糊不清，究竟是要測試他自己的能耐、還是想確認天如運本人的資格都難以分辨，更何況和廉破交手，對天如運而言根本沒有半點好處，於是他搖了搖頭。

「我拒絕。」

「……雖然我早有預期，但您還真的一口回絕了呢。」

「所以你這是明知故問？」

縱使遭到拒絕，廉破也沒有透露出失望的神色，反倒立刻提出一個令天如運大感興趣的提案。

「看來，我還是應該先跟您說說我所準備的回禮才是。只要您願意和我對練並且贏了我，那我就把接下來第三階段考試相關的情報和禮物奉送給您。」

提起第三階段考試時，他彷彿擔心隔牆有耳似的壓低嗓音耳語著。

原先提不起半點興致的天如運眼中閃過一抹興味，但仍舊不動聲色。

「你也只是一名普通弟子，怎會弄得到第三階段考試的情報？」

「唔，您這麼說，感覺就像是要探探我的家底才肯答應我的請求，不過為了情報的可性度，我也只能據實以告了。家父過去也曾通過魔道館第四階段的考試，因此直至第四階段的情報我都略知一二。」

（他是高階宗門的人？）

父親曾經通過魔道館入門考試，甚至能晉升通過第四階段，極有可能是出身自高階門派。

由於張護衛並非出身魔道館，天如運自然對考試的情報一無所知。但不同於天如運，許多出身自高階宗門的子弟，其父母多少都對考試內容透了些口風。

然而，即使如此，廉破的話也並非毫無破綻。天如運用懷疑的眼神說道：「據我所知，每一期的考試內容都會異動，縱使你父親過去通過了考核，現在那些情報也不可能精準無誤才是。」

「……唔，您說的倒也沒錯。但直到第三階段，通常都還有一般習武人家出身的子弟在內，因此即便考試的難易度及方式略有差異，不過考核的性質多半相去不遠。實際上，目前直到第二階段考試都是如此，沒有偏誤。」

廉破的目光充滿信心，那言之鑿鑿的模樣令天如運不由得躊躇起來。

（他究竟是什麼意圖？何必刻意賭上情報和我對練？還是說，他有自信自己一定能夠贏過我？）

無論他怎麼想，依舊是丈二金剛摸不著頭腦，但答應與他對練，天如運其實也毫無損失。雖然前提是必須獲勝才能換取情報，不過縱然對方是高階宗門出身，自己也有不落下風的自信。

最終，天如運還是決定接受廉破的提議。

「好吧。」

「呵呵呵，您不會後悔的。」

用完晚飯，他們便邁步走向宿舍後方人跡罕至的樹林。一走進空無一人、林木茂密的林中，兩百號弟子廉破的眼中立刻充滿了緊張感。

在此前第二階段考試中，天如運在對上音魔宗的少教主候選人天垣麗時，已經展示過一套高深的刀法，儘管當時他只能姑且以劍代刀，但仍舊能夠施展如此精妙的刀招，顯見他的實力已不亞於一流高手。

然而，廉破會要求與他對練，自然是因為他也有不會輕易敗北的自信。

（要是考試中所見的就是你全部的實力，那可就令人失望了。）

想當然耳，這句堪比挑釁的話語，廉破並沒有說出口。他與天如運拉開一定的距離，彼此遙相對望，恭敬地一抱拳。

「在下乃出身破月刀宗的廉破是也，請多指教。」

廉破以掌為刃正指前方，拉開起手式。

見狀，天如運眼中閃過一抹異彩。他心下有數，廉破肯定有著一身得意的看家本領，才會來找自己對練，卻沒想到他也是使刀的能手。

天如運也簡單地抱了個拳，擺開架式。

「我是天如運。放馬過來吧。」

由於他並不屬於任何宗門，因此只報上了自己的姓名。

廉破頓時抹去了平素掛在臉上的笑容，以真摯的眼神朝天如運飛身而上，他的動作相較於天武錦雖然仍有些遜色，但迅捷無倫、氣勢雄渾，而他施展的正是破月刀宗的獨門功夫「破月刀法」的第三招「皓月刀爍」。

嗖嗖嗖嗖！

（他的實力不下於一流高手啊。）

光憑廉破施展的刀法，天如運便能推測出他的實力。

廉破的武功修為早已遠高於多數弟子、直逼組長等級，因此他才自信滿滿地向天如運發起挑戰。然而，天如運的實力早已今非昔比。

天如運沒有太大的動作，僅僅只是腳下步法點地，便輕而易舉地躲過了廉破的破月刀法。

（雖然有兩下子，但我還沒使出殺招呢！）

廉破滴溜溜地一個回身，打算順勢施展破月刀法的下一招，可說時遲那時快，天如運竟將正在快速迴轉的廉破的手腕一把攫住，手上猛一使勁。

（咦？）

驚慌失措的廉破登時瞪大了雙眼。

由於他正準備施展刀法，早在手腕上積蓄了自己十成功力，豈料天如運卻絲毫不費吹灰之力地箝制住他的手。他還沒來得及反應，天如運就將他高高舉起，再朝著地面狠狠砸落，簡直像在揮舞一只輕便的破布袋。只聽見轟的一聲！

「嗚嘔！」

那力道不知究竟有多大，被摔落在地的廉破背部深深陷進地裡。

廉破一時竟感覺不到痛楚，露出啞口無言的神情。與他預想之中，至少能與對方對換數十招以上、勢均力敵的較量截然相反，天如運甚至沒使上一招，僅一出手就分出了勝負。

（他、他的實力和昨天根本不可同日而語啊！）

天如運一臉難堪，低頭望著倒地不起的兩百號弟子廉破，接著又怔怔地注視著自己的手。

（……看來我得再熟悉一下這份力量才行。）

他的物理性力量早已大幅上升，甚至能夠在段世石牆面上打穿一個窟窿，儘管他並未動用多大功力，可還是沒控制好出手的力道，而倒楣的廉破便意外地成了天如運力量調節失敗之下的犧牲品。

「呃呃呃呃。」

廉破背部劇痛不已，整個人倒在地上只能像蝦子一樣蜷縮著身子，雖然不是太嚴重，但似乎也受了點內傷。

（……難道他一直在隱藏實力？）

明明就在昨天的第二階段考試中，廉破才確定天如運身負一流高手的實力。他用來對付天垣麗的刀招儘管精妙絕倫，不過自家代代相傳的破月刀法也是極其出色的武功，他認為切磋個數十招絕不成問題。

然而，他就這樣空洞地敗在天如運手底，廉破也不得不承認自己的判斷大錯特錯。

「您、您真的很厲害。是我輸了。」

廉破似乎毫不在意，痛快地承認了自己落敗，只不過他說這話時仍舊像隻蝦子似的蜷縮在地上，久久不能起身。

過了半晌，等痛楚漸漸緩解下來之後，廉破這才翻身坐起。

「我本以為您頂多也就相當於一流高手的實力，是我眼拙了，不愧是上蒼的血脈啊。」

上蒼的血脈，這就意指他繼承了「天家」的血統。

聽著廉破的感嘆，天如運沒有吭聲，畢竟體內這一半的血統害他受人冷眼相待的歲月可是一點都不算短。

「約定就是約定，我就把情報告訴您吧。」

「在那之前，我還有點事要問。」

「什麼事？」

「你為什麼不惜要以提供情報為藉口要求和我對練？」

不管他怎麼想，站在廉破的立場，此事都是有弊無利。在弱肉強食、所有人都必須遵循競爭法則的魔道館之中，以提供情報為代價進行對練，簡直愚不可及。

「呵呵呵，您果然還是信不過我。」

（果然信不過？）

雖然天如運的表情出現了微妙的變化，但廉破並未察覺，只是自顧自地繼續說了下去。

「就像剛才我在食堂所說的，我只是想確認看看資格而已。」

「資格？你指的是我嗎？」

「既是測試您，同時也是想測試我自己，這都是為了第三階段的考試。」

第三階段的考試和互相對練、試探彼此的武功修為究竟有何關聯？關於下一階段考核，天如運沒有半分情報，自然難以理解廉破話中的深意。

像是要解開天如運滿心的疑問，廉破隨後吐露了第三階段考試的情報。

「第三階段考試，有很高的機率也是分組進行。」

「什麼……？我明明聽說不會再有分組考試了啊？」

這句話千真萬確，是館主李火明親口所說。

瞥見天如運滿是懷疑的目光，廉破輕輕擺了擺手，解釋道：「這和第二階段考試不同。」

「你剛剛自己說是分組考試，那到底是哪裡不同？」

「因為這一場考試，個人實力將會發揮更大的影響力。」

「個人實力？」

「畢竟第三階段考試的標準是為了篩選出上級武士而設的，我認為，我們必須要清楚上級武士的武學實力。」

想晉升成魔教的上級武士，至少要擁有一流高手的實力。在通過魔道館第二階段考試、順利晉級的兩百零七名弟子之中，最多也只有四十來人擁有一流以上的實力。

（按照這小子的說法，這一次的考試可能要花上不少時間了。）

到目前為止，多數弟子的內功修為少則十年、多則二十年上下，並不能抵達一流武士的門檻。

「一流高手的最低標準，至少要擁有一流的武功和半甲子以上的內功修為才行。」

（他是想說魔龍丹嗎？）

正如天如運所料，廉破緊接著便提起魔龍丹。

「但是，只要拿到了這回發放的魔龍丹，就有相當數量的弟子能夠達到半甲子的修為。」

一如廉破所說，作為通過第二階段考試的獎賞，每一名弟子都能獲得魔龍丹，如此一來，在內功方面，能符合一流高手基準的弟子人數將大幅增加。

然而，其中最大的問題在於——

「那麼，一流武功又該怎麼辦？」

「正是。誠如您所說，既然內功解決了，就只剩下一流武功的問題了。」

就算能將內功練到一流的境界，倘若家學淵源或出身宗門當中並沒有一流以上的武學，那充其量也只是個半吊子的一流高手。

唯有通過第三階段的考試，才能進入收藏著一流武功祕笈的寶庫，也就是祕笈書齋的三樓。倘若按照廉破所言，只要考試如期舉行，便必定會有大批弟子慘遭淘汰。

「這場考試，如果不是要求我們獨創一流武功，那答案就只有一個了。」

聽見天如運的推測，廉破微微一笑，答道：「沒錯，一流武功的祕笈將會在本次考試中統一發放。」

「意思是，只有及時練好一流武功的人能夠通過第三階段考試？」

「是的，這就是考試的重點。但若僅只如此，考試的難易度未免太簡單了吧？您也知道，隨著不斷晉級，魔道館的考試應該越來越困難才是。」

廉破所言不無道理。倘若只要徹底熟練了一流武功祕笈就能通過第三階段考試，那大概有八成以上的弟子都能合格，而在此之中篩選出實際達標的人，才是這場考核真正的目的。

「倘若家父所知無誤，那麼所謂的一流武功祕笈就是所有魔教上級武士都要熟習的一套功夫，劍魔殲陣的『七魔劍』。」

「劍魔殲陣」。

那是承魔教的開山祖師天魔老祖之後，被世人稱為稀世劍客的「劍魔」獨創的劍陣，本是為了對抗少林的十八羅漢陣和一百零八大羅漢陣，他才創造了這套「劍魔殲陣」。

施展這劍陣所使的武功「七魔劍」，不僅是一流功夫，更蘊藏了劍魔劍術的玄妙之處，倘若十二人同時施展就能組成十二劍陣，若三十六人一同施展便能組成三十六劍陣，而一百零八人共同施展又能發展為一百零八劍陣。

據說只要展開十二劍陣，就能應對武林中的絕頂高手；如果施展三十六劍陣，便能與登峰造極的人物打得勢均力敵；要是展開一百零八劍陣，更能發揮出不下於臻至化境、超凡入聖的威力。即使橫跨江湖上的三大勢力，包含武林盟和邪派聯盟，這套「劍魔殲陣」也是不遜於一百零八大羅漢陣的深奧陣法。

（這我也聽說過。）

魔教最引以為傲的劍魔殲陣，天如運自然也略有耳聞。相傳由上級武士齊力施展的一百零八劍魔殲陣在上一次正邪之戰當中，還剿滅了武當派已臻化境的高人青鶴真人。

「平凡的一流武功竟能變成威力懾人的劍陣，不覺得相當了不起嗎？這話我也只能跟公子您說說，其實比起開山祖師爺，我更尊敬劍魔公啊。」

張護衛當時所說的話言猶在耳。

就在天如運短暫遙想過去的時候，廉破又繼續說了下去。

「在當年，家父就是以十二人編為一組，學會這七魔劍的。」

「十二人？」

「是，這就是劍魔殲陣的基本陣法。不過，就算將七魔劍練得滾瓜爛熟，要學會劍魔殲陣仍不容易，倘若並非原先就是一流高手，便很難理解劍陣的精要之處。」

天如運這才發覺，廉破為何會毫無來由地要求與自己進行對練，這都是為了掌握自己是否具備和他一起面對競爭的實力。

「……所以你才要藉由對練，來探探我的實力？」

「那當然了，總不能單憑一招一式就下判斷，至少要確實了解過公子您的實力，我才能決定是否將這次考核託付在您身上，對吧？」

「託付？」

聽見「託付」二字，天如運不由得露出詫異的表情。

「啊啊！最重要的部分我忘記提了。聽說，第三階段考試從頭到尾都是要靠弟子自動自發去完成，從習武開始，一切都必須自己來。」

「自動自發？」

「就連小組成員都要自行組成，據我所知，上頭只會按照第二階段考試的評價和成績指定組長而已。」

「只指定組長，意思是連組員都讓組長自己選定嗎？」

「沒錯，就是這樣。但這並不代表無論怎樣的選擇都能夠無條件納為組員，他們也有可能會拒絕。畢竟相比起一般弟子，這場考試更像是給六大宗派和公子您的考驗。」

廉破雲淡風輕地說著，並不以為意，但天如運的眼中卻閃現光芒。因為這就意味著這場考試，也會繼續延伸為少教主爭奪戰的一環。若是在規定時間內未能邀集組員、熟習七魔劍及劍陣，就算是自動從第三階段考試淘汰。

（也就是說，這是拉攏我軍的機會？）

對於組長們來說，唯有籠絡到友軍才能通過考核。表面上，這看似只是為了眼下的競爭，可對天如運來說，此時獲得的盟友都有可能在日後提供極大的助力，成為自己的後盾。

然而，這個考核機制也並非毫無漏洞。

「照你這麼說，組員雖然可以拒絕，不過為了通過考試，一般弟子除了依靠組長，也別無選擇了吧？」

天如運點出了重點。

聽見這句話，廉破細小的瞇瞇眼一閃一閃地，給出了明快的答案。

「倘若只是為了組成劍陣，自然很有可能會像公子所說，隨隨便便拉一群人組成小組。但我不這麼認為，我猜測召集組員、熟練劍陣只是第三階段考試的基本前提，或許會進行分組對決、又或以某種形式進行考核，若是如此，其他組員也不可能盲目選擇毫無實力和領導力的組長。」

（這傢伙的腦子比想像中還靈活呢。）

在有限的情報之下，他分析情勢、進行推理的能力可說是相當出類拔萃，充滿了戰略家的氣質。若有這種人從旁輔佐，確實會有很大的幫助。

「所以，你才會說要依附我？」

「沒錯。我說過還會送您一份大禮吧？那個禮物就是在下。」

廉破笑盈盈地用大拇指指著自己，那油腔滑調的態度讓天如運不由得皺起了眉頭。儘管他本來就對禮物不抱太大的期待，但不知為何，總覺得這份禮物他無福消受。

天如運緊緊鎖著眉，說道：「我又不一定會當上組長。」

「不，依我看來，您一定會被選為組長。更何況，公子若想順利通過考試，比起剛成為一流高手的蹩腳貨色，像我這樣擁有穩定實力的即戰力，豈不是更好？」

儘管天如運對他自己自賣自誇的行徑不怎麼滿意，但可以肯定的是，他的修為並不下於組長等級。正如廉破所說，要是劍陣相當刁鑽，那選擇本就是一流高手的弟子自然是正確的。

（雖然這小子說的確實沒錯……。）

若要天如運打消所有疑慮，接納廉破為自己的組員，還有一件事他難以理解。

「為什麼選我？照你的說法，也可以選擇別的少教主候選人，或者通過第二階段考試的其他組長啊。」

這一點最令他費解。目前，最有機會搶占少教主之位的便是玄魔宗的天武延和刀魔宗的天柳燦，倘若能投靠那兩人、成為他們的組員，能安安穩穩通過第三階段考試的機率反倒更高，更別說要是運氣好，還有機會能成為那兩人的得力助手。

「……您這問題真是一針見血。」

聽他的口吻，似乎並沒料想到天如運會有這一問。

「我也要信得過你才行。」

廉破帶著一臉難堪的神情，撓著腦袋說道：「唉，我還是跟您實話實說吧，您聽了可別不高興。事實上，我對玄魔宗和劍魔宗的兩位天公子都頗感興趣，也對他們提過相同的提案了。」

看他深深嘆息、一臉挫敗的表情，似乎是慘遭回絕。

「你被拒絕了？」

「是的，聽說他們早就不缺人了，畢竟他們都不乏追隨他們的高階宗門實力派高手，根本就沒有我的位置。」

「不是還有其他四個宗派？」

只打探了其中兩個宗派就輕言放棄，實在言之過早。

聽著天如運的疑問，廉破搖了搖頭，說道：「唔……話是這樣說沒錯，但我總覺得六大宗派的公子應該情況都相去不遠。」

「所以，你才退而求其次選擇了我？」

聽見這句話，廉破只是露出笑容點了點頭。

「是的，再說了，我們都同為使刀之人啊。」

「……是哦？」

廉破的最後一句應答讓天如運的神情變得有些微妙，或許是留意到他臉上的表情，廉破有些尷尬地笑著說道。

「我並不是要您無條件將我納為您的屬下，只是希望能幫助公子順利通過第三階段的考試，哪怕您只是暫時利用我也無妨。」

所有的疑問終於真相大白，最後的決定權便落在天如運手上。

廉破向他投以迫切的眼神，甚至恭順地躬身一抱拳。

「公子，您是否願意接納在下？」

聽著廉破的請求，天如運露出一個柔和的笑容。

見狀，滿心以為自己已經獲得天如運首肯的廉破高興地屈膝跪地，忙不迭地要對天如運表達感謝之意。

「感謝公子……」

「我拒絕。」

「什麼？」

廉破震驚得連那對瞇瞇眼都瞠了開來。天如運低頭注視著匆匆反問的廉破，再次強調——

「我說，我拒絕。」

「您、您為何拒絕？」

廉破似乎萬萬也沒想到，自己的提案會慘遭回拒，從提供情報開始，他幾乎將通過第三階段考試所需的要點都一股腦說了出來，天如運好處占盡，最後說出口的答案竟是教人始料未及的回絕。

「那是你自己該考慮的問題吧。」

說完這句話，天如運便毫無留戀地轉過身去，背對廉破的他眼神瞬間涼冷了下來。

（呐挪，解除臉部分析模式。）

【臉部分析模式已解除。】

天如運指令一出，吶挪的聲音立刻在腦中響起。

臉部分析模式。這又是奈米機器的功能之一，它能透過分布在人類臉上兩百零三塊臉部肌肉的運動，來探知情緒狀態，並分析出真實或謊言。雖然並不能完美地辨別真偽，但至少能夠感知到對方可能在說謊的跡象，算是相當實用的功能。

（……太可疑了。）

在和廉破交談的過程中，天如運不斷感受到刀魔宗少教主候選人天柳燦的影子，便在中途啟動了臉部分析模式。

在談論與第三階段考試相關的內容時，他的臉部肌肉並沒有特別的變化。然而，當他一被問及為何不去投靠其他宗派的少教主候補，於廉破的回答中，吶挪就捕捉到了不對勁的地方。

「是的，聽說他們早就不缺人了，畢竟他們都不乏追隨他們的高階宗門的實力派高手，根本就沒有我的位置。」

【臉部肌肉出現了細微的變化，對方正在說謊的機率為45%。】

「唔……話是這樣說沒錯，但我總覺得六大宗派的公子應該情況都相去不遠。」

【臉部肌肉持續顫抖，對方正在說謊的機率上升至62%。】

即使是裝載了未來科技的奈米機器，也無法完美無缺地解讀人類這種複雜的有機體的感情，總有些人可能受過諜報相關的訓練，或者有人極度擅長調節自己的情緒。但目前不過區區十六歲的少年廉破，卻不可能完美地控制自己的情感。

就這樣，天如運的疑心逐漸水漲船高，有句話為天如運提供了決定性的線索。

「是的，再說，我們都同為使刀之人啊。」

「畢竟我們都是使刀的人嘛。」

這句話和天柳燦的口徑極其相似，也讓天如運確認廉破的身上有著刀魔宗的影子。

（他是天柳燦的爪牙嗎……？）

一旦心生懷疑，廉破的每一句話便都啟人疑竇。

倘若天如運自己是一名普通弟子、又是世代習刀的高階宗門，自然會優先接近專精刀法的刀魔宗少教主候選人天柳燦。

（他曾經試圖接觸玄魔宗和劍魔宗的候選人？這傢伙真是可笑。）

他竟如此湊巧地排除了刀魔宗，更別提刀魔宗的天柳燦可是能與玄魔宗的候選人天武延平分秋色、爭奪少教主之位的強者。或許是他自己也意識到這番說詞實在令人起疑，廉破這才鑄下了大錯。

就這樣，天如運最終得出廉破不可信的結論，悍然拒絕了他的提案。儘管內心有股衝動想繼續逼問到底，不過既然已經免費套出有利的情報，他便決定頭也不回地返回個人練功室。

＊＊＊

直到天如運的身影消失在山腳，倍感虛脫的廉破這才拖拖拉拉地下了山，在人煙稀少的宿舍三館、四館之間和某人碰頭。

那人不是別人，正是刀魔宗的少教主候選人天柳燦。

到目前為止，三館和四館並未有人使用，因此夜裡連盞燈也沒有，但這個一片晦暗、人跡罕至的所在，也是天柳燦經常進行修練的空間。

天柳燦背倚著建物的牆，一派從容地聽取廉破的回報。

「你說，那小子拒絕了？」

「是……我被拒絕了。」

聽見廉破用有氣無力的聲音答道，天柳燦高高揚起了眉毛。

「他聽完有關第三階段考試的情報之後，就斷然拒絕我一走了之。我沒提到什麼特別啟人疑竇的話……。」

「噗哈哈哈哈哈！」

廉破的話還沒說完，天柳燦就捧著肚子大笑出聲。

儘管天柳燦平素待人就頗為輕佻，大多數人也早已習慣，可廉破仍無法理解自己的任務以失敗收場，他為何還能笑得前仰後合。

「啊，這小子真的很有意思，他這不是把情報搞到手就溜了嘛？」

這件事似乎真的令天柳燦樂不可支，連連揮著手笑道。

眼見廉破一臉詫異，天柳燦這才勉強打住笑容，繼續說了下去。

「嗯，也就是說這種膚淺的小把戲騙不了他是吧？」

天柳燦的語氣有些惋惜，但似乎也不抱特別的期待。

「可是這樣一來，我們精心設計的計畫就全都……。」

「唔，反正早就泡湯了，難道你還要去可憐兮兮地跑去苦苦哀求他收留你嗎？他看起來有那麼蠢嗎？」

「我沒有這樣想。」

正如天柳燦先前所說，天如運從不輕易相信他人，自始至終，他看待自己的眼神完全沒有軟化，反倒是眼裡的那份狐疑越來越強烈。

「要是計畫真能如你所說的順利進行，那肯定很有趣。不過，讓那小子因為一名成員短缺而遭到淘汰，倒是有點可惜。要不是他鐵了心要爭取少教主的位置，我一定會想方設法把他拉攏過來，呵呵呵。」

天柳燦所說的，就是廉破的詭計。

為了在少教主爭奪戰中為天柳燦出一份力，廉破一手策劃了這個計謀，想淘汰近日逐漸嶄露頭角的天如運。這個計畫就是由廉破混進天如運的小組，並在第三階段的考試當天臨時缺席，讓天如運因人數不足遭到淘汰。

只聽見啪的一聲，廉破屈膝跪在天柳燦面前，懇切地說道：「公子，請您再給我一次機會，我還有其他可行的計畫。」

「不、不用，算了，不必了。」

天柳燦笑容可掬地安慰道。然而，這句話似乎更令廉破感到不安，他帶著詫異的表情反問。

「不必了？您的意思是？」

「你往後用不著再做這些髒活了，趕緊找找可以加入的組別吧，說不定，你還能當上組長呢？」

「什麼？」

大吃一驚的廉破慌亂地瞪大了一雙瞇瞇眼。他費盡心思，決心無論如何都要得到刀魔宗少教主候選人天柳燦的青睞，但天柳燦卻讓他去打聽其他組別，他自然一時慌了手腳。

「您、您的意思是，您不打算接納……？」

「哎呀，我又沒什麼意思，反正除了你之外，還有好幾個人我也打算剔除呢。」

「公、公子，求求您務必再給我一次機會！」

廉破苦苦哀求著、試圖抓住天柳燦的褲腿，但天柳燦輕盈地一個閃身、躲到一旁。接著，他抹去了平時臉上的笑容，沉下嗓音說道——

「我不需要無能的傢伙，所以，趕緊滾吧。」

最終，廉破慘遭兩位少教主候選人斷然拋棄。

在廉破抽抽噎噎地離開之後，天柳燦重新思索著他給出的報告中，唯一令他心煩意亂的部分。

（他僅僅只用一招就制伏了廉破……？）

回想起兩天前天如運的武學實力，這報告簡直教人難以置信，那究竟是運氣還是真有兩把刷子？

他相信只要繼續盯緊天如運，很快就能見分曉。

＊＊＊

與此同時，下了山的天如運徑直回到位在地下室的個人練功室。

一踏進房裡，他便立刻想起剛才聽見的、有關第三階段考試的情報。

（要找十一名好手啊……不過，現在什麼都還不確定。）

雖然從廉破口中打探到了很不錯的情報，但直到目前為止，他們都尚未從魔道館館主左護法李火明口中得知確切的考核方式。不過，既然已經獲得了一點消息，他好歹能預先設想一下自己招攬人才的方法。

儘管八組裡有幾個人他挺看好的，可按照廉破所說，要湊足十一人共同施展劍陣，人數還遠遠不足，何況組員是否真的願意跟隨自己也還是未知數。

（總之，先完成今天的訓練，其他的回宿舍再慢慢想吧。）

眼下的首要任務是專注完成剩餘的訓練，天如運在腦中向吶挪下達指令。

（吶挪，從祕笈書齋一、二樓掃描下來的那些武功祕笈，昨天你都分析完了嗎？）

【是，包含一樓的三流武功祕笈共五十五卷，以及二樓的一百五十六卷，皆已全數分析完畢。】

除了在一樓掃描下來的武功起源類書籍以外，不分三流或二流，所有武功祕笈加總起來共有二百一十一卷之多。

不過，天如運既然已經學會一流武功短劍祕術，又習得了堪稱上乘武功的蝶舞刀法，甚至將推測是天魔祖師爺留下的絕學「絕世劍招」等招式全都弄到了手，為什麼還要大費周章地掃描這些零七八碎的武功？

（吶挪，可以用分析完畢的內容生成分身嗎？）

【是，可以。】

正是因為吶挪擁有的分身生成機能。

天如運掃描大量祕笈，就是為了取得更多樣的武功、累積更多對練經驗。當然，僅僅只是利用三流、二流的武功祕笈來生成分身，對於已經一腳踏入頂尖高手境界的天如運而言，實在沒有多大幫助。

不過關於這點，天如運自有主意。

（吶挪，我能否指定一個特定對象，再依據那個人的功力和動作水準，來施展你分析過的那些武功嗎？）

【只要以指定對象的模組生成分身，並更改預設武功即可。】

吶挪的答案令天如運心中大喜過望。

依據先前轉移到自己腦中的情報來看，天如運認為這招說不定行得通，但聽見吶挪親口證實了可行性，就能夠自由改變對練的強度了。

（那麼，先把指定對象設為天武錦。武功嘛，就用一開始掃描的那本五武劍法吧。）

【遵命。於使用者視覺情報啟動擴增實境（開眼）功能，生成模擬用分身。模擬對象：天武錦。預設武功：五武劍法。】

隨著吶挪的提示音響起，天如運的瞳孔顫動著開啟了擴增實境，緊接著，匯聚在眼前的白光粒子迅速形成人形，很快就幻化出天武錦的模樣。

「卑賤的東西，放馬過來啊！」

由吶挪生成的天武錦分身依舊以目中無人的口吻挑釁著天如運，不過天如運早就和天武錦的分身對練過無數遍，現在已擁有充耳不聞的能力了。

（你這臭小子，上吧！）

「狂妄的傢伙！喝啊！」

天武錦的分身二話不說向天如運展開五武劍法的劍招。

縱使只是平凡無奇的三流武功，到了一流高手的手中招式也能發揮得更加精妙，眼見天武錦的分身用有模有樣的劍招朝自己攻來，天如運略施步法，側身往右避開劍招之後，便施展蝶舞刀法的刀招，以掌為刃朝分身頸中劈落。

（贏了。）

砰！啪喀！

「咳！」

明明訓練方式和平時在林中對練時別無二致，可結果卻大不相同，天武錦分身的脖頸被手刀狠狠擊中，凹折成怪異的角度，化為白光粒子四散。

【天武錦的分身因頸椎骨折死亡。】

倒下。

「什麼？」

天如運難掩滿臉的錯愕，不過三天之前，就算他精準命中天武錦分身的頸部，它頂多也只會翻身

一時愕然的天如運腦中響起了吶挪的聲音。

【天武錦的分身無法承受主人發動攻擊的力道。】

（啊啊……。）

直到這時，天如運才恍然大悟似的點了點頭。

雖然只是以手掌權充真刀施展刀法，但他為了將絕世劍招轉移至肉體上，物理性的力量早已到達了極限。再加上，他的武功修為初窺登峰造極的境界，內功也隨之提升，區區一流高手天武錦的分身根本無法招架，若它想在天如運的手下多堅持片刻，大概得用上伏魔宗的上乘刀法才有些許機會。

（啊……這可不妙了。）

隨著實力上升竟出現了這種問題，天如運也始料未及。若是如此，更改設定讓分身擁有二流武功多半也不會有太大差異，天如運思索半晌，決定改個方法試試。

（那就這樣吧。幫我一次生成五具，不對、十具天武錦的分身，全部預設為不同的二流武功。）

【遵命。】

雖然他從未嘗試過增加模擬分身的數量，不過既然自己已經窺見登峰造極的門道，提升對戰人數嘗試對練應該是正確的。

【生成模擬用分身。模擬對象：天武錦及另九名天武錦。預設武功：斷天飛劍、旋風腳、五正武劍、三絕劍、斷首劍、飛形拳、魔形拳、飛上痕拳、天涯拳、超日刀法。】

霎時間，眼前生成了足足十名天武錦的分身。個人練功室內部空間雖然不算寬敞，但在擴增實境

中生成的分身並沒有實體，自然也不受空間的限制，視覺情報自動調整了距離，讓它們彷彿彼此相距甚遙。

（啊……我是不是太貪心了？）

眼見十名天武錦的分身將自己團團包圍，紛紛拉開架勢，天如運心中忽然覺得這好像有點誇張，畢竟他從不曾一口氣和複數的敵人對練過。就這一點來說，或許這會是一次很好的經驗。

（試試就知道了！）

天如運提升戰意，對著天武錦的分身拉開蝶舞刀法的起手式。見狀，十名天武錦分身就像迫不及待似的同時叫囂起來。

「你這出身低賤的野種！」

「狂妄的下賤東西！」

「還敢挑釁，你知道我是誰嗎？卑賤的傢伙！」

「我還不好好教訓你，低賤的傢伙！」

由於這些分身過度反映了現實，生動感十足，所以不約而同地用各式言語朝天如運辱罵、挑釁起來，就連這段時間早已適應了天武錦分身出言不遜的天如運也頓時渾身僵硬。

（該死！下次跟複數對手對練的時候要改成靜音才行了。）

為了讓自己能面對嘲諷毫不動搖、也為了更貼近實戰，他刻意沒有選擇靜音，但不管怎麼說，用在天武錦的分身上似乎並不合適。

「喝啊！」

「喝啊！」

「喝啊！」

「喝啊！」

直到不亞於精神攻擊的叫囂活動告一段落，天武錦的分身這才總算展開攻勢，足足四名天武錦分身一鼓作氣同時展開斷天飛劍、旋風腳、五正武劍和三絕劍，各路招式從四面八方朝天如運襲來。

（必須同時格擋下來！）

在這種時候，效率最高的招式不外乎蝶舞刀法的迴圓蝶景。天如運快速扭轉回身，迅雷不及掩耳的快刀帶著蝴蝶般的殘像揮出，一出手便摧枯拉朽地一舉破壞了四名天武錦分身展開的招式。

啪沙沙沙！

只見兩名分身在蝶舞刀法的刀招之下正中要害，瞬間幻化成白光粒子四散消失。

（第一波攻擊算是擋住了，接下來……唷！）

天如運成功抵擋住第一波敵眾我寡的攻擊，但他還來不及高興，其他在一旁伺機而動的天武錦分身便紛紛朝天如運揉身而上。

看見這副光景，瞬間有些手足失措的天如運為了閃避眾人的攻擊，情急之下便將內力集中在湧泉穴，朝半空一躍而起，說時遲那時快，只聽見砰的一聲！

「咳呃！」

在擴增實境中生成的分身讓天如運一時失去了個人練功室實際的距離感，害得他的腦袋狠狠撞上了天花板。

撞到頭的天如運摔倒在個人練功室的地面上，頭昏腦花得像有星星在眼前打轉。這時，腦中響起吶挪的聲音。

【擴增實境暫時中止。】

吶挪迅速對狀況做出判斷，停止了擴增實境中那群天武錦分身的行動。多虧了它，八名天武錦都像人偶一樣展開各自的招式、一時凝滯在半空。

腦袋撞上天花板的衝擊並沒有持續太久。

「啊！」

由於先前在個人練功室二樓地面開了個洞而被驅趕到地下室的天如運，驚慌地盯著練功室的天花板。雖然和他用拳頭使出全力擊打二樓練功室地面那時相比，這回的力道小了多，但他使勁縱身一跳的力量加上堅硬的頭部撞擊，讓他不由得擔心。

「啊……。」

一聲煎熬的嘆息從天如運嘴邊逸出。

值得慶幸的是，地下練功室的天花板並沒有出現窟窿，唯一的問題是，天花板上頭出現和天如運頭部一般大小的凹洞，且周圍全都是密密麻麻的裂痕。

「要是再破壞個人練功室，你這小子就禁止繼續使用個人練功室，給我牢牢記著。」

負責個人練功室的武術教頭當時的叮囑如回音一般在腦中嗡嗡作響，迴盪了數十遍。

（……還是別向他們報告算了？）

萬一據實以報，他往後肯定會被禁止使用個人練功室。在短短剎那之間，思緒千迴百轉的天如運最終還是決定老老實實地向武術教頭呈報這件事。

（要是以後被發現，只怕問題更難以收拾，唉。）

等弟子們返回宿舍，負責清掃的長工就會來打掃個人練功室，屆時天花板上的破損想必會被人察覺。與其節外生枝，讓人覺得他就是個闖禍精，還不如主動據實交代算了。

（吶挪，解除擴增實境。）

【擴增實境已解除。】

解除了擴增實境，天如運便來到位於一樓的辦公室，向負責管理個人練功室的武術教頭報告了剛才的意外。

「什麼！你又砸爛練功室了？」

聽著天如運的報告，火冒三丈的武術教頭連忙跟著他匆匆趕到地下室。確認了天如運方才使用的個人練功室天花板的破損，武術教頭啞口無言地用手背扶著額頭，問道。

「你到底做了什麼，才會把天花板……哎唷，我的頭啊！」

看樣子，眼前的光景讓武術教頭的頭疼得厲害。不知道究竟有多無言，武術教頭過了好半晌才冷酷地說道：「我警告過你了吧！你這傢伙，從現在起，不准再使用這裡的個人練功室！」

「……真的很抱歉。」

天如運百口莫辯，也無法反駁。畢竟武術教頭事先就曾嚴厲警告，天如運也只得老實接受，他壓低了頭低聲賠罪，正要轉身離開，武術教頭卻忽然出聲叫住了他。

「喂，你要去哪？跟我來。」

「是。」

除了禁止使用個人練功室之外，似乎還有更多懲罰等著他。他跟著武術教頭來到外頭，往個人練功室所在建物的對面走去。

（不是要帶我去主樓嗎？）

雖然有些詫異，但天如運還是認命地跟著他走。

位於個人練功室建物正對面的另一幢建築，整體規模只有個人練功室的一半左右，就天如運所知，這裡目前還未開放弟子們使用。

建物內部格外昏暗，他跟在舉著油燈的武術教頭後面走著，仔細一看，只見裡頭就像個人練功室的格局一樣，分隔出許多隔間。若說有什麼不同，那就是每扇門之間的間距明顯更寬敞。

武術教頭打開其中一扇房門，示意天如運進去。

「啊！」

令人驚訝的是，這裡竟然也是練功室，且裡頭的環境明顯比個人練功室舒適寬敞得多。

武術教頭一邊點燃掛在練功室牆上的煤油燈，一邊開口說道：「從現在起，你就換到這裡修練吧。」

「什麼？」

「要是讓你繼續待在個人練功室，不知道你還要砸掉多少面牆不是？」

看見武術教頭嘻嘻一笑這麼說，天如運有些不知所措。他違背了教頭的警告，又一次砸碎練功室的牆壁，滿心以為自己會受到重罰，但始料未及的是，教頭竟然提供了新的練功室給他，讓天如運不由得心生感激。

「可是，這裡到底是什麼地方？」

「這處練功室原本在通過第四階段考試之後就會開放。」

「第四階段考試？」

「沒錯，倘若未能達到頂尖高手的境界，就無法通過第四階段的考試，因此，這間練功室只允許通過第四階段考試，取得隊長職位的弟子使用。」

「……但是，我還沒有通過第四階段的考試啊。」

「哼，那是當然。只不過是因為你小子闖了禍，才稍微提前開放罷了。」

事實正是如此。

看見天如運打碎了二樓個人練功室的地板，負責管理的武術教頭苦惱了許久，此事是否需要嚴懲呢？最後他選擇向魔道館館主左護法李火明呈報，並提出建言，向那些抵達登峰造極境界的弟子提前開放下一階段的練功室。當然了，他也附帶了實際事例，這些實力等同於頂尖高手的弟子，極有可能會在修練途中不慎破壞個人練功室的牆面。

左護法李火明也認為這是個妥善的建言，當即點頭應允。

「可是，您怎麼知道我已經達到頂尖的境界？」

眼見天如運滿臉詫異，武術教頭噗哧一笑，說道：「若要打穿個人練功室用段世石打造的牆壁，至少也要有頂尖高手的功力才辦得到。」

他便是藉由這個事實推斷出上述結論，天如運也理解似的點了點頭。

「這間練功室的牆面都是由隔世石打造的，無論你再怎麼胡來，也不會被打破，你就安心練功吧。」

「謝謝您！」

見天如運低頭抱拳，武術教頭便帶著滿意的神情走出門外。

然而，此刻的武術教頭還有所不知。事實上，天如運物理性的力量已經超越隔世石所能承受的強度，甚至能夠在青玉石上擊出裂痕。

等武術教頭離開後，天如運一想到自己決定坦誠相告，竟能意外因禍得福，內心不禁鬆了一口氣。

（既然有了這個大小的練功室，使用擴增實境也沒問題了。吶挪，現在是什麼時辰了？）

【已經過戌時半了。】

（這樣啊？）

目前距離需要返回宿舍還有一段時間，天如運判斷可以完成後續的訓練，便向吶挪下達指令，打算重啟剛才不得不中途停止的對練，繼續設法應對十名天武錦的分身。

「啊！」

但就在這時，天如運驀然靈光乍現，想到了一個好主意。在練習以寡敵眾之前，他還有件事想試驗看看。

（吶挪，我可以指定跟我師父葉孟的分身進行對練嗎？）

【若以醫務室中示範的蝶舞刀法招式的資料為基準，是可行的。】

聽見吶挪的回答，天如運嘴角浮現一抹微笑。

（換成葉孟師父的話，肯定會比跟天武錦訓練更有幫助吧？）

天武錦的分身尚未擁有一流高手的實力，壓根不是自己的對手，天如運不禁心想若有更合適的分身就好了，稍加思索便想起了師父。

【是否要更改武功設定？】

（武功嘛……就先幫我預設為蝶舞刀法吧。）

天如運果敢地採用了蝶舞刀法為預設武功。

一開始，他也打算設置三流或二流武功，但他忽然心生好奇，倘若能與右護法葉孟來場正式的對練，不知會是如何。

（就算只是向我示範刀招的水準，師父的實力想必也遠高於天武錦吧？）

這也是理所當然的。

右護法葉孟是武學造詣臻至化境的絕代高手，儘管並未動用刀氣或刀罡，但為了徒弟傾注了熱忱與真誠的示範動作，絕對弱不到哪去。

【遵命。於使用者視覺情報啟動擴增實境（開眼）功能，生成模擬用分身。模擬對象：葉孟。預

設武功：蝶舞刀法。】

吶挪的語音迴盪在腦中，擴增實境迅速在天如運眼中展開，泛著白光的粒子幻化出人形，很快就生成了右護法葉孟的分身。那紅彤彤的鼻尖、手提酒葫蘆的模樣，根本就是不折不扣的葉孟本人。

（呼。）

天如運用緊張的眼神緊盯著他。

僅僅只是生成分身，那氣勢就與天武錦的分身有著天淵之別，心中的緊張感頓時湧現。

（我就來試一試，和本教排名前十的絕頂高手過招會怎樣吧！）

戰意滿滿的天如運擺開蝶舞刀法的起手式，就某種角度來說，這也是一場師出同門的師徒對決。

右護法葉孟的分身衝著天如運高高舉起酒葫蘆，挑釁地開口。

「小鬼頭徒弟，想跟為師的比一場是吧！呵呵。」

吶挪甚至能精準地重現對方的語氣，相似程度令人瞠目結舌。

天如運拉開起手式觀察著對方的動靜，接著飛身而上，率先朝葉孟發難。

（先發制人吧。）

若比拚武功，他絕對不是葉孟的對手，既然如此，他便能出其不意地先聲奪人。天如運的身形瞬間欺近，展開蝶舞刀法的刀招。

說時遲那時快。

啪啪啪啪啪！

葉孟的分身甚至沒有動用一招半式，僅以蝶舞刀法的刀式就輕而易舉地抵禦住天如運的刀招，大腳一飛踹向天如運的下巴，只聽見砰的一聲。

「咳咳！」

下顎中招的天如運身子飛向半空，葉孟彷彿就等著這一刻，立即施展出蝶舞刀法的第三招蝶舞七聯，連綿不斷的七式接踵而來，葉孟整個身形都留下蝴蝶的殘影，從天如運身邊一閃而逝。

嗖嗖嗖嗖嗖嗖嗖！

不過一轉眼，勝負已定。

沾染在天如運身上的白光粒子宛如一道鋒利的刀傷般閃爍著光芒，伴隨著刺骨的疼痛，他的身子在空中翻滾了整整三圈左右，這才摔落在地。

「嗚呃呃呃！」

重重摔在地上的天如運身子痛苦地發顫，雖是擴增實境，但吶挪仍準確地重現了被刀劃破的傷口，並迅速將之修復如初。

難不成「先給一巴掌再賞顆糖吃」就是用來形容這種情況的嗎？

「唏……唏……。」

當疼痛漸漸緩解後，天如運換上一臉震驚的神情。

他當然心知肚明自己不可能是師父的對手，卻萬萬沒想到會連一招都堅持不了，他算是親身領教了魔教排名前十的絕代高手實力有多強勁。

（想跟使用蝶舞刀法的師父過招，現在還為時過早嗎？）

雖然這也是理所當然的結果，但他心中卻情不自禁浮現一絲怒火。這種情緒，或許就是身為習武之人不肯服輸的自尊心。

【是否要更換分身並更改武功設定？】

吶挪以精確的分析建議天如運更換分身，可這句話卻讓天如運的表情徹底變得僵硬，就像是被他人一針見血地指出自己的痛處，心情自然好不起來。

（等等，我再試著調整一下。）

吶挪話音一落，方才完全靜止的右護法葉孟的分身又再次開始活動。

【遵命，重啟戰鬥。】

「還想再試一把啊？呵呵。」

它裝模作樣地要天如運趕緊放馬過來。

（呼。）

天如運緩緩站起身子，果斷放棄了方才採取的蝶舞刀法起手式，接著從完全展開的手刀收起三根手指，形成劍指的模樣。

天如運這回採取的姿態不是別招，正是疑似天魔老祖留在青玉石碑上的獨門絕學，絕世劍招的起手式。

「接招吧。」

眼見天如運擺開架式，這一回，葉孟的分身率先飛身而出。

天如運的眼中精光一閃，展開絕世劍招的第一招，轉瞬之間，二十四個劍式畫出絢爛的軌跡，向葉孟的分身展開猛攻。

啪啪啪啪！

儘管葉孟的分身在瞬息間便一口氣接連施展了三個刀招，但卻未能破壞絕世劍招分毫，劍招最終直指它的要害而去。

噗噗噗噗！

「嗚呃呃！」

被劍招擊中要害的葉孟分身發出呻吟，身子向後倒去。

（成了！）

天如運將剩餘的最後一式刺向他體內，眼看就要翻身倒落的葉孟分身卻迅速扭轉身子，展開了蝶舞刀法的第二招迴圓蝶景。

嗖嗖嗖嗖！

天如運的食指雖然勉強碰到了正在回身的葉孟分身眉間，但天如運的身子也被捲入迴圓蝶景的刀招，整個人向後彈飛。

「咳呃呃呃！」

只見天如運的胸前和腹部都殘留著白光粒子留下的清晰刀傷。

一想到自己即便使出絕世劍招仍舊空虛地慘敗，天如運一時忘了疼痛，用慘淡的目光注視著葉孟的分身。

「啊！」

天如運的瞳孔劇烈晃動起來。

令人驚訝的是，葉孟分身的全身上下也飄揚著白光的粒子，顯示出天如運以絕世劍招造成的傷痕，那些劍傷共有十九處，而最後一招劍式則正中了眉心。

原來單靠劍招本身，也能夠壓制住葉孟的分身，但畢竟兩人的武學造詣仍有壓倒性的差距，這才無法給予對方致命性的打擊。

（即使在招式上分出了高下，若沒有其他各種要素的支持，就無法確實取勝啊。）

透過這次的對練，天如運切實地認知到單靠絕世劍招，絕不可能應付得了這些超凡入聖的高手，若想大獲全勝，至少也要讓自己的武學修為提升至和葉孟相近的境地，才有可能。

（呼，不能操之過急。）

時至如今，他開始學習武功也不過短短二十二天時間，要通過魔道館六個階段的考試，他總共還有五年的漫長時光。

在這一天，天如運立下了新的目標。

（在這五年之中，我一定要超越師父。）

儘管他目前的假想敵僅僅只是葉孟的分身，可萬一天如運真正完成了這個目標，那就意味著在短短五年之間，便有一位稀世絕代的高手會以史無前例的速度誕生。

（千里之行，始於足下嘛。）

天如運下定了決心，又利用剩餘的時間重新啟動剛才暫時終止的對練，與十名天武錦展開較量。

起初，面對整整十名天武錦的分身天如運仍左支右絀，但他接下來的一整個休息日都埋首其中，最終的結果，他已經能與十名分身同時打得旗鼓相當。

＊＊＊

就這樣，三天的休息時間匆匆落幕。

儘管說是休息，可這些日子裡，沒有一名弟子膽敢有一瞬間放鬆或喘息，畢竟在這魔道館之中，休息就意味著出局。

若不能超前他人便會慘遭放逐，這就是魔道館。

一大早，通過了第二階段考試的兩百零七名弟子，在大練武場中呈五列整齊列隊。

魔道館館主左護法李火明緩緩踱出主樓，步上講壇，他掃視了一眼站在大練武場中的弟子，開口道——

「這三天假期，大夥過得好嗎？」

「魔道!!!」

等弟子們高聲回應，李火明又繼續說了下去。

「我就長話短說了，就如三天前宣布的一樣，接下來要為各位說明第三階段考試的相關內容，並發放魔龍丹。」

李火明話音剛落，幾名武術教頭便迅速將十七張桌子搬到講壇前方，並在每一張桌上分別放置十二卷看似武功祕笈的書籍。

等一切準備就緒，左護法李火明便揚聲宣布第三階段考試內容。

「第三階段考試，必須由十二人共同組織成劍陣。」

此話一出，臺下一陣騷動。

對考試情報一無所知的弟子們交頭接耳地喧鬧起來，與之相反的，早早就透過廉破獲知考試情報的天如運，眼中則閃動著異樣的光彩。

奈米魔神 1

2025年8月1日初版第一刷發行

作　　者　倜冲月夜
譯　　者　林季妤
繪　　者　YĚDN.
編　　輯　魏紫庭
美術編輯　林佩儀
特約編輯　何文君
發 行 人　若森稔雄
發 行 所　台灣東販股份有限公司
＜地址＞台北市南京東路4段130號2F-1
＜電話＞(02)2577-8878
＜傳真＞(02)2577-8896
＜網址＞https://www.tohan.com.tw
郵撥帳號　1405049-4
法律顧問　蕭雄淋律師
總 經 銷　聯合發行股份有限公司
＜電話＞(02)2917-8022

TOHAN

國家圖書館出版品預行編目(CIP)資料｜奈米魔神/倜冲月夜著；林季妤譯．-- 初版．-- 臺北市：臺灣東販股份有限公司，2025.08 1冊；14.7x21公分 ISBN 978-626-379-973-8（第1冊：平裝） 862.57 114006769